Scrittori italiani e stranieri

Alberto Bevilacqua

LUI CHE TI TRADIVA

Romanzo

MONDADORI

www.librimondadori.it

ISBN 88-04-55809-1

I edizione ottobre 2006

Lui che ti tradiva

PARTE PRIMA

I

Prime rivelazioni

Sto in macchina. Tra un'infinità di macchine che, lungo un intasato Raccordo Anulare, procedono al passo nell'ora di punta. Un'auto viene a mettersi quasi all'altezza della mia. La guida una ragazza sui vent'anni. Dettagli colti al volo. Chiude il cellulare con stizza, lo sbatte sul cruscotto davanti al volante. La musichetta di una telefonata in arrivo, forse la stessa di prima. Lei legge il numero. Telefonata sgradita. Cellulare di nuovo sbattuto sul cruscotto.

Ha un minuscolo tatuaggio al polso. I seni, intravisti, puntuti contro una T-shirt con scritta: "Bondage", schiavitù. La scritta non è completa. Quando si solleva dal sedile per afferrare qualcosa, leggo sul suo ventre: "Tibet libero". Faccio avanzare la mia auto esattamente all'altezza della sua. Bastano due metri, la visione della ragazza non è più la stessa. Si accende una sigaretta e, buttando fuori il fumo, è costretta a girarsi dalla mia parte. Un'onda dei capelli, come un'ala, le attraversa la fronte. Occhi grandi, una luce di nostalgia vivace, labbra carnose. Trucco insolito. Basta poco per dare un significato diverso a una fisionomia.

La fisionomia assume un vezzo che ricorda le ragazze di un tempo andato. In certe foto anni Trenta.

Dissolta la nuvoletta di fumo, io e lei ci fissiamo attraverso i finestrini chiusi. Vorrebbe distogliere lo sguardo,

lo intuisco, ma non lo fa. Mi mette a fuoco. Forse la mia faccia non le risulta nuova. Forse cerca di attribuirle un nome. Ma ho la sensazione che non sia così. È l'altro aspetto del suo viso, l'aspetto anni Trenta che me lo fa credere? Una sua, o una mia, suggestione?

Leggo, in lei, l'intenzione di comunicarmi qualcosa. Fra solitudine e desiderio. Per un'oscura ragione. Sono sconcertato. Assomiglia a mia madre quando era viva nel momento migliore della sua gioventù. A mia madre come appare, ventenne, nelle foto che tengo appese alle pareti del mio studio. Non me la sto inventando la straordinaria somiglianza. E nemmeno la rapida vertigine che mi affonda in un tempo dissolto, in uno stato d'animo che apparteneva a un altro me stesso, ormai archiviato nella storia dei miei giorni. Che insidioso labirinto, il tempo, quando si concede questo gioco di incastri. Nel frastuono dei clacson, nell'urbano inferno, intrappolato nelle ore morte del traffico in apnea, che formano un calendario a parte, mi sta succedendo come quando in fila, macchina dietro macchina, mi saltava l'idea giusta per un racconto, una poesia, senza avere a disposizione nemmeno un pezzetto di carta, una matita per prendere appunti. Oppure, all'ora di pranzo che volava via nello strombazzamento generale, mi assaliva un'altra voglia: di pane appena sfornato, croccante, di quelli che mia madre divideva con me: «Senti un po' come profuma, questa micca, e se ci metti sopra dello stracchino, è il miglior mangiare del mondo».

La ragazza si aggiusta la banda di capelli attraverso la fronte, percepisco la stessa malìa che mi viene dalle foto materne. Merita tutto questo la giovane sconosciuta che vuole libero il Tibet? Non mi pongo il problema. E poi perché non essere generosi con lei che è un bel miscuglio di vezzi, trucchi, tempi diversi? Esistono due tipi di bellezza femminile. La prima, anche se vistosa, assimilabile a tante altre, che resta statica. La seconda, al contrario, più flessuosa e maliziosa, un gioco mobile di riflessi, che stimola il desiderio e l'immaginazione.

La ragazza è del secondo tipo: le fantasticherie del desiderio hanno la velocità della luce. Da quanto non mi capita di fantasticare sull'intimità di una sconosciuta? Una volta, quando una sconosciuta mi colpiva, stavo lì a chiedermi: come godrà? Come darà voce, grida, mosse ai suoi orgasmi? La fantasia che più mi intrigava. Ipotizzare la scena e sentirmene escluso. Ogni donna ha un modo tutto suo di godere. Non c'è varietà in cui la natura si improvvisi con una partitura musicale più elaborata.

Immagino il corpo della ragazza abbandonato in una poltrona di fronte alla mia. L'accappatoio che scivola dalle sue gambe lasciando ricadere due ali bianche ai lati delle cosce, scostate con malizia. Mi capitava di spiare mia madre nello stesso atteggiamento, ancora fresca di doccia, rilassata nel vuoto di una camera, io bloccato dietro lo spiraglio della porta accostata. Per ammirarla. Mentre non si accorgeva di me. Solo per ammirarla.

La ragazza mi sorride. Comincia a combinare piccoli gesti per invitarmi a uscire dalla baraonda, accostarmi al ciglio della strada. E lei farà lo stesso. Tento la manovra pressoché impossibile. Me la vietano gli insulti dalla macchina che mi segue. Troppo tardi faccio per abbassare il finestrino. Anche la ragazza ci prova, troppo tardi. Incalzata dalle automobili che la premono, accelera e scompare.

...

Capita spesso, la notte.

Si diffonde un intenso profumo, eppure, intorno a me, i vasi sono vuoti di fiori. È un respiro umano che mi sfiora, passa via? Uno stato di eccitazione, sollecitato da emozioni confuse, mi spingerebbe ad accendere la luce nel salone, ma non lo faccio, lascio nell'ambiente il riverbero che sale dalla strada.

Al buio incerto si sovrappongono sagome più oscure, che poi si mettono a fuoco in una, simile all'ombra trascinata da un corpo invisibile che si sposti, e quasi uno

schermo di fronte a me ne venisse ripetutamente attraversato.

Se tocco la poltrona da cui l'allucinazione, ammesso che sia tale, ha preso vita, le dita avvertono il calore che un corpo umano, un corpo femminile, può lasciare nella leggera fossa. La poltrona è vuota. Eppure mi verrebbe da chiedere, a voce alta:

«Sei tu?»

Premo il tasto del registratore che fu il mio ultimo regalo. A mia madre piaceva incidere la propria voce e ascoltarsi. La volta che andai a trovarla, prima della sua morte, il registratore era posato sul comodino. Che curioso rapporto ci unì, fra i tanti non meno singolari, per il suo modo fuori norma di amarmi e comunicare con me attraverso se stessa. Un modo di eccentrica ironia, anche. E di saggezza nutrita da un'intelligenza che era sorriso. Potrei chiamarlo: *Il legame controverso, misterioso del registratore.*

Prendeva vita nei periodi in cui stava meglio e tornava dall'ospedale, e in certi giorni sembrava addirittura guarita. Negli anni, le ho regalato registratori di ogni tipo: dai primi, grezzi, via via ai più sofisticati, piccoli e grandi, fino all'ultimo, appunto, quello che stava ora di nuovo sul comodino, quasi un invito a premere il tasto, per ascoltare un suo messaggio importante.

Questo mezzo tecnico la esaltava. Non mi ha mai chiesto nulla in regalo, tranne «un registratorino nuovo, per favore». E quando mi trasferii a Roma, ogni tanto mi scriveva: «Mandamene uno che sia come una favolosa conchiglia marina, dove possa ascoltare tutte le facoltà della mia voce... e volendo possa ascoltarle anche tu. Nei nastri, incido tutte le cose che vorrei dirti, e non riesco a dirti, quando sto male».

Glielo mandavo. Sapendo che l'avrebbe aggiunto alla sua collezione. Ne aveva ovviamente una quantità, sparsi ovunque, in camera da letto, in cucina, nel vecchio salotto, persino negli angoli più oscuri e dimenticati, e quando la

solitudine le pesava, lei ne azionava più d'uno contemporaneamente. La casa si colmava della sua voce che si moltiplicava come in tante voci diverse, e ciascuna insinuava discorsi diversi, rivelava confessioni e segreti differenti: la casa si trasformava in una Babele, e lei aveva la sensazione felice di generare una moltitudine parlante, e il suo ritrovarsi sola non esisteva più, esisteva quella piccola folla come di individui che intrecciavano nell'aria le sue chiacchiere, le storie che raccontava a se stessa e a me, il suo sapere ora rivolto al vuoto e al silenzio, le sue risate e, a volte, il suo piangere.

Così si ripagava dei mesi in cui nel silenzio era murata, e dalle sue labbra non usciva parola.

Solo poche volte ho ascoltato le sue registrazioni. Lei mi proponeva: «Vuoi ascoltare? Avanti, ascolta». Ma subito si alzava e spariva. La metteva a disagio ascoltarsi insieme a me, anche nei casi in cui a me si rivolgeva. E il disagio restava mio. Solo, davanti al registratore che aveva posato sotto i miei occhi, un senso di innaturalezza mi paralizzava. Non così avrei voluto che mi parlasse: nell'assenza assoluta delle mie domande e repliche, del mio aprirmi a confessioni. Si faceva anzi più forte la necessità di fissare le sue labbra che si animavano con le mie, di stringerle le mani parlandole e di sentirmi addosso il suo corpo. Questo, sì, mi avrebbe liberato dal peso delle cose inconfessate.

E pur avendo il suo consenso, frugare fra i nastri a sua insaputa, lo sentivo come una profanazione.

Quel giorno, dunque, l'ultima volta che l'ho vista viva... perché non mi fu dato di vederla morire, di tenerla fra le braccia, ascoltandone le parole estreme, a causa di un banale disguido: il ritardo dell'aereo da Parigi, quando mi informarono che le cose stavano precipitando... Quel giorno fissai dapprima il registratore anziché guardare lei. L'avevo trovata a letto. Mi ero avvicinato senza la possibilità di darle un bacio, di chiederle «Come stai?». Non dormiva, ma stava girata di spalle: affondava la testa nel cuscino,

pur avendo udito i miei passi. Scambiai quell'atteggiamento per vergogna di mostrarsi. Con questo tipo di vergogna sapeva essere caparbia. La immaginai disfatta dalla malattia, col volto esangue, scomparsi quei tratti che erano stati così belli. Perciò mi lasciai andare sulla sponda del letto, girandole anch'io le spalle, aspettando rassegnato. Sapevo quanto fosse inutile tentare di convincerla quando si chiudeva in se stessa...

Ebbi un sussulto. Vidi la sua mano insinuarsi lungo il mio braccio, scivolare morbida fra le mie mani. La udii ridere sommessamente dietro di me, come sapeva fare lei, se riusciva a prendermi alla sprovvista, facendomi cadere in qualche suo lieto trabocchetto. Mi girai di scatto. Non riuscivo a crederci...

Un'onda dei capelli, che non si erano ingrigiti, le attraversava la fronte come una piccola ala. Negli occhi era tornata una luce di nostalgia vivace, le sue labbra non erano più tese, due lame sottili, ma carnose. Si era truccata alla maniera sua, trucco da ragazza, che aveva sempre conservato nei momenti sereni. Completamente diversa, all'opposto, da come l'avevo trovata due mesi prima. Un piccolo miracolo aveva trasformato la sua fisionomia. Sconcertato, mi sembrava di avere di fronte un'altra donna che assomigliava a mia madre negli anni migliori della sua gioventù, a mia madre come appare nelle foto che tengo appese alle pareti del mio studio, con la sua aria impagabile da anni Trenta, la stessa malìa.

Esclamò:

«Ti ho lasciato di sasso, eh?»

Me lo diceva sempre quando mi prendeva in castagna. Nel sorriso, anche una sensuale malizia. Aggiunse:

«Non ti stupire troppo. Dicono che persino i ciechi, prima di morire, riacquistano la vista.»

Riuscii a balbettare:

«Hai una faccia da ragazza.»

«Dici? Sai, me lo sono chiesto tante volte... Ti saresti innamorato di me, se mi avessi incontrato da ragazza? Ce

n'erano, sai, ce n'erano che perdevano la testa per me. Tu l'avresti persa? Mi piace pensare che l'avresti persa. Senza ostacoli e malintesi per metterci insieme... Pensa un po': un colpo di fulmine. Tu un bell'estraneo, con i capelli biondi e gli occhi che ti ho fatto io, io bella com'ero. E poi trovarsi a fare l'amore, in uno di quei pomeriggi d'estate che non si dimenticano.»

Amava questo genere di impertinenze, era la sua sensuale ironia a ispirarle.

«Oggi lasciami dire tutte le allegre sciocchezze che mi saltano in testa. Sono le ultime, garibaldino. Concedimele... So bene che dovrei dirti altre cose. Ma oggi non mi va. Mi sento come quando il mondo non mi aveva ancora fatto niente. E la mia mente è chiara, è libera, come non lo è mai stata in vita mia.»

Restammo a fissarci. Mentre ritrovavo il respiro e mi stavo adeguando a quella metamorfosi, esitavo a parlare, per timore che tutto svanisse.

«Le cose diverse che dovrei dirti...»

Seguì un'altra sorpresa. Lei spinse il tasto del registratore. La voce che ne uscì colmò la stanza:

«Lisa, ci penso sempre, sai, a quando tuo figlio, il garibaldino, stava dentro la tua pancia, e io te la toccavo, perché ci tenevi tanto a quel figlio, e mi sembrava che fosse la pancia mia, e che lui si muovesse a tentoni anche dentro di me, come un cieco che cerca la luce...»

«Non è la tua voce» mormorai.

Lisa spense il registratore:

«Non la riconosci?»

Era la voce della madre di mia madre: Amelia Cantadores. L'argentina colta e raffinata che, dopo la disfatta economica della sua famiglia, era arrivata a Parma col marito gitano di Spagna, di cui si era pazzamente innamorata, per un ingaggio come ballerina al Teatro Regio. Dall'ingaggio temporaneo a figurante in pianta stabile. Aveva avuto due mariti e molti figli, mia madre l'ultima. Si era presa cura di me quando Lisa spariva in ospedale e mio

padre si dissolveva, da aviatore provetto, nei suoi cieli. Ricordavo la canzone che canticchiava sempre: «Yo soy la morocha argentina... que busca llena de esperanzas... el camino che los sueños... prometieron a sus ansias» (Io sono la mora argentina – che cerca piena di speranze – la via che i sogni – hanno promesso alle sue ansie).

Prima di premere nuovamente il tasto, mia madre Lisa disse:

«Sono le sue ultime parole. Perciò le ho registrate. Parole che dovrei pronunciare io, in questo momento.»

La voce tornò nella stanza, più flebile, ma serena:

«Non si muore mica, sai... Te lo dico io... È solo un viaggio di pace e di luce. Finalmente, Lisa. Meglio di quando si nasce.»

Il registratore spento. Mia madre che ora mi chiedeva, con la stessa amabilità, quasi che il suo futuro fosse calcolabile in chiari eventi terreni:

«Credi anche tu che ci sia vita là dove sto per andare?»

Avrei dovuto interromperla, opporle banalmente di smetterla con le congetture di fine, ma avrebbe significato offenderla nella sua grandezza di sensitiva, non rassegnata, lucida. Ammiravo l'ultima prova che mi stava dando di una dignità a cui mai aveva rinunciato:

«Pensa, fra poco io lo saprò cosa c'è al di là. Mi basterà così poco per saperlo, un attimo... Un attimo, e il mio sapere sarà immenso rispetto al tuo, rispetto a quelli che sono stati i più ammirati geni della terra. Incredibile, non ti pare?... Saprò. E le soluzioni saranno due. O ci sarà vita o non ci sarà... Se ci sarà, non cambierà niente fra me e te. Tu sarai sempre una parte mia, no? Perché come parte mia hai cominciato a esistere, e io mi stringevo la pancia e mi dicevo: oggi, forse, a questo figlio gli sto facendo gli occhi, e devo farglieli bene, di un colore che le donne dovranno ammirare, e con una vista capace di vedere il mondo anche in un mare di nebbia... Oggi gli sto facendo il cuore.»

Mi afferrò la mano:

«Su, sorridi anche tu. Sorridiamo di queste cose finché

siamo in tempo.» Ebbe una risata sincera: «Ma ti par poco? Se troverò vita, senza tanti pasticci di inferno e paradiso, sarò un pezzetto di eternità. Io, che ho passato la maggior parte dei miei giorni tirando l'anima coi denti... Tutto è proprio una magherìa buffa. Io eterna, e tu a tirarla ancora l'anima coi denti. Ma col vantaggio che potrò darti una mano, e te la darò con tutta me stessa, e potrò ascoltare ciò che avrai da dirmi, e ti chiedo perdono per le volte che mi negavo, e ti gridavo "no, smettila, non voglio sentirti, non voglio", e ti lasciavo solo, non per colpa mia, ma perché il mio cervello era intossicato di diavoli...».

«E io?»

Glielo chiesi, mentre mi attraversava quel dolore che avrei dovuto provare, e che lei trasformava in lieta complicità, in felicità addirittura. Il suo tono non mutò:

«Se io resterò parte di te, tu resterai parte di me. Semplice. Come potrebbe dissolversi questa identità? Non esistono simili contraddizioni nel legame di sangue, nella legge della specie. Altrimenti vorrebbe dire che la natura, che resta tale ovunque, di là, di qua, di sopra, di sotto, si taglia gli zibidei da sola...»

Come se fosse, oltre che vero, ovvio. E forse il complicato Dio che ci figuriamo è davvero di una verità così semplice, che non vogliamo ammettere, noi che abbiamo il vizio di complicare anche il futile:

«Sì, finalmente saprò ciò che avresti voluto confidarmi quando non potevo ascoltarti... Segreti, forse, che ho il diritto di conoscere... Mi ripetevi: se tu fossi una madre normale, ti farei attraversare il mondo, faremmo viaggi bellissimi insieme... Ma il mondo mi faceva paura, così io del mondo non so niente. Forse è proprio questa ignoranza che mi faranno pagare lassù, come il peccato più grave. Perché ho rifiutato di confrontare la mia vita con la vita degli altri, anche col loro peggio. Superbia. Il mio è stato anche un male di superbia, quella dei diavoli che mi tenevano schiava. I demoni che sono contro Dio... Mi racconterai, dunque, cosa capita nel mondo.»

Mi fissavo le mani. Tremavano.

«Guardami.»

Era di nuovo maliziosa e bambina:

«Vorrò sapere, di te, anche le piccole cose. E con un po' di ironia, per favore. Mi parlerai finalmente dei tuoi amori, delle tue donne... Hai sempre evitato di parlarmene... Ricordi quando ci passavamo una caramellina di miele da bocca a bocca, e ne approfittavo per chiederti: c'è qualcuna con cui puoi farlo, questo?... Poi a dirmi: speriamo che ci sia qualcuna che si prenda cura di lui, e lo rispetti, gli voglia bene. Ma io lo so perché non mi hai mai parlato dei tuoi amori...»

«Perché?»

«Perché troppo avevi ascoltato di tuo padre, povera anima anche lui. Le donne le vedeva come la sua lanterna magica. L'unico modo per tornare a toccar terra, dopo aver volato in alto nell'aria.»

Fu più forte di me. Le chiesi, d'istinto:

«Vorrai sapere anche di mio padre? Del Mario?»

«Credo di conoscere tutto di lui. Quando non sapevo, intuivo. Ma una cosa mi è sempre mancata.»

«Come ho vissuto io la vostra storia.»

«Sì. Questo.»

«E io, per assurdo, dovrei...»

«Dirmelo. Come e quando lo crederai giusto.»

II

Sto attraversando il mondo.

Da mesi. Dopo la morte di mia madre. Un viaggio insieme a lei.

Ora possiamo confidarci, oltre che intenderci. Ho finalmente la libertà, a tratti la felicità, di una confessione con la quale posso condividere tutto. Ora il mondo non le fa più paura. Perciò questo viaggio, immaginario e concreto, è un immenso respiro di liberazione. Me lo concedo come figlio non più condannato al silenzio verso la propria madre e, attraverso di me, lo concedo a lei. Siamo legati da una medianità d'anima così forte in mia madre, fin da ragazza, che la gente diceva: «Riesce a far vibrare le corde di un violino senza toccarle».

Ora quel violino vibra, suona. Con melodie scambievoli. Ho scritto in un mio verso: «Siamo perfetti – nel duetto per voce sola».

Anche quando, la mattina, apro i giornali con la sensazione che li apriamo e li leggiamo insieme, o che sia io a leggerle a voce alta le notizie di quel mondo che non teme più, spaziamo da un paese all'altro, da una realtà all'altra, fra popoli diversi che in parte ho conosciuto nel mio viaggiare di un tempo, quando mi stordivo in aggressive avventure. Adesso è l'opposto. È per ricordare verità disperse in una giovinezza mal vissuta. Bisogna mettere nuove date, nuovi propositi al sopravvivere.

Per mia madre, lo stesso. Se ha raggiunto la vastità de-

gli universi, è giusto ridare alla sua vista i colori delle cose terrene che non ha mai potuto conoscere e giudicare. Non c'è timore in me, piuttosto una giocosità reverenziale, per ciò che in lei si è tradotto forse in esaltante verità o forse in nullificante delusione. Mi dico: c'era già tutto nelle arie di Rossini che amava, le arie del *Mosè*: «Dal tuo stellato soglio... Eterno, immenso, incomprensibil Dio!».

Mi aspetta un compito non facile. Impormi comportamenti e parole come se mia madre fosse davvero qui con me, significa assecondarla sia con l'apparentemente futile sia con le realtà inquietanti. Dai miei rapporti con le donne a mio padre. Già, il Mario. Con mia madre ne abbiamo parlato talmente poco. Perché? Dobbiamo capirlo. E per capirlo, cancellare le reticenze e i turbamenti che certi segreti svelati comportano. Mio padre è stato la causa scatenante di ogni aspetto della nostra vita, di troppe verità e smentite, con le sue illusioni e sconfitte. È stato il piccolo dio negativo e positivo che non ci ha dato pace fino ai giorni della sua umiliazione definitiva. Pur avendo conquistato via via il bene, o il male, della sopportazione, non ha mai saputo lottare contro il male di mia madre. Quell'abisso di ossessioni lo imprigionava, è stato necessario che accadessero molte vicende perché arrivasse a concepirlo.

Intervenne solo in un caso. L'unica volta che lo vidi reagire esplicitamente, presumendo a mio favore, ma sbagliando. Rimproverò mia madre per i suoi comportamenti che riteneva senza capo né coda:

«Ma perché non ci parli a tuo figlio? Perché ti chiudi a riccio e ti rifiuti di ascoltare quello che ha da dirti? Forse perché vorrebbe confidarti i suoi problemi, e hai paura di venirne turbata, di dover condividere le sue difficoltà? È questo l'amore che gli dichiari?»

«Non è paura, Mario, è che non ne ho le forze... E l'amore è la causa di tutto. Sapere che soffre mi costerebbe uno sconforto che non sono più in grado di reggere. Io non posso più dare comprensione, né a me né a nessuno. Orribile, lo so. La condanna peggiore per una madre.»

«Ma la vita è questa, Pina. Non è la tua, in cui ti sei rifugiata, vuota come un sepolcro, Pina!»

«Non sono capace d'altro... Non sono capace.» E poi smarrita, piagnucolando: «Perché mi chiami Pina?».

«Perché è il tuo nome, anche se non ti esprime» aveva insistito mio padre, mantenendosi nella durezza. «E un tempo ti lamentavi se ti chiamavo col tuo secondo nome che ti si adatta di più: Lisa!»

«Tu mi chiami Pina quando non mi vuoi più bene... E poi è meglio che non mi chiami in nessun modo. Non sono più degna nemmeno di un nome.»

Ero intervenuto, avevo afferrato mio padre per il braccio, cercando di portarlo fuori dalla stanza:

«Avanti, smettila adesso. Lascia stare.»

Ma lui insisteva, impietoso:

«Sì. Pina! Pina!»

«Trattala con dolcezza... Trattala con dolcezza.»

«Perché, finora la dolcezza è servita? E sono servite le pastiglie, le cure, gli elettroshock che le hanno squartato il cervello? Nessun risultato, niente di niente, contro i suoi diavoli da quattro soldi. Meglio allora sbatterli al muro i suoi fantasmi che la tormentano e poi sghignazzano di lei... Sbatterli al muro, una buona volta!»

«Non è colpa sua.»

Ora mio padre non si sfogava solo con mia madre, con me. Ma contro se stesso, persino con volgarità:

«Ma con chi cazzo deve confidarsi, un figlio, se non con la propria madre? Non è colpa sua, dici... Ma era colpa mia, vero, tutti l'avete sempre ripetuto che era colpa mia, quando tu sei nato e io facevo l'idiota, non volevo essere padre. Adesso me ne vergogno, ma allora, sì, non ti volevo... Facevo l'idiota anch'io per paura dei miei fantasmi, ciascuno ha i suoi, e spesso non si tratta che di egoismo bello e buono. Ma io li ho combattuti, i miei diavoli. Io li ho vinti!»

«Lisa è malata» gli ho risposto. «È malata per colpa di tutti quelli che non le hanno portato rispetto. E tu sei stato complice, magari senza malevolenza.»

«E a me? Non hanno fatto forse del male? Quelli in cui credevo ciecamente, per cui ho rischiato la vita, ho fatto imprese che sono rimaste nella storia. Io lo posso gridare: questa Italia di merda che tratta come merda chi porta con prestigio il suo nome nel mondo... Alla fine, mi hanno sparato nella schiena!»

«Lisa ti ha amato e difeso. Nessuna donna ha mai amato un uomo così. Una ragazza che aveva tutti ai suoi piedi e ha scelto te. E quando io ero d'ingombro avrebbe potuto sbarazzarsene, ma non l'ha fatto... Si è ammalata soprattutto per averti amato e difeso, quando in tanti ti erano contro.»

Mio padre era uscito sbattendo la porta. Io mi ero avvicinato a mia madre, ma non appena avevo accennato a un gesto, per toccarla, consolarla, lei aveva avuto una reazione selvatica: era arretrata anche da me, si era come rimpicciolita alla base della parete, e quel suo farsi bambina era forse un riflesso di punizioni ingiuste ricevute da piccola. Ripeteva: «dio, dio, dio». L'avevo sollevata sulle braccia e portata a letto, distendendola con cura, e quel "dio, dio, dio" non era un'invocazione di fede, solo un guaìto impotente.

Eppure, appena si era calmata, aveva trovato la forza di dire:

«Vagli dietro, al Mario. Non l'ho mai visto così fuori di testa con me. E quando è così, non si sa dove va a sbattere e cosa può combinare.»

Non era andato lontano, mio padre. Era salito al piano di sopra, nel suo studio. Aveva spalancato con rabbia l'armadio a vetri dove stavano i suoi trofei, le sue divise. Dopo aver strappato via le sue medaglie, le aveva scagliate in giro. Via le sciabole, i berretti, le sciarpe azzurre. E quando lo sorpresi, stava cercando di spezzare sul ginocchio il simbolo della Trasvolata atlantica che gli aveva dato onori e fama. Un'ala d'argento che brillava nella penombra. Malediva:

«L'oceano! Sarebbe stato meglio finirci, nell'oceano. In-

goiato dal mare!... La gloria!... La gloria è davvero il sole dei morti!»

Riuscii a togliergli l'ala dalle mani.

Chi ha letto gli scritti che ho dedicato a mia madre, conosce gli antefatti. Per chi non mi ha letto, è necessario che li riassuma brevemente, come premessa alle nuove vicende che sto per raccontare.

Mia madre è stata una delle vittime più torturate della depressione. Mio padre l'ha messa incinta e, per anni, non l'ha sposata. Tutti si accanirono su Lisa: familiari, pretendenti, lo stesso quartiere dov'era nata, l'Oltretorrente di Parma, patria anarchica, sovversiva, traumatizzata da lotte di classe avvelenate dalla violenza e dall'odio fisico:

«Il figlio di quel fascista è solo degno di un aborto. Il Mario ti ha messo nei guai e non ti pensa più. Lui pensa alla sua collezione di femmine. Ha un sacco di donne, Mario il fascista. Buttalo a mare, quel figlio.»

Nessuno mi voleva, tranne lei. E mi difese con le unghie.

«Quel figlio ti sta togliendo la gioventù. Perché vuoi essere tu a rimetterci gli anni più belli, forse la vita? A faticare come una cagna andando di casa in casa a fare le pulizie per i benestanti, spaccandoti schiena e ginocchi per tirare a cera pavimenti dove si specchia gente piena di boria? Sei pazza, Lisa. In quelle case potresti essere padrona, ti basta scegliere, sono in tanti pronti a coprirti d'oro, persino la loro voce è piena di soldi.»

«Sei morbosa, Lisa.» E infierivano: «Ammettilo che la sporcizia ti eccita. La sporcizia che si porta dentro quell'uomo. Come la merda dei cessi che sei costretta a pulire. Ma stai attenta che è un vizio morboso che si paga. Perché sporcizia diventerai anche tu».

Mia madre niente. In ginocchio, con una mano si reggeva la pancia piena di me, per non farla strisciare a terra, con l'altra continuava a trascinare strofinaccio e spazzolone.

«Liberatene. Uccidila quella creatura. Che vuoi che sia? Questione di un attimo. Lo fanno tutte quelle a cui va storta una chiavata e non vogliono buttare al vento un corpo da dio che vale una fortuna. Perché Dio, con te, è stato generoso. Peccato mortale non essergli grata.»

Quando non ne poteva più, Lisa gridava:

«Se nessuno lo vuole, questo figlio, io vi dimostrerò che siete dei cani. Lo farò bello, mille volte più bello, sano e intelligente dei figli vostri, che si portano nel sangue le vostre tare.»

Anni durissimi, prima del matrimonio. Per lei, e anche per me. Umiliazioni. In un clan sociale dove era una colpa infamante restare incinta di un uomo di opposta fazione. Un portabandiera, per di più, anche se non la sventolava marciando con i piedi per terra, ma salendo nei cieli sui suoi aerei.

...

Mia madre ne aveva di sortite che stupivano. E si divertiva a stupire per il piacere di raccontare vicende che potevano apparire poco credibili, mentre poi si scoprivano vere, di una verità profonda. Il suo concetto era: la Storia, con la maiuscola, ci sembra sempre di mille anni fa, e invece è sempre di ieri.

Un giorno mi prese da parte:

«Voglio raccontarti di quando mi processarono a causa del Mario.»

«Un processo a una donna perché si innamora?»

«Avevo dato fuoco a una miccia potente. Lo riconosco. Si poteva scambiare per una mia scelta folle. Ma io non avevo scelto. Succede, nella vita, che una forza superiore scelga per noi. Qual era la mia colpa? Non vederle più le miserie che fanno volare i coltelli e portano gli uomini a scannarsi. E con gli occhi sgombri, la mia coscienza mi faceva apparire tutto logico. Sentivo di appartenergli a quell'uomo, al Mario. Ma le dicerie... s'inventano i diavo-

li, danno denti da lupo anche agli angeli. Così mi dissero: dobbiamo interrogarti, per vederci chiaro.»

«Chi ti fece il processo?»

«Quelli che tenevano in pugno, ciascuno col suo nome di battaglia, il clan sovversivo dell'Oltretorrente. Avevano le loro ragioni, e in questo li capivo. Cercavano di cambiare le cose, pagavano di persona: arresti e bastonature. Andavano a combattere anche per le cause di altri popoli, e in parecchi ci hanno rimesso la vita... Se fossi stata una delle tante sgualdrine mi avrebbero ignorata e buttata a mare. Ma ero una ragazza di cervello, con il loro stesso cervello, e una mia onestà. L'amore di una così, pagato duramente di persona, vale una fede politica, non ti pare? Bisognava cercare di capirlo.»

Mi parlò dei compagni che l'avevano interrogata per giudicarla. Personaggi da ricordare se si vuol vedere chiaro nell'Italia che influì sulla storia dell'Europa, sul suo cammino verso una moderna democrazia.

«Ma tu devi conoscerli perché altrimenti non potresti capire le tante facce della mia vita, e della mia storia d'amore con tuo padre.»

«C'era il Maronti, detto "Masén da gozén": il norcino boia per eccellenza nell'uccisione dei maiali maturi, destinati alle feste del "Maiale Coràto". All'inizio l'avevo odiato per il mestiere che faceva...»

... Volava per la città l'annuncio "La Coràda! La Coràda!". Significava che era arrivato il tempo di spaccare il cuore ai suini che poi sarebbero stati serviti sulle tavole imbandite, in pranzi rituali senza fine. Il norcino doveva essere svelto, con un colpo d'occhio infallibile, per immergere il rampone nella gola della bestia, lo stiletto nel suo cuore. Un appannamento di riflessi, e sarebbe stato dilaniato come un torero. Il maiale infuriato, che annusa la morte, è anche più implacabile del toro.

Il Maronti si esibiva nel piazzale delle Beccherie, il luogo storico delle esecuzioni capitali: quanti sovversivi, nei

secoli, appesi alle forche dei Duchi. Una folla assisteva. Stavano seduti a cerchio sui sacchi di farina e granturco disposti a gradinata. Applausi accoglievano l'apparizione del "Masén". Era un uomo forte, ma la sua funzione lo faceva apparire agli spettatori addirittura un gigante. Lo sapevano adorato da femmine che si eccitavano con la crudeltà. Andavano a trovarlo nel capannone dove si allestivano le uccisioni. E quando non c'era più alcuna bestia a gridare l'agonia, nessuna zampa a raschiare il terreno per il terrore, ma solo l'odore del sangue, loro si lasciavano prendere come le bestie appena sgozzate, e nel prenderle il Maronti aveva lo stesso impeto con cui affondava il rampone. Ma poi era capace di staccare un rametto fiorito con la malinconia di quando, sfilato il guanto nero da ammazzatore, accarezzava sinceramente l'animale ucciso chiedendogli perdono.

Quando lo stivale del Maronti batteva tre volte al centro del piazzale, e lui si buttava indietro il cappello, il sipario si alzava sulla recita sanguinaria.

... Egisto Maronti morì durante la guerra di Spagna, combattendo la Falange di Francisco Franco. A Mirabueno venne improvvisata una camera ardente. Davanti alla sua salma sfilarono gli uomini delle brigate internazionali: i francesi e i belgi della Commune de Paris, i polacchi della Dombrowsky, gli italiani che avevano fatto muro contro i Taber marocchini. E poi ancora olandesi, russi, americani, tedeschi, greci, cinesi, arabi, abissini, negri africani, indiani, cecoslovacchi. Mai guerra civile aveva richiamato tanta umanità da ogni parte del mondo.

Chi aveva visto morire il Maronti raccontava che la raffica l'aveva preso dritto nel cuore, e lui era volato in alto, aveva tracciato in aria una scia di sangue:

«Il Maronti è morto coràto, ma da grande!»

L'ultima lettera che inviò dal fronte spagnolo ai compagni di Parma, si concludeva:

"La vera disperazione non nasce davanti ai nemici, anche i peggiori. Né dall'essere battuti in una lotta ingiusta e

disuguale. Ma dallo scoprire che questi nemici non conoscono più le ragioni della loro lotta. L'odio, il terrorismo, il razzismo non sono ragioni."

«E poi c'era don Grazioli, detto "Don Lavanda". Perché quando si muoveva nella chiesa di Ognissanti, la sola tollerata nel quartiere sovversivo, si lasciava dietro una scia di profumo all'essenza di lavanda. Era un bell'uomo. Di una raffinata eleganza anche nell'abito talare. Portava la tonaca come una divisa da ufficiale, e ufficiale a suo modo lo era stato: cappellano militare di uno squadrone di cavalleria. L'aver respirato aria di soldati e di bandiere gli consentiva prediche spregiudicate e aggressive. L'unico religioso che apertamente dichiarava infami i sicari dell'OVRA e gli squadristi della repressione contro la Parma popolare. Perciò, ad ascoltarlo, c'era sempre tanta gente...»

Mia madre ricorreva a don Grazioli quando l'afferravano i primi sintomi del suo male, o nei giorni al batticuore che vedevano i picchiatori sguinzagliati in una caccia accanita a suo fratello Armando: il sovversivo più giovane e ribelle dell'Oltretorrente, animato da una mente strategica per la quale aveva speso parole persino Mussolini: «Ne avessimo, noi, di ragazzi del genere, nelle nostre squadre d'azione». Nell'estate del '22, l'Armando era stato fra i capi della rivolta contro gli squadristi piovuti in massa da Ferrara, una rivolta destinata a segnare la sola sconfitta subita dal fascismo in campo aperto.

Don Grazioli scendeva dall'altare ammirando la bellezza di Lisa, sapendo quale aiuto poteva servirle. Non era questione di parlarle di Dio e nemmeno di confortarla in nome della religione. Perciò tutto l'amore che gli era possibile come sacerdote andava messo nello sguardo senza parole e nella mano che si sollevava al volto di Lisa, arrossato da un'ira confusa. Per benedirla, forse? Quando le sue dita arrivavano all'altezza delle mani di lei distrattamente unite in preghiera, don Grazioli si ricordava delle

belle ragazze che aveva condotto per i viali e i parchi conversando su Dio persino con galanteria, come si corteggia, sapendolo fare. Si ricordava di balli interrotti per rientrare in caserma, lui che si definiva ballerino abile e cristiano, capace di trascinare le donne in valzer appassionati senza dimenticarsi di insinuare che Dio è armonia di danza.

Sollevava dunque una mano di mia madre. Chinava la testa di scatto e la sfiorava con le labbra. Poco mancava che i suoi tacchi battessero l'uno contro l'altro. Mia madre fissava il baciamano:

«Sono con te, Lisa. E lo è anche Dio. Libera la mente.»

Mia madre se ne andava dalla chiesa, sollevata più che da un lungo sermone.

Per quel baciamano da ufficiale.

«E poi c'era il Leo, il "Raccontatore da piazza". Aveva mandato all'aria le regole della sua vita. Convinto che per cambiare le regole delle vite altrui bisogna cominciare da se stessi. Si era laureato, aveva insegnato nelle scuole. Finché, nauseato dalle menzogne della Storia, si era detto: meglio il circo, meglio farle in un circo certe contorsioni e acrobazie, meglio le bestie da ammaestrare con la verità della natura... Cominciarla così, la protesta planetaria!»

Ho sempre amato leggere libri e testi fuori dai canoni. Fra i primi, *Autobiografie della Leggera*, che Einaudi stampò anni fa, a cura di Danilo Montaldi. Fu proprio il Leo a segnalarmelo:

«È anche la storia mia. E dei miei compagni di scena.»

Quel libro, oggi dimenticato, raccoglie registrazioni delle eccentriche peripezie vissute da narratori orali, fabulatori ambulanti che portavano nelle piazze i loro circhi e le storie del mondo. Circhi che si ricordano favolosi, le mille e una notte, tanto che anche il carrozzone zingaresco che approda a Macondo, in *Cent'anni di solitudine*, quasi per certo si ispira a una spedizione arrivata da Po in terra colombiana, e chi non ci crede chieda all'autore, che un

giorno gli amici portarono fra i nostri argini, lungo le nostre acque.

Oltre al Leo, si possono citare l'Orlando, il Teuta, il Fiu, la Cicci, il Bigoncia. Chi furono? Tante cose insieme. Degli omerici disgustati dalla scena politica, da una società impraticabile. Dei bizzarri, o balenghi che dir si voglia, così balenghi da credere ancora in certi ideali, felici di restare saltimbanchi del loro talento, senza altre ambizioni. Divertenti, buffi, nonostante tante avventure amare. Nemici feroci della passività civile, arresa a prepotenti d'ogni dimensione e specie. Senza radici stabili, ma portatori delle loro radici di sangue, mai tradite, come croci sulle spalle.

Il Leo leggeva in pubblico notizie dei giornali e le commentava con gli spettatori. La scena si animava così. In uno spazio del Foro Boario, allestito come "Piazzetta delle storie".

Da piccolo mia madre, quando ancora il mondo non le faceva paura, mi portava a quegli spettacoli. Come attori occasionali, a volte si aggiungevano il Maronti e Don Lavanda:

«Andiamo a sentire il Leo e gli altri strambi.»

La gente s'affollava anche sui muriccioli, alle finestre. Ansiosa di novità e sorprese, visto che in quei paraggi tutto andava come sempre era andato, e non ci si stupiva più di nulla. Aveva inizio il "Gran Carillon dei fatti e misfatti", come veniva annunciato, in mezzo ai falò, con salti e capriole verso il cielo che abbracciava, nella notte fonda, i campi di papaveri, i giardini, i tigli dal profumo che stordisce e vieta le malinconie.

Per scaldare la piazza, il Leo prendeva spunto dal primo pretesto che gli saltava in testa:

«Non vi accorgete che è esplosa la primavera? La più grande primavera che abbiate mai visto...»

E nella platea spuntavano i sorrisi, il mormorare dall'uno all'altro: «To', ci stiamo accorgendo della primavera, il che è già un buon segno per noi che abbiamo perso persi-

no il senso delle stagioni. Capite quanto sia importante? Infatti, se ci siamo ridotti a vivere in una società da cortile, come galli dalla cresta abbassata, è perché non ci aspettiamo più niente da nessuno, nemmeno da madre natura».

Seguiva una pausa a effetto del Leo.

«Adesso viene il bello» mi annunciava mia madre. «Adesso ci racconta le cose che stanno capitando nel mondo, quelle che lasciano di sasso.»

Il Leo le raccontava di ogni paese, delle genti più diverse. Mia madre commentava:

«Ma guarda un po'... Guarda un po' che diavolo deve succedere. Si stenta a credere che il mondo sia così.»

Non si perdeva una parola. Se ne andava, portandomi per mano, solo quando il Leo, dopo un inchino, dava ordine di spegnere i fuochi intorno. Le sue esibizioni ebbero fine una sera che gli saltò il ticchio di precisare come stavano esattamente le cose nel delitto storico di Mussolini, il delitto Matteotti. Sbucò dai fuochi un manipolo in camicia nera. Il Leo lo afferrarono al volo durante una capriola e gli misero le manette:

«Vieni, guitto. Raccontacele in Questura queste belle storie. Così poi ci divertiamo insieme.»

Mia madre concluse:

«Al processo che mi toccò subire a causa della mia relazione con tuo padre, non mancò mio fratello Armando. Immagino quanto gli costò essere presente. Per me, era più che un fratello. Forse il padre che mi è mancato. Un padre fratello: una fortuna per una ragazza col mio carattere. Cambia il codice degli affetti. L'affetto diventa un'altra cosa, con un'altra vitalità, la forza di essere complici. Se ricevi una carezza sai che è vera, se ricevi uno schiaffo sai che è giusto.»

Mi strinse la mano, esitò:

«Sapessi come ho sperato che il Mario potesse essere, per te, un padre fratello.»

Lo chiamavano "L'Armando della Madonna della neve".

Lavorava nelle sabbie del Po, che dicono simili ai deserti africani. Un mare sabbioso da cui spuntava, come un miracolo, la statua di una Madonna, protettrice dei sabbiaroli. La sabbia, incrostandosi, l'aveva resa tutta bianca, quasi fatta di neve. Incamminandosi, a sera, verso il battello che li avrebbe riportati a casa, anche i sabbiaroli erano bianchi dalla testa ai piedi, tanto che portavano un bastone con uno straccio rosso legato in cima, per segnalarsi nella distesa accecante.

Aspettando il battello, sedevano su una panca, stroncati dalla fatica, la testa bassa, il bastone ancora nel pugno. Fantasmi di un'epoca che cercava di cancellarli e renderli, in ogni senso, pagine bianche nel libro della Storia:

«Ho ancora negli occhi lo sventolìo degli stracci rossi sopra la fila, e solo noi ragazze, sorelle, figlie, avevamo la pazienza di avvistarli, per assisterli e riportarli a casa. Ci avvicinavamo alla panca. Nessuno dei sabbiaroli si distingueva dall'altro, perciò passavamo la mano sulle facce, togliendo la sabbia, una maniera di accarezzarli per ridargli identità. Infatti fra le dita ci ritrovavamo, via via, i tratti di quei padri e fratelli che, quando erano andati a combattere in terre lontane, avevamo immaginato eroi. La nostra fantasia ne aveva già fatto monumenti nelle piazze.

Ora, statue di sabbia. E così sono rimasti in un'Italia che usa l'oblìo come sudario, che dimentica perché non sa amare i suoi esempi migliori. Aveva ragione il Mario... Ma qualcuno c'è, ancora oggi, che li ricorda in ogni parte del mondo. Basta, per mantenerli grandi. Questa specie di ricordo, non importa se di pochi, è l'unico paradiso da cui non possiamo venire cacciati.

Ma all'Armando qualche pena gliel'ho data. Quando mi prendeva la furia per ciò che disapprovavo. Da ragazza avevo il cervello fumantino. Se vivi nella violenza, da giovane sei così. Mi servivo di ogni pretesto. Per liberarmi la coscienza dalla violenza degli altri.

Capitò anche il giorno che, per la prima volta, io e tuo

padre capimmo al volo qualcosa di noi. E forse, senza la piazzata che feci al Maronti, questo non sarebbe accaduto.»

Il giorno dello scontro e dell'incontro

... Lisa arrivò nel piazzale delle Beccherie, sola. Tutti avevano già preso posto sui sacchi, e già i gridi delle bestie si spandevano per la città. Lei aspettò il momento. Lasciò che il Maronti si godesse il cerimoniale, che consegnasse il tabarro all'aiutante facendolo volare dalle spalle, che estraesse rampone e stiletto. La folla doveva star zitta, un azzardo innervosire l'Ammazzatore: circondato come un divo da lame scintillanti, il Maronti tendeva l'orecchio a percepire il suo qualcosa nel lamento dei maiali che veniva dai recinti. Spiegava:

«Come nella voce di un cantante, quando si esibisce al Teatro Regio, il più severo d'Italia, voi sapete afferrare anche la minima stonatura.»

E per stonatura intendeva quel tanto o poco di rischio nell'affrontare la ferocia suina.

Si vide il primo maiale, liberato dal recinto, correre contro l'Ammazzatore. Una freccia color rosa. Mentre non si ebbe il tempo di cogliere i gesti fulminei del Maronti con rampone e stiletto. Che il maiale era stato coràto alla perfezione, lo capirono da come piombò sulla paglia messa ad attutire la caduta finale. La scia di sangue restò tracciata in aria, prima di sferzare le colonne. Altra prova che la bestia era di sorprendente salute.

Lisa capì che era il momento. Mentre il Maronti, soddisfatto, ripuliva con lo straccio rampone e stiletto, lo accusò pubblicamente:

«Tu che, fuori da qui, ti batti per la giustizia e la libertà, perché lo fai questo mestiere da boia? E proprio in un piazzale dove tanti sono stati appesi alle forche in nome della giustizia e della libertà dai dittatori. Non erano maiali, Maronti, erano anime da levarsi il cappello!»

Il Maronti rispose, senza scomporsi:

«Perché ho la mano ferma, Lisa. E a me basta un momento. Meglio il sottoscritto, che non fa soffrire, di un altro senza la mano ferma, che non uccide, sevizia...»

Lisa guardò la folla. Pensò: ecco il mondo, tutto ad ascoltarmi, attraversato dai gridi dei maiali. Non deve farmi paura... Il Maronti avanzò calpestando la scia di sangue e si fermò davanti a lei. Nella testa del maiale coràto, che sporgeva dal telo, un occhio era rimasto spalancato, con il sole che ci batteva. Lisa lo indicò:

«Quell'occhio... Guardalo, Maronti. Dove sta la tua pietà? Battersi per gli ideali significa conoscerla, la pietà. Almeno quella.»

«Tu, Lisa, sei ancora troppo giovane per capire e distinguere. Perché bisogna saper distinguere, con la pietà. Quando è giusta, e bisogna provarla, e quando, pur restando comprensibile, non serve. La pietà da beghina che se ne va in chiesa a masticare le sue litanie in latino da povera ignorante può diventare una malattia del cervello, una mania... Il mio mestiere lo faccio anche perché i maiali coràti servono a pranzi che ci sfamano in allegria, e ci permettono di riunirci tutti insieme. Un'allegria che ci scalda il sangue. Senza il sangue caldo e la voglia di stare insieme, non c'è rivoluzione.»

Lisa raccolse il rampone. Pesava tanto che una mano non le bastò. Con le braccia lo puntò contro il cielo. Ai suoi occhi, non era più un rampone dalla punta insanguinata, ma una croce deforme, sporca di un sangue cristiano. Un gesto per esprimere le parole che avrebbe voluto dire. Poi si avviò per andarsene. Il Maronti le gridò dietro:

«Sappi un'ultima cosa, Lisa. La mano mi diventa ogni volta più ferma. Così non sbaglierò quando ci sarà da coràre gli aguzzini e le spie che, se non li precedi, ti ammazzano loro per primi.»

Mia madre si ritrovò sola nella città deserta per il giorno di festa. La vita era quella – doveva rassegnarsi – uguale al vento nelle piazze e nei borghi, a trascinare il nulla, a sbattere inutilmente contro la luce sfatta dell'inverno. Era sola

come tutte le volte che dava retta all'istinto, per dire in faccia a chi di dovere le verità in cui credeva.

Perciò andava di strada in strada, sbandando, con addosso il freddo della speranza quando viene a mancare, e la sensazione di non trovarla, proprio fra tante strade, la via giusta.

... Fu in quel giorno di festa, lungo il Ponte di Mezzo che divideva le due parti della città che si detestavano. Mia madre incrociò per la prima volta lo sguardo di mio padre.

Lei camminava in un senso, lui in senso opposto.

Nessuno, tranne loro, sul ponte.

"Strano, è sola" venne da pensare al Mario, appena l'avvistò. "E sembra vedere soltanto il vuoto che la circonda."

L'aveva già notata. Era la ragazza più desiderata del quartiere sovversivo. E quando attraversava la città si trascinava sempre un codazzo di ammiratori. La sua camminata sollecitava fantasie.

Anche a mia madre venne lo stesso pensiero:

"Strano, è solo. E sembra assorto. Chissà che gli frulla in testa."

Anche lei l'aveva già notato. Era vociferato dalle ragazze: un giovane ufficiale aviatore, di cui si decantavano le imprese aeree. Si atteggiava nell'uniforme impeccabile, con la pistola sul fianco e quel berretto azzurro un po' di traverso sul ciuffo nero, che lo rendeva uno dei ganzi più ricercati della Parma ricca e boriosa.

Si vennero incontro, lei su un marciapiede, lui sull'altro. Immersi nella vastità deserta dove cominciava a nevicare. Si trovarono alla stessa altezza, divisi dallo spazio del ponte. Si accorsero che i loro occhi si erano fermati allo stesso modo, fissi. Lo sguardo dell'uno nello sguardo dell'altra.

"Strano" pensò di nuovo mia madre. "Cos'è questa consolazione che mi sta togliendo la collera? E perché so-

no contenta di questo suo sguardo, una cosa semplice come uno sguardo, io che ne ricevo mille?... Perché mi sento come se mi avesse baciata?"

Lo stesso pensò il Mario:

"Strano. Mi sento me stesso, e soddisfatto di me, per questo suo sguardo, come se l'avessi abbordata e mi avesse detto di sì... Uno sguardo, io che sono guardato da tutte."

Il silenzio era di quando la neve comincia a cadere, uno dei silenzi più profondi. Entrambi avvertirono un terzo occhio invisibile che li soggiogava. Era la malìa della vita, forse, che si afferra quando si vuole che non ci escluda. Scrutandosi all'unisono, avevano colto al volo una sintonia, un senso di confidenza.

Tutto questo in pochi istanti.

Poi ripresero a camminare, lei in un senso, lui nell'altro.

L'interrogatorio a mia madre

La credevano prostrata dalle chiacchiere maligne e dagli insulti. Una donna coperta di fango e col cuore a pezzi. Mia madre invece li stupì presentandosi all'interrogatorio perfettamente truccata, coi capelli che le ricadevano luminosi sulle spalle: la piccola ala che le attraversava la fronte, sistemata in modo da insinuare la sensuale malizia che in lei immaginavano spenta. Lisa indossava una veste che si era fatta prestare dalla più vanitosa delle sorelle, e le fasciava il corpo, un corpo che lasciò di sasso il Leo, e fece apparire un sorriso galante sulle labbra di don Grazioli.

L'Armando era partito con lo stomaco stretto all'idea di doverla giudicare, di approvare una sentenza di condanna. Mentre ora subiva l'affetto che provava per lei, e per nessuna delle altre sorelle: l'affetto che pensava di aver perduto. Persino le unghie di Lisa – notò – erano state curate con puntiglio. Non riusciva a crederci. Se le ricordava smangiate dai lavori più squallidi: sfregare pavimenti e cessi dei benestanti. Smangiate, anche, per il rancore, la rabbia. Miracoloso che fossero tornate come quando, nei

suoi giorni migliori, Lisa si deliziava con il pennellino dello smalto: il suo svago preferito, diceva.

L'Armando non si accorse di mormorare:

«Le unghie... È impossibile!»

Il Leo lo guardò disorientato.

Meravigliandosi di se stesso, l'Armando fu spinto a prenderle le mani con un gesto che aveva un codice segreto fra loro, quando si trattava di ribadire: «Siamo fatti della stessa pasta, vero Lisa? E questo ci aiuta a sopportare tanti schiaffi». Ma Lisa, le mani, le fece sgusciare via, le fece volteggiare in aria, come se accompagnasse la musica dei tanghi che amava, allegri e vigorosi, una musica che poi trasformò in una risata. La stessa con cui trattava i maschi insistenti che le andavano dietro per portarsela a letto, e lei li lusingava con un'ironia tutta sua che non afferravano, per poi mandarli al diavolo.

La risata, al posto dell'avvilimento, fece cadere una cappa di silenzio sugli interroganti. Nessuno, lì per lì, seppe cosa dire. E cominciò Lisa:

«Cosa sono queste vostre facce da prete che, mentre dà l'olio santo, sente venir fuori dal moribondo una bestemmia sparata, mi perdoni Don Lavanda?... Sì, è vero, sono piena di quel Mario che voi vorreste veder impiccato, sono già di cinque mesi, anche se dalla pancia non si vede. Sto figliando in stato di grazia.»

«Mario, il fascista» mormorò il Leo, ma senza la foga che avrebbe voluto.

«È soltanto uno che vola, Leo. E ha fegato. Nessuno è capace, come lui, di far capriole per aria su certi sputi d'aeroplano che sembrano giocattoli, e voi ve la fareste addosso solo a entrarci quando stanno a terra... Ha passato l'oceano su quegli sputi. E l'hanno applaudito in America e in Russia, anche se americani e russi si sbranano, mai d'accordo su niente. E allora? Ciascuno fa, come può, le sue capriole per aria. Anche voi le fate, con le vostre rivolte che, purtroppo, e mi addoloro, sono aerei che cascano al suolo come beccacce sparate.»

Il Maronti ritrovò il timbro:

«Hai ragione, Lisa, il tuo Mario vola come un'aquila. Ma è un'aquila di quelle che gli assassini portano sul berretto.»

«È costretto a indossare una divisa e a ingozzarsi di dottrine sbagliate pur di vivere la sua passione di volare.»

Anche l'Armando tornò imparziale:

«Sei sicura? Lo giureresti?»

Sapeva che Lisa non giurava mai. Giurò, stavolta.

Con la sua furbizia da incantatore di piazze, il Leo considerò inutile battere su quel tasto. Raccontando in pubblico le sue storie, sapeva come colpirlo il punto debole delle donne decise a non lasciarsi incantare:

«Allora mettiamola così. Il tuo Mario è un figaiolo perso. Non se ne lascia scappare una. Un borioso che si crede irresistibile, e forse per le femmine idiote lo è, e il peccato è questo: che tu, Lisa, non sei idiota, sei della razza nostra, e quelle della razza nostra non si fanno entrare dentro i bellimbusti creati da Dio come maschi da monta. Figuriamoci, non fanno entrare nemmeno Dio.» Lanciò un'occhiata traversa a don Grazioli: «Basta chiedere al qui presente Don Lavanda che sputa l'anima, è il caso di dirlo, per far passare almeno un soffio di spirito santo nello spirito anarchico».

Il Maronti pensò "l'abbiamo messa al muro":

«Rispondi. È vero, sì o no?»

Ma Lisa fu pronta più di prima a sconcertarli:

«Esatto.»

«Esatto cosa?»

«Ciò che ha detto il Leo, col suo linguaggio colorito. Esatto sul Mario figaiolo.»

«Lo vedi?»

«Però non posso rimproverarlo per questo. Su questo tasto è stato chiaro e leale fin dalle prime parole che ci siamo scambiati. Mi ha detto: Lisa, tu mi vai a sangue, ma io resto un tipo che è meglio perdere che trovare, ricordalo bene. Tu sai quello che si dice di me in fatto di donne.»

Anche don Grazioli si rabbuiò:

«E tu ci hai fatto un figlio lo stesso!»

«Sì.»

Il Maronti batté il pugno sul tavolo:

«Allora sei pazza. Allora dobbiamo spedirti all'Ospedale psichiatrico.»

«Accetto. Se voi mi accompagnate in comitiva. Perché forse non siete anche voi dei pazzi che vorreste cambiare tutto? È la vostra ossessione. Cambiare, cambiare: questa patria del menga, il mondo intero. Persino lei, don Grazioli, che vorrebbe prendere Dio e gridargli: cambia registro, scuotiti una buona volta! E per cambiare siete disposti ad ammazzare chi ammazza. Giusto. Il Mario non ha mai ammazzato nessuno. Ma visto che tutto va cambiato, lo cambierò.»

«E come?» sogghignò il Maronti, «tagliandogli l'uccello?»

«Prendo nota del suggerimento, Masén. Magari se mi presti il tuo rampone e il tuo stiletto... No. Con altri sistemi.»

«Dilli ai qui presenti, visto che sei tanto sicura.»

«Li conoscete perfettamente. I sistemi delle donne che sono della razza vostra. E io sono della razza vostra. Il Leo ha parlato chiaro. Vero, Leo?»

«Stai dicendo che riuscirai a cambiarlo anche nella testa?» insinuò l'Armando. «Nelle idee da vomito in cui crede?»

«Che gli hanno fatto credere.»

«Mettila come vuoi.»

«Sì. Anche nelle sue idee, che detesto come voi. Ma, prima ancora, sul come si tratta una donna.»

Scoppiò a ridere, il Maronti:

«Guarda, bambina, che lui già lo sa bene come trattarle le femmine del suo harem. E quasi l'invidio, perché tutte, dopo l'introibo ad altare dei, e chiedo scusa a Don Lavanda...»

Pur avvezzo a bestemmie e derisioni, don Grazioli lo interruppe con un sospiro:

«Quando devi insultare in me il mio Dio, chiamami almeno don Luigi.»

Il Maronti continuò di slancio:

«Dopo essere state fottute, in ogni senso, tutte cinguettano contente come pasque, tutte a passarsi la voce: ce l'ha così e cosà, e fa questo e fa quello, il Mario qua, il Mario là, come il Barbiere di Siviglia della passera.»

L'Armando strinse il braccio al Maronti:

«Piantala, Masén. Ammesso che quella di Lisa sia una disgrazia, almeno un po' di rispetto.»

«Va bene, mi scuso anche con lei. Il fatto è che, da Masén, io di maiali me ne intendo. Rampone e stiletto, sì, Lisa, e vedi che quel Mario cambia, sia sotto che sopra la cinghia. Oh, se cambia.»

Lisa aveva già le dita che sfioravano la guancia del Maronti, per una di quelle carezze furbe che mettevano in ginocchio l'Ammazzatore più di una revolverata:

«Ascoltami bene. Perché ti voglio parlare con dolcezza. Io non stavo dicendo delle donne che il Mario si fa, e potrei dirti anche di quelle che ti fai tu, nel capannone dei tuoi scanni, e sono feccia... Stavo dicendo che il Mario lo cambierò insegnandogli come si tratta una donna, una sola.»

Il Maronti borbottò confuso. Nessuna, a sua memoria, gli aveva mai fatto una carezza simile:

«Tu?»

«Sì. Io. Dovessi impiegarci una vita.»

Con una punta di gelosia, per quella carezza sulla barba ispida del Maronti, intervenne don Grazioli, che in faccia non aveva un pelo:

«Illuminami. Come si cambia un uomo che non ha rispetto per una donna?»

«Mettendoglielo nel sangue, questo rispetto, come lei dovrebbe fare con la passione di quel Cristo crocefisso... Nel sangue, prima ancora che a parole nel cervello. Ci provi, don Grazioli. E quando è nel sangue, questo rispetto, diventa anima, almeno un briciolo d'anima.» Lisa si rivolse al Maronti: «Diventa sentimento anche nel fottere, Masén. E quando fottere e sentimento si uniscono, allora si può parlare di...».

Ebbe la prima incertezza, Lisa.

Don Grazioli le venne benevolmente in aiuto:

«Di cosa, Lisa? D'amore?... Io, proprio io, vi dico: in giro ne vedo così poco, d'amore. Io vedo solo mandrie di puttane.» Stupefatti gli altri: «Sì, ora tocca a me scusarmi con voi per un linguaggio che non mi è usuale... Quelle restano puttane anche quando vengono da me, a confessarsi. Ci godono a mandarmi fuori di testa con le loro porcherie».

Sugli interroganti, di nuovo una cappa di silenzio. Lo ruppe Lisa, scandendo con voce limpida:

«Amore!»

Si arrivò alle sentenze. Ciascuno diede la sua.

Leo si mantenne sul vago:

«Quando racconto le cose che capitano nel mondo, ma non ne sono del tutto sicuro... tiro in ballo il miracolo, come del resto fa Don Lavanda. I miracoli, amici, sono incidenti favorevoli, le cui cause naturali sono troppo complesse perché si possano facilmente capire. Perciò, con Lisa punto sul miracolo.»

Il Maronti tornò drastico:

«Confermo che una che si mette col Mario rischia l'Ospedale psichiatrico. E lo dico con l'animo di traverso.»

Toccava a don Grazioli. Lo scrutarono. Il sacerdote si era messo a ridere fra sé, sommessamente, come quando si ride per non piangere:

«Il sottoscritto Don Lavanda... Io, proprio io, che invece dovrei... mi dichiaro inetto a spezzare lance per la parola "amore". Dio mi perdoni, ma a me ormai sembra vuota, una parola che vale solo nelle canzonette... Ma tu, Lisa, dato che sei invasata di quell'uomo, vai e tenta.» Guardò gli altri: «Potremmo avere la grazia di contare su un fascista di meno».

Aspettarono la sentenza dell'Armando, che stava fissando Lisa con lo stesso sguardo del giorno che l'avevano arrestato per la prima volta. E Lisa l'aveva ricambiato con occhi che andavano oltre la stessa fraternità, dicendogli:

«Verrò a trovarti, sarò con te sempre, e là dove ti metteranno porterò la gente nostra».

«Di' la tua» lo incalzò il Leo.

Ma l'Armando prendeva tempo. Aspettava che, la sua, fosse Lisa a dirla. Le stava leggendo nella mente. Si erano abituati a leggersi nella mente. Lisa, infatti, dichiarò:

«Me ne andrò da casa nostra, Armando. Non ci starò più nell'Oltretorrente. Finché il Mario non mi darà un segno di aver capito. Non sarebbe giusto che rimanessi... Andrò a stare vicino al Ponte di Mezzo. Né di qua, né di là... A mezzo fra queste due parti di città che si odiano.»

L'Armando sapeva in quale posto la sorella sarebbe finita. Un interrato, soffocante come una tomba.

All'Armando costò molto dare la sua sentenza:

«Sia giusto così.»

...

... Era uscita preoccupandosi di camminare piano. Portava il peso di quella recita: gli occhi, fissi sulla sua schiena, degli interroganti ancora seduti. Insoddisfatti, o di malanimo, specie verso se stessi.

Appena si fu chiusa la porta alle spalle, Lisa era volata via.

Si era messa a correre. Anche lei per un rifiuto degli altri e di sé. Quanto le era costato interpretare la parte, calcolando parole, azioni e reazioni. Non aveva mai finto nella vita. La finzione le ripugnava. E ora tutte le finzioni che aveva assecondato durante l'interrogatorio sghignazzavano come demoni.

Non era vergogna, né rimorso. Ma nausea.

Correva, anzitutto, per liberarsi della nausea. Cancellarsi le finzioni di dosso. L'avevano interrogata di notte. In un casale fuori Parma, in prossimità degli argini del Po, dove si radunavano di solito per tramare le loro azioni clandestine. Ora albeggiava. Nei tramagli che i pescatori lasciavano appesi ad asciugare, da albero ad albero, i pe-

sci rimasti impigliati e i residui delle piante acquatiche mandavano iridescenze nel buio che ancora stagnava sulle marcite. Dagli attrezzi da lavoro abbandonati qua e là, Lisa riconosceva i mestieri della sua gente, che la notte aveva interrotto.

Deviò puntando verso i tramagli. Ci corse in mezzo. Già il sudore della fuga le aveva disfatto sulla faccia il trucco, la prima maschera che aveva predisposto per le finzioni, e ora i tramagli la sferzavano, lasciandole segni, che subiva come punizione, sulla fronte e le guance; i capelli si impigliavano, si sporcavano di fanghiglia, l'onda che si era acconciata sulla fronte con tanta cura perdeva una ciocca, strappata via, impastata nel verde marcio di una pianta acquatica. Dai tramagli scossi, i pesci morti le cadevano addosso. Anche il bel vestito della sorella si lacerava.

Sbucò fra distese di pioppi, costeggiò il Po fra ali di cenere. Dal portale di una piccola chiesa si diffondeva un odore d'incenso e di cera colata: rivide don Grazioli, il suo pallore mortale mentre negava, con tutta la debolezza che Dio non aveva cancellato dentro di lui, l'esistenza dell'amore, la sua abituale galanteria da ufficiale atterrita dalle puttane. Si fermò a una fontanella. Si lavò con gesti rabbiosi le mani con cui aveva mimato la musica dei tanghi che amava, i tanghi allegri, strofinandosi la mano con cui aveva accarezzato la guancia del Maronti. Le sentiva ancora, le punte della barba come spilli.

Le arrivavano, da lontano, le grida dei barcari col vizio di darsi la voce anche quando il cielo era limpido: l'avevano preso in tanti anni, per non scontrarsi nelle nebbie.

Lisa riprese a correre. Chiedendo scusa al figlio che si portava in pancia, stringendosi per attutire le scosse della corsa. D'improvviso, intorno a lei, sembrò la crosta della luna. La sabbia sconfinata come una terra senza nome. Il cielo acquistava trasparenza dal fiume. Nel silenzio non meno vasto che toglieva il respiro, Lisa penetrava, sempre più, in una stravaganza geologica che rifletteva la sua stravaganza mentale. Il fiato veniva a mancarle.

Cadde in ginocchio nella sabbia, affondò le mani, poi affondò il volto nelle mani piene di sabbia, avrebbe divorato sabbia per cancellare la risata con cui aveva sconcertato gli interroganti. Ancora se la sentiva risuonare nella testa, come se l'era proposta con un buffo aggettivo: "Squillante. Gliela farò squillante". Si fissò le dita, la sabbia sembrava sgretolare le unghie su cui aveva passato lo smalto, meticolosa come quando si preparava per le feste nella tangherìa "Ballo Gardenia". E là primeggiava.

I binari della ferrovia erano invisibili dietro le dune. Quando apparve con i vagoni neri e senza portelli, i vecchi fanali ancora accesi lungo le fiancate, il treno merci parve dunque veleggiare a mezz'aria, proiettando bagliori fiochi, come volavano sospesi i suoi ultimi pensieri, e seguendo questo volo Lisa saltò dentro un vagone.

Oltre l'ultimo argine, il miraggio si precisò in una facciata fra il rosso fogliame. Era la reggia che incantò Stendhal, dove Barbara Sanseverina, ancora bellissima, fu messa a morte dai Farnese. Là sorgeva, ora, l'Ospedale psichiatrico di C.

Entrò nel cortile. Deserte le panchine dove sedevano le malate, a gruppi, e ogni gruppo poteva godere del suo alberello secco, anche se non dava alcuna ombra. Percorse i lunghi corridoi. File di poltroncine allineate, vuote nella prima luce. Passò davanti alle grate delle porte, alle quali apparivano volti pallidi, occhi sbarrati, col respiro gutturale che graffiava le gole. E il grande Cristo, sul fondo, sembrava piegare la testa sotto il peso di tanto silenzio che ingigantiva il suono dei suoi passi.

L'Ospedale psichiatrico che il Maronti aveva congetturato nelle sue minacce.

«No» mormorò Lisa. Poi lo gridò con tutta la forza che aveva nei polmoni: «No!... No!».

No, in nome del figlio che portava in pancia.

Si chiese, smarrita: e se il Mario non fosse riuscita a cambiarlo? Il Mario che non voleva sposarla, per il culto della propria libertà di aviatore spericolato e di sovrano

delle motociclette da competizione con cui correva lungo la terra, infatuato delle donne infatuate di lui. Mario l'incantatore che odiava farsi mettere al laccio.

Se davvero gli interroganti avessero avuto ragione?

Sipario sulla premessa

All'Ospedale psichiatrico di C. mia madre ci finì davvero. Fu un andirivieni, un calvario. Ansie, angosce latenti. Scoppiarono quando i nervi di Lisa cedettero come una diga. Vennero gli elettroshock, e fu un disastro che si aggiunse. Rotta la diga, l'amore di mia madre per me dilagò oltre i confini dell'amore, diventò abnorme, deforme.

Si trasformò nell'ossessione del suo contrario: nel terrore di uccidermi.

Per anni, ho subito una crudeltà assoluta. Mi fu impedito di parlare a mia madre dei miei problemi, delle mie difficoltà. Tranne brevi pause di un relativo benessere, la mente di Lisa, smarrita la gioia di vivere, si automurava, staccava la spina di ogni contatto col mondo, specie con le immagini della sete di assassinio del mondo, con cui i media si compiacciono di fare spettacolo. Perciò niente televisione, niente radio, niente giornali, niente discorsi apprensivi in sua presenza.

A lei non era concesso altro: non sapere, non sentire, per evitare che il suo atroce complesso di Medea potesse essere in qualche modo sollecitato a tradursi in atto. Un caso clinico non infrequente nell'universo femminile insidiato dalla depressione. Per certi aspetti, non poteva non contagiarmi.

L'impossibilità di confessare a Lisa i miei drammi – anche i medici me lo vietavano –, i miei piccoli drammi come i grandi drammi del mondo, ha accompagnato la mia maturità di uomo. E pensare che, fino all'esplosione del suo male, Lisa mi aveva introdotto alla vita col nostro impagabile confidarci – complici anche di allegrie e ironie – che mi torna spesso come un sogno.

Tutto si risolveva in poche battute. Mi chiedeva:

«Come stai? Tutto bene?»

Le rispondevo:

«Sì. Tutto bene.»

«Sono contenta.»

Il nostro dialogo non andava oltre. Nemmeno se ero a pezzi e avrei voluto gridarle: «No, non va tutto bene. Perciò, in nome di Dio, lasciale perdere quelle tue maledette ossessioni! Ascoltami, invece! Ascoltami!».

Una parola le usciva dalle labbra nei momenti di crisi che più la torturavano:

«Figliare... Procreare.»

E non si capiva se lo mormorasse come una consolazione o una bestemmia.

III

Dialoghi con mia madre

C'è un'ora che prediligo per parlarti.

Quando non è più notte, e non è ancora giorno. Un'ora che tu hai definito così bene, confidandoti coi tuoi registratori: "Amorosa di attese... E il mondo sembra che cammini sulle punte, ancora non inizia a conversare con le sue frasi fatte". Salgo in terrazza, la distesa della città sotto i miei occhi: Roma si arrende al giorno con un delirio di colori o un intarsio di sfumature se è rannuvolata come il suo cielo. La luce intermedia facilita il distinguere fra la vita in senso assoluto e la vita quotidiana.

Quell'ora è presente in me, come emozione, anche se capita che io ti parli, e tu mi ascolti, nelle circostanze più impensate. Quando in terrazza non posso salirci, perché sono lontano, in qualche parte del mondo dove le notizie che ti comunico mi coinvolgono di persona, e certe realtà le tocco con mano. Circostanze spesso ingrate. Il peggio del mondo che ti faceva paura, per usare le tue parole.

Mi attengo alle tue raccomandazioni del nostro ultimo dialogo.

Rimediare al tuo sapere così poco di questo povero pianeta che forse ora ti appare come un punto insignificante, ma che a Dio in qualche modo deve stare a cuore. Ricordi il tuo timore? "È questa ignoranza che mi faranno pagare lassù, come il peccato più grave. Perché ho rifiutato di

confrontare la mia vita con le vite del mio prossimo. A causa dei diavoli che mi tenevano schiava la mente. E i diavoli sono contro il Creatore."

Affrontare il confronto, dunque.

... In questi giorni sono accaduti eventi, positivi e negativi, che riguardano il punto più tormentato della tua, e mia, esistenza: la nascita, il figliare, come dicevi, la procreazione.

Il primo evento mi ha avvicinato fortemente a te, alla dimensione dove mi ascolti. Tutti i giornali hanno riportato, con evidenza, l'immagine dell'universo appena nato. È la fotografia dell'universo bambino, che risale a più di tredici miliardi di anni fa. E io ho pensato: come quando sono entrato nella tua pancia, e ti sono stato embrione, Lisa, e ancor prima fusione con l'ovulo, una fusione che in tanti, poi, ti spingevano a cancellare, via, senza lasciare traccia, intimandoti: «Liberatene». E forse anche Dio, chissà, ha incontrato le sue forze avverse, ma, come te, si è battuto, non ha ucciso il suo universo bambino.

Dovresti vederla l'immagine in cui mi ravviso, rivelata dagli occhi elettronici del robot spaziale americano. Una forma ovoidale, cangiante di blu e azzurri, che racchiude un fiume impetuoso di onde elettromagnetiche molto piccole. Gli astronomi la chiamano "radiazione fossile". Come un reperto fossile, infatti, ci mostra una vita che non è più. Un miracolo della scienza, quella fotografia. Viaggiando alla velocità della luce, le onde elettromagnetiche hanno impiegato più di tredici miliardi di anni per arrivare fino a noi.

Di nuovo, avevi ragione tu, quando mi raccomandavi: «Al tuo futuro ci penso io, tu cerca di vedere bene nel tuo passato. Se l'umanità riuscisse a essere spettatrice delle proprie origini, sarebbe come stare a teatro. Perché a teatro si ride così liberamente, mentre si ha vergogna di piangere?».

Sotto la fotografia dell'universo bambino, un interrogativo che gli astronomi definiscono agghiacciante, e pesa sulla comprensione dell'universo. Riguarda l'esistenza

della materia oscura, così battezzata perché si ignora totalmente la sua natura. Ma tu ora la conosci, questa natura. Ti è bastato un attimo per saperlo, come avevi previsto. Sono fiero di te, Lisa, che mi ascolti *sapendo*.

Dell'universo bambino sono stati ricostruiti anche i primi attimi, fino ad arrivare a meno di un millesimo di miliardesimo di secondo dalla nascita.

Quel soffio di tempo in cui sono stato concepito da te.

Si è sempre mosso nella mia mente: un pensiero indefinito che, tuttavia, aveva lo straordinario potere di accogliere tutti i pensieri. Anch'io ho cercato di ricostruirlo con calcoli ipotetici, fino a sfiorarlo.

Il come, il dove, il quando.

Versioni diverse. Persino tu ti sei contraddetta. A me lo raccontavi come una favola quieta e confortante. Mio padre che ti possedeva nella tua casa sul fiume, in una stanzetta segreta dove ti rintanavi se le tue fantasie ti cascavano in testa come un po' di neve cadeva da una crepa in un angolo, quando l'inverno era duro, e dalla finestra le piane che si colmavano di neve apparivano più belle che da qualsiasi altro punto, al sole si trasformavano in laghi d'oro.

Erano le prime volte che mio padre ti chiamava non Giuseppina, che non gli sembrava degno della tua figura, ma col tuo secondo nome, e ci aggiungeva una nenia tutta sua: Lisa, Lisetta, come si fa coi bambini, forse perché voleva farti sentire più bambina, una preda più facile, anche se avevi già una testa di mille anni per certe faccende:

«Dài, Lisa, Lisetta, che ci scaldiamo un po', dove nessuno ci vede.»

Io avrei dovuto conoscerlo così, quell'attimo. Favola e idillio. Ma in una delle tue confessioni segrete al registratore, ho ascoltato uno sfogo diverso: nessun accenno alla "stanzetta della neve"...

«... In un campo di periferia, fra erbacce e sterpi, a malapena prosciugato dal solleone del pomeriggio. Perché

aveva piovuto tutta la mattina. Un diluvio. Ci eravamo aggirati in moto. E il Mario, alla vista del campo, ha frenato di colpo. Ha detto: "Qui, subito, ho una voglia pazza di te". Ho reagito: "Qui, no. È ancora bagnato, e non voglio farlo con la paura di essere scoperti". Ma quando lui andava in voglia, impossibile farlo ragionare. Allora ci ho messo tutto di me, per fargliela dimenticare quella terra nera, fra cartacce e spuntoni, fargliela immaginare come un letto accogliente. E c'era una luce... Mentre il Mario stava già sopra di me, mi accorgo di quando il tramonto ha colori impagabili, che ti fanno pensare al paradiso. Insomma, c'era un cielo che sembrava messo apposta a riscattare la ripugnanza della terra, come accade nella vita, e per la dolcezza che cercavo di mettere nella smania con cui lui si agitava, mi è scappato da dire:

"Guarda, Mario, che luce..."

Per farmi contenta, lui si è girato, ha guardato, ha esclamato persino:

"È bella."

Così è andata. E forse è stata quella piccola meraviglia sugli sterpi a tradirci.»

Mio padre, invece, la volta che gli ho insinuato i miei calcoli da astronomo sulle mie origini, mi ha risposto ridendo, con accenti trionfali, alla maniera sua:

«Il giorno del mio ritorno dalla Trasvolata atlantica. Ero ancora caldo di mille abbracci. Ma l'abbraccio di tua madre li superò tutti. Ero esaltato, e lei con me. Forse è andata così. Tu che dici?»

Ne aveva di queste domande da svitato, il Mario.

Più vere le parole dell'Armando, che non riguardavano né il come né il dove, ma la prima decisione di mia madre, sulla mia possibilità di vivere:

«Una delle tante mattine che mi toccava scappare dalla casa d'Oltretorrente. Capitava d'improvviso. Un compagno dava l'allarme: "Stanno per arrivare". Dovevo afferrare quelle quattro cose. Saltare da una finestra sul retro. Sparire per i campi. Lisa mi aiutava a raccogliere il necessario nella

borsa, a stare calmo. Ricordo che l'ho baciata in fronte come sempre, un bacio portafortuna, perché davvero sapeva trasmettermi una tranquillità incredibile, mentre nostra madre se ne stava a singhiozzare da una parte... Stavo già per scavalcare la finestra quando Lisa, forse per la paura di non vedermi più, mi fa: "Devo dirti una cosa!". "Proprio adesso?" Anche se ogni attimo era prezioso, a guardarla in faccia ho capito che dovevo ascoltarla. E lei: "Sono incinta!".

Prima che avessi reazioni, mi ha spinto con violenza: "Salta, Armando. Salta!". A ripensarci, mi pare di aver scavalcato la finestra chiedendole solo con gli occhi cosa intendeva fare. E lei mi ha gridato:

"Io lo tengo, questo figlio! Lo tengo. Cascasse il mondo".»

Già, la nascita...

Mi ricordo di tua madre, l'Amelia, che raccontava, meravigliata: «Lisa ha usato pudore persino nel venire alla luce. Senza recare disturbo». L'ultima di dieci, tra fratelli e sorelle, che invece avevano dato un gran daffare. L'Amelia ti aveva trovata lì, al suo fianco, scivolata dalle sue viscere come in punta di piedi. Quasi chiedendo scusa di una presenza che, magari, avresti sinceramente evitato. Persino la levatrice si era imbambolata, a scambiare un'occhiata con l'Amelia, senza crederci neppure lei:

«Già fatto?»

«Pare.»

Infatti, la neonata c'era, bella e composta, con appena una smorfia che fu scambiata per un sorriso di bentrovati. Nemmeno in pancia ti eri mai azzardata a tirare calci. E la levatrice aveva convenuto:

«Eh, già. Ne fa, la natura, di fenomeni strani.»

La procreazione programmata

Questo che sto per raccontarti è davvero ciò che paventavi come "il peggio del mondo". All'estremo opposto dell'universo bambino.

I "figli del *Lebensborn*", detti anche *War children*, hanno sfilato in questi giorni per le vie di Oslo: cortei silenziosi, striscioni, volantini lanciati in aria: "Sono passati tanti anni e continuiamo a chiederci perché ci siamo meritati questo trattamento crudele. Noi vogliamo che qualcuno ci dica perché. E che ci chiedano scusa: eravamo solo bambini".

Hanno portato la loro storia di fronte alla Corte Europea per i diritti dell'uomo. La vicenda è all'esame del tribunale di Strasburgo.

Ho scritto spesso su di loro, Lisa. E li ho visti sfilare, ho stretto le loro mani, ho firmato i loro appelli...

Lebensbornheime

Case della Sorgente di vita. Campi creati, anche in Norvegia durante l'occupazione, da Heinrich Himmler, capo delle SS, della Gestapo. Dal 1943, ministro degli Interni. Suicida dopo la disfatta tedesca.

Nel programma scientifico sottoscritto dai medici nazisti, si legge:

"Giovani eroici delle SS, selezionati con il culto che imporremo al mondo e al futuro della Storia, esemplari perfetti della razza ariana, alti, vigorosi, occhi azzurri, sanità assoluta, si uniranno alle giovani naziste della BDM, anch'esse esemplari ariani perfetti, occhi azzurri, tratti armoniosi, sanità assoluta: *Vergini*." Il motto: creare altri esemplari di razza ariana "pulita", auspicando la nascita di maschi destinati al combattimento, di femmine pronte a confortarli con la stessa fede fanatica. Una volta ottenuta la vittoria, individui di ambo i sessi capaci di affrontare altre battaglie durature per trasformare in reietto ogni essere umano di razza sporca, isolandolo nelle terre più disgraziate del mondo.

Le ragazze norvegesi – alte, bionde, sane – sembravano perfette allo scopo. Alla fine della guerra, in Norvegia, si contavano dodicimila bambini nati da queste unioni.

Le copule programmate per fabbricare l'uomo perfetto

avvenivano nei lager chiamati appunto "Sorgente di vita". Baracche simili a quelle di altri lager in cui gli ebrei attendevano la morte, con la sola differenza che gli ambienti erano meticolosamente puliti, le pareti dipinte a colori chiari, azzurri soffusi, e mazzi di fiori freschi spiccavano alle finestrelle, e arrivavano vassoi con cibi in quantità. Ma, intorno, identici i reticolati, i fari accesi che battevano le notti, le Kapò scelte fra meretrici abili e crudeli, altri aguzzini conoscitori delle ombre da cui si controlla, si spia: si muovevano invisibili con le armi in pugno.

I giovani artigiani della procreazione programmata dovevano fabbricare i loro prodotti impeccabili, continuamente forzati uno dentro l'altra, tra i fucili delle sentinelle a guardia delle baracche. Molti i suicidi delle ragazze che non reggevano e si impiccavano usando le lenzuola macchiate dallo sperma considerato dalla BDM materia sacra. I loro corpi "indegni" cremati in un "rogo purificatore" davanti alle coppie inquadrate, costrette a essere testimoni, con altre raffiche che si abbattevano fra le fiamme affinché la purificazione risultasse, anch'essa, la più perfetta possibile.

"I figli del *Lebensborn*" vennero strappati dalle mani delle madri. Dopo la disfatta nazista, considerati un'eredità ingombrante, furono rinchiusi in orfanotrofi e in "ospedali mentali", oppure affidati a famiglie che li fecero sentire colpevoli della loro nascita. Oltre ai maltrattamenti, gli insulti: "bastardi tedeschi", "puttane tedesche". In gran parte, crebbero quasi senza istruzione. Privati, in seguito, dei diritti riconosciuti ai comuni cittadini. Si pensò addirittura di deportarli in massa in Australia.

Solo alla fine degli anni Novanta, questi infelici sono usciti dall'ombra, rintracciandosi l'uno con l'altro, riunendosi in associazioni. Hanno chiesto al governo norvegese di assumersi la responsabilità dei maltrattamenti e delle discriminazioni, di indennizzare quanti ne erano stati vittime. L'indennizzo, con scuse puramente formali, fu stabilito dallo Stato soltanto nel 2000: ventimila corone, poco più di tremila euro.

... Li ho visti, Lisa. Mi sono unito ai loro cortei che si sono formati al calare delle ombre, e hanno continuato a snodarsi rischiarati da fiaccole simili a quelle che delimitavano i campi "Sorgente di vita". Nella luce incerta, ho visto brillare centinaia di occhi azzurri sotto i capelli ingrigiti. Occhi di fantasmi usciti dal nulla. Il nulla reale delle loro esistenze. Molti camminavano con difficoltà, portando il peso di una vecchiezza che appariva grottesca.

Andando al loro passo, mi hanno contagiato col rancore contro il mondo, la rabbia per un destino inesorabile fin dai primi istanti, la nostalgia, ormai folle, per un ventre materno mai conosciuto.

Uno striscione, a lettere rosse, mi precedeva: "Himmler non è morto. Questo mondo civile applica la sua teoria rovesciandola. Ci tratta da inferiori solo in base alla nostra nascita!".

Mai come in quei momenti, Lisa, ho provato disperazione, in nome tuo, pensando alla tua innocenza, che mi sembrava avvolgere immensa il corteo, alla tua anima così limpida e forte del suo amore, da adombrarsi per il terrore di compiere il male. Il male che nemmeno conoscevi, se non nel suo generico esistere, che avvertivi come un alito gelido dagli inferni del mondo, dove brulicano i vermi che hanno la coscienza di Himmler.

Il male è questo, Lisa, ora lo conosci.

Mentre le centinaia di occhi azzurri puntavano su di me i loro sguardi, indagando la mia fraterna estraneità, ho guardato in su, nel cielo buio, chiedendomi se uno sguardo ben più grande scendesse su quella moltitudine di ombre. Lo sguardo del Creatore di vite, qualunque esso sia.

Tu sola potresti dirmi, Lisa, se esiste una ragione.

Negli ultimi due anni della tua vita, un'effimera guarigione. Ci siamo ritrovati a riprendere le fila di un tempo interrotto. Ci siamo rallegrati di una primavera dell'esistenza che si è bruciata in fretta, restando tuttavia come una piccola vita incastonata in lunghi anni difficili. E cia-

scuno di noi ha recitato bene il proprio ruolo. Tu che, nella vecchiaia, obbedivi agli stimoli della madre giovane, quando sapevi e potevi essermi complice, io attempato ragazzetto che tornava ad animarsi con le emozioni dell'adolescenza.

Durante la tua assoluta mancanza di dialogo col mondo, la tua mente aveva sviluppato – tu stessa l'hai ammesso – un suo linguaggio, una sapienza. Anche le parole non dette erano cresciute, dentro di te, acquistando una loro incosciente intensità d'espressione, assimilando misteriosi insegnamenti. Come un cieco che esaspera la percezione di ciò che non vede. Per due anni abbiamo goduto di quel tuo giacimento portato alla luce da una prigione.

Ci telefonavamo, la mattina. E ogni volta mi chiedevi, quasi che un solo giorno avesse potuto cambiare le cose:

«Ma la tua vita... La tua vita come va?»

Se me lo chiedessi oggi, cosa potrei risponderti?

In questi mesi ho tirato avanti con uno stratagemma a cui ancora mi attengo. Accetto gli incarichi dal giornale, e se non ho proposte li provoco. Faccio in modo di essere inviato qua e là, in paesi diversi, in realtà diverse. Basta qualche ora di volo. Lo stesso tempo che si impiega ad attraversare Roma nel delirio del traffico. Semplice. E ti ritrovi in una delle altre facce della luna.

Quando ritorno, tutto si restringe e, insieme, si amplifica. Si restringe se mi muovo fra le mura di casa, e devo vedermela con le tracce che hai lasciato. Si espande se queste tracce le collego ai miei dialoghi con te. Mi sorprendo a dar valore a piccole cose, potrei dire che somatizzo persino certe minuzie del quotidiano. Ed ecco che mi comporto come se tu ancora ci fossi... Un ciuffo di capelli rimasto impigliato nel tuo pettine. Il tasto della sveglietta che non hai toccato e continua a suonare l'ora della sveglia fissata da te: la rettifico se va indietro di qualche minuto. Il bicchiere con l'ultimo tuo sorso di vino bianco. Il prezzo di una tua ultima consumazione, nello scontrino che non sta mai fermo, me lo trovo sempre spostato dal

vento in punti diversi. Il tuo ultimo biglietto interrotto, senza il nome e l'indirizzo del destinatario: "Con affetto e nostalgia...". Ma a chi?

Il tuo rasoterra delle minuzie. Mi insinua una leggerezza che si prende gioco della solitudine, e mi solleva, con la voglia di partire, volare con questa leggerezza in luoghi talmente estranei da illudermi che anche i miei rimpianti non mi appartengano. Ti faccio un esempio, il più recente. Una di quelle vaghèzie, come le chiamavi, che ti avrebbero entusiasmato.

... Sono volato a New York per una ragione singolare. È stata lanciata un'iniziativa senza precedenti. Un gruppo ambientalista, che ha trovato largo seguito, ha invitato a spegnere i grattacieli della città da mezzanotte all'alba, per alcune settimane, per proteggere i volatili che sorvolano la Grande Mela nel picco delle stagioni migratorie. Oltre trecento specie di abitatori dell'aria sono costrette a far sosta su New York negli estenuanti viaggi dal Canada al Sud America. E cinque milioni di uccelli muoiono ogni anno sfracellandosi contro le finestre dei grattacieli. Il problema non sono le luci, ma i vetri illuminati che gli stormi non si aspettano.

Un'attenzione amorosa che sorprende, in notti ancora oppresse dall'incubo del terrorismo.

Ho guardato spegnersi le luci del Crysler Building, dell'Empire State Building, del Rockefeller Center, e via via degli altri che rispondevano all'appello "Lights up NYC". E intanto il mio pensiero bizzarramente correva a una "minima" creatura, appunto: il volatile che ti ha fatto compagnia per tanti anni, e tu hai chiamato Dindòn, come il suono delle campane, perché a ore precise, quando scampanano le chiese, di mattina presto e al vespero, piombava sul davanzale pretendendo il suo becchime. Tu scuotevi la testa:

«In fondo, è uno dei pochi che mi vogliono bene.»

Dapprima, Dindòn diffidava di me. Poi in me ha visto te. E siamo diventati amici. Ho imparato a sistemare il

becchime nella vaschetta. Lui si nutre e ringrazia scrollando le piume. Nelle mani che gli offrono la vaschetta capisco che fissa le tue mani, e io me le sento le tue vene che si intrecciano sul dorso, le dita che avevi conservato snelle.

... Non ho dimenticato neanche Simone.

Ti fu compagno – il più giovane, un ragazzo – in quella che chiamavi la "detenzione psichiatrica", e ne avevi fatto il tuo protetto. Sono in contatto con lui. Mi scrive continuamente lettere che dimostrano, oltre alla sua intelligenza fuori del comune, un risveglio progressivo della sua coscienza affettiva. Ora è meno difficile trasformarlo da bestiola selvatica bruciata dal non aver mai avuto al fianco né una madre, né un padre, in un ragazzo che sta conquistando una maturità psicologica.

Provvedo anche economicamente alle sue necessità. Non è più costretto a tornare in corsia, la notte, fra i "superstiti" decisi a non abbandonare l'ospedale, benché lo definiscano "come la testa nostra, senza più ragione, solo abbandono". Gli ho affittato un piccolo appartamento che ha già sistemato, se così si può dire, secondo la sua stramberia. Preoccuparmi di lui è un altro modo di occuparmi di te, in quell'instabile confine fra benessere mentale e improvvise tempeste dell'alienazione.

Mi raccomandavi di continuo:

«Ricordati di Simone, quando non ci sarò più.»

Ma è lui per primo che si ricorda di te. L'ho convinto a venire a Roma, ospite in casa mia, come hai fatto tu, una volta soltanto. Nessuno gli aveva raccontato i particolari del tuo viaggio, eppure, con mia grande sorpresa, si è comportato esattamente come te. Ho rivissuto nel suo arrivo il tuo arrivo. L'ho visto muoversi per le stanze a suo agio, quasi già le conoscesse. Ripeteva:

«Lisa, qui, ha passato giorni da contenta. È come se la vedessi. Lisa, la mia bambina.»

Ti chiama "la mia bambina".

Frequentandolo, ne ho capito la ragione. Il plagio salutare che hai esercitato su di lui, per fargli superare la soglia verso la normalità, mentre io cercavo di aiutare te con lo stesso intento, ha preso corpo nel vuoto delle sue ossessioni. E Simone ha avuto il sogno di concepirti: ti porta dentro quasi ti fosse il padre e la madre che non ha mai avuto.

Lo vedi in quante forme sei ancora ben presente fra noi?

Ho portato Simone in terrazza, nell'ora preferita, fra notte e giorno: ormai è un rito raccontarti ciò che il mondo fa e disfa, anch'esso sempre a mezzo fra sanità mentale e follia.

Gli ho detto, senza preamboli:

«Lei mi ascolta.»

Di nuovo mi ha sorpreso:

«Lo so.»

Non puoi immaginare che sostegno la spontaneità medianica di quel ragazzo travagliato che ora sollevava lo sguardo verso l'alto, con un discorso che sembrava elaborato da una mente, da una voce diverse dalle sue:

«Contemplare un cielo come questo, l'idea di appartenere a un mistero infinito, una volta mi faceva paura. E con la mia testa storta, storta proprio a causa di tutto ciò che l'infinito mi negava, mi sentivo indegno. Era come se una voce avvelenata mi dicesse "Che c'entri tu? Togliti di mezzo, Simone, tu non appartieni a niente, neanche al minimo, immaginarsi al massimo". Adesso quella voce tace, da quando ci sta Lisa, che non mi ha mai giudicato inferiore, non mi ha mai escluso. Al contrario.»

Un grande silenzio ci circondava. Mi ha chiesto:

«Questo è silenzio per te? Per me no. Per me è pieno di voci e voci, suoni e suoni, che altrimenti ci sfuggono. È qualcosa che respira, non so cosa, so soltanto che mi aiuta a uscire dall'inferno, quando ci ricasco. Perciò lo ascolto, a volte anche per ore... Lisa respira così. E se mi concentro,

il suo respiro me lo sento sulla faccia. È stando in ascolto che riusciamo a farci ascoltare.»

Mi stava impartendo una lezione. Deve averti comunque rallegrata la vista di noi due vicini, in quel punto della terrazza, e a quell'ora.

... Ho portato Simone, come ho portato te, alla chiesetta "Domine Quo Vadis", sull'Appia Antica, che conserva le presunte impronte di Gesù. Ricordi? Ti sei levata le scarpe e hai fatto coincidere i tuoi piedi scalzi con le orme divine. Ti sei illuminata constatando che combaciavano esattamente. Ho detto a Simone:

«Prova anche tu. Come ha fatto Lisa.»

Si è avvicinato, scalzo, ma si è bloccato a pochi centimetri. È scoppiato a piangere, stravolto da una delle sue crisi incomprensibili:

«Non posso» ripeteva. «Ho i piedi troppo grandi. I miei piedi, non lo vedi come sono brutti, volgari? I piedi di un povero pazzo. Le impronte di Gesù li rifiutano. Non lo senti anche tu che li stanno rifiutando? Ed è giusto che sia così.»

... Ho presentato a Simone una ragazza della sua età. Spesso gli chiedevamo:

«Ti piace guardare le ragazze?»

Lui ci rispondeva con una delle sue cabale:

«Le ragazze, di giorno, sembrano buone e gentili. Ma di notte no, diventano malvagie.»

Abbiamo capito che, per "notte", intendeva l'intimità femminile che si nasconde dietro l'apparenza, nei peccati della carne sui quali sfrenava l'immaginazione: lui deriso, oltre che rifiutato. Simone ha simpatizzato con la ragazza che gli ho fatto conoscere, anche a lei sta scrivendo lettere suggestive.

Vediamo che ne esce.

Mi chiedevi anche, ogni mattina:

«Cosa stai scrivendo?»

Avvertivo, nella tua domanda, una punta di rimorso. A

causa del tuo male, non avevi mai letto un mio libro, non avevi mai visto un mio film. Mi ripetevi:

«Mi dispiace.»

Sinceramente ti rispondevo e ti rispondo:

«Non dispiacerti. Davvero non ha importanza. Contano soltanto le storie che uno vive. E noi ne abbiamo vissute.»

Rivolgendomi a te, mi torna una frase di Kafka: «Scrivere è una forma di preghiera». Non ho altri intenti. Tuttavia mi affascina un'idea che non ci è estranea. Mettere in scena la compagnia dei tuoi "Contatori" orali, i personaggi della "Leggera". Farne un gran teatro. Salendo in terrazza nell'ora fra il giorno e la notte, a volte mi sento nei panni del Leo, quando mi portavi ad ascoltarlo. In certi casi mi chiedo: "Come le avrebbero raccontate – oltre al Leo, al Maronti, a don Grazioli – l'Orlando, il Teuta, il Fiu, la Cicci, il Bigoncia?".

Le vicende del mondo, intendo, che ti sto comunicando. Questa, ad esempio...

Il Leo avrebbe letto il testo della notizia:

"Stanotte parleremo dell'Abbé Pierre, il sacerdote più amato dai francesi. Ha aiutato le vittime del nazismo. Ha combattuto con i partigiani. È stato eletto deputato. Per protesta contro la politica sporca, si è dimesso dal Parlamento..."

Sarebbe esploso un coro di:

"Bravo! Una mosca bianca! Fra i troppi partiti che abbiamo, ne manca uno: il Partito delle mosche bianche!"

Paziente, il Leo avrebbe atteso il silenzio:

"Con un ex ergastolano, l'Abbé Pierre ha fondato invece il Movimento degli stracciaioli costruttori di Emmaus! Comunità di poveri, ex tossicodipendenti, ex prostitute intenzionate a rifarsi una vita."

Applausi. La notizia avrebbe potuto finire qui. Già encomiabile, e degno di simpatia, l'abate francese. Ma il Leo non si muoveva dal palco, segno che la vera notizia non era questa. Infatti:

"All'età di novantatré anni, pensate un po', l'Abbé Pier-

re ha ora scritto un libro – *Mio Dio... Perché?* – dove confessa di aver avuto rapporti sessuali durante il suo sacerdozio. Le donne, già le donne... Vi leggo: 'Sì, mi sono lasciato trascinare dal desiderio carnale e ne ho praticato gli atti. Ho capito, tuttavia, che questo desiderio, per essere pienamente soddisfatto, deve esprimersi anche in una relazione d'amore tenera e basata sulla fiducia. Relazione che non potevo permettermi, perché avevo già relazione con Dio, a cui avevo consacrato la mia vita. Dovevo amputarlo, il mio desiderio, impedirgli di mettere radici. Mai rapporti duraturi con donne. Come potevo rendere infelice una donna?'."

A chi avrebbe lasciato la parola il Leo? A don Grazioli? Forse...

"Le donne, già, le donne... Eh, Don Lavanda? Tu che non hai mai detto esplicitamente: vade retro sottana. Vorremmo proprio saperle le tue imprese da maschio con la chiusura lampo sotto la tonaca? Non a tutti è dato raggiungere i novantatré anni. Se crepi prima, chi racconterà la tua leggenda amatoria profumata alla lavanda?"

No, troppo facile. E la compagnia dei "Contatori" non andava mai sull'ironia facile, semmai sul sarcasmo complesso. Aveva una nobiltà anche nelle sue fole sconclusionate, partendo dal principio che il male della gente è tragicamente ridicolo, e di una cialtroneria così piena di sé da macchiarsi spesso di sangue. Di fronte alla piazza, i tuoi personaggi, Lisa, avrebbero cercato di capire, e far capire, il meglio e il peggio dell'Abbé Pierre: il meglio della sua sincerità umana, il peggio delle sue contraddizioni. La parola sarebbe passata alla Cicci. E la sola donna del gruppo, che aveva affrontato demoni e santi senza peli sulla lingua, si sarebbe interrogata, interrogando:

"Gliene direi quattro, all'abate. Se l'avessi qui, lo prenderei per il saio e gli farei io la predica giusta: perché, tu che di cose buone ne hai fatte, non hai avuto il coraggio di viverlo fino in fondo l'amore che decanti, tenero, basato sulla fiducia? Sarebbe stato peccato? Ma il peccato peg-

giore, vecchio mio, non era limitarsi, lasciamelo dire, a squallide scopate, e squallide dovevano essere, visto che te le facevi col terrore di Dio?... Niente amore per la donna che ci stava, eh? Tu l'ingannavi, e anche servirsi dell'inganno è una forma di prostituzione, per cui lei si prostituiva per farti godere le tue voglie."

A questo punto, la parola l'avrebbe ghermita il Maronti, con la sua irruenza. Lui sapeva citarle, le Sacre Scritture. Come sovversivo in nome della libertà, aveva cercato di conoscere il più possibile dei potentati, laici e religiosi, che alla libertà impongono freni e divieti. Strano tipo, il Maronti: conservava dall'infanzia l'abitudine di succhiarsi il dito e poi era capace di avventarsi, a campo scoperto, contro un carro armato con la bandiera della Falange:

"Le donne, già, le donne... Mai nessuno ha rimesso in discussione il parere dei Padri della Chiesa. Ascoltatelo: la donna è l'esca del demonio, foresta d'orgoglio, porta dell'Inferno, testa della Gorgone, basilisco feroce, mostro vizioso... Manca solo la sedia elettrica. Intendiamoci, sul fatto che la femmina possa essere 'mostro vizioso' potrei anche essere d'accordo. Ma senza esagerare. Perché allora insistono che le donne devono andare in chiesa? Meglio iscriverle a una sezione comunista e fargli cantare Bandiera Rossa, magari in latino, non vi pare?"

Avrebbe concluso il Leo:

"L'Abbé Pierre l'hanno messo in croce a causa di idee come questa: 'Non c'è nessun argomento teologico serio per escludere che Cristo abbia avuto esperienze sessuali. Ma se anche fosse? Se avesse amato sessualmente donne per cui provava un sentimento? Che cambia della fede cristiana?'... Dio si è fatto uomo, no? E cos'è un uomo che diffida carnalmente delle donne? Un mezzo uomo. Ma allora, le parole del Papa? 'Il cristianesimo non nega le gioie dell'amore fra l'uomo e la donna, non pone ostacoli a questa felicità. I Comandamenti non sono una serie di *no*, sono un grande *sì*! Per difendere il Creato. La Creazione è

coperta da uno strato di sporco'... Perché Cristo avrebbe dovuto negarsi il desiderio carnale che da lui stesso ci viene affinché la specie continui? Senza questo desiderio non ci sarebbe anima viva sulla terra, nessuno a riconoscere la grandezza di Dio, e Dio che farebbe, si loderebbe da solo? I nostri atti di superbia, divieti, complessi, depravazioni, stanno trasformando Dio in un idolo sacrilego di se stesso... Ma forse Don Lavanda, qui presente, avrà da dissentire."

Invece don Grazioli avrebbe citato un'ultima riflessione dell'Abbé Pierre, la più trasgressiva, a leggerla bene:

"Dio mio, fino a quando durerà questa tragedia? In tutte le religioni si dice che la vita ha un senso, ma quanti miliardi di uomini che vivono nel terrore, nel bisogno, nel dolore, non hanno nemmeno la possibilità di meditare su questo senso?"

... Io non ho di fronte una piazza, Lisa, una di quelle dove anche tu sedevi accanto a me. Ho di fronte te. E le parole dell'Abbé Pierre, del Papa, perfino dei sordidi maestri di scrittura, le ascolti là dove il Creato sa, e tu ormai conosci come stanno le cose.

E sono io, ora, che vorrei dirti:

«Ti ascolto.»

...

Le donne, già, le donne...

Ricordi? Con le tue ultime parole mi hai chiesto anche di parlarti di loro, dei miei rapporti, dei miei amori. Che tenerezza ho provato a questa tua richiesta. Nasceva davvero da una maliziosa curiosità, come volevi farmi credere? No: mascherava la preoccupazione che non ci fosse nessuna a prendersi cura di me. Che io fossi solo. Senza un affetto, almeno, se non un amore. Come poteva essere diversamente? In una madre sul punto di lasciare il proprio figlio per sempre? In una madre come te, poi, a cui nulla sfuggiva dell'universo femminile. Ne avevi provato,

sulla tua pelle, le spiacevolezze e le insidie, vivendo accanto a mio padre, proteggendolo, a volte togliendolo dai guai.

Che posso dirti? Sul mio passato amoroso avremo modo di tornare. Ma tu sai perfettamente che ha subìto il marchio del tormentato contrasto fra te e mio padre: fra il tuo amore tenace, coerente, nutrito da una sensualità persino esasperata, e l'amore del Mario, in fondo sincero, ma che maturò fra profanazioni e tradimenti dovuti a una caparbia avidità sessuale.

Ho immaginato il Maronti scagliarsi contro una definizione canonica della donna: "Basilisco feroce". Pochi sanno di che si tratta. Simbolo di oscure, viziose paure nell'antichità e nel Medioevo, il basilisco fu un rettile dall'aspetto regale, con una corona a cresta sul capo, gli occhi fiammeggianti. Capace di incenerire chi si lasciava incantare dalle sue seduzioni.

Il Basilisco, in cui imprigionare la donna, è tornato attuale.

Questo simbolo della misoginia si è trasformato in razzismo degli istinti e sta dilagando nel mondo, scosso da razzismi di ogni genere, con esplosioni di violenza mai registrate in passato. Il male del Duemila. Non sempre assoluto. Se nasce da disperazioni provocate dagli eventi, può essere una condizione momentanea, anche in chi le donne le ama. Il caso di Simone, che ora sta guarendo, è significativo.

... Con la tua morte addosso, l'ombra del "Basilisco" è scesa momentaneamente su di me. Le consolazioni, da parte femminile, esistevano:

"Ci sono io, qui con te. Non sei solo. Capisco perfettamente cosa provi."

Stavo zitto. Ma avrei voluto reagire:

"Non capite che invece voglio restare solo? Non è per voi. Io vi sono grato. È per qualcosa che non si spiega con la logica."

Il mio conflitto, fra tortura e memoria, non voleva esse-

re alleviato, illuso. Vedeva nella consolazione un rito ipocrita. La memoria preferiva la tortura. Chi mi dava una mano, intendo anche nel gesto semplice di una carezza, non poteva immaginarlo: avrei preferito che quelle mani solerti, amorose, impugnassero un rasoio, per sfigurarmi, perché nei miei tratti esistevano potentemente i tuoi, e i tratti del tuo volto, che avevo da poco baciato nella loro ultima armonia, si stavano sfigurando, dentro una cassa sottoterra.

Meglio un'indifferenza irragionevole, specchio dell'indifferenza con cui la morte ti porta via, in un attimo, un essere che è parte di te, addirittura una madre che ti ha creato e ancora non sai se dentro di te potrai ricrearla.

Così accade che uno si perda, Lisa, per un istinto, oltre che autodistruttivo, assurdamente vendicativo nei confronti delle leggi naturali. Accade che si butti via proprio con donne imperdonabili complici di uomini inutili, senza valore, persino spregevoli. Perché tale ti fa sentire una morte che è anche tua: un uomo inutile, senza valore, persino biasimevole se nella vita ci ha creduto, se si è battuto per darle una dignità.

Non c'è luce amorosa che possa accendersi fra le macerie di una città appena distrutta.

Rileggo alcuni appunti di quei giorni, e li trovo grotteschi...

In margine a un "Diario dei sensi"

... Brancolare per viali, borghi, fra solitarie finestre accese in palazzi affondati nel buio. Per forza d'inerzia alla caccia di dimore dove sono stato amante o compagno di donne che mi hanno dato qualcosa di vero, e con alcune avrei potuto farmi o rifarmi una vita. Ma poi i rapporti sono finiti, morti anch'essi. Perché? Perché i miei sensi non si erano appagati mai, istigati dall'idea che la mia vita non poteva, non doveva essere una e per sempre, bensì le mil-

le vite in una? Che altre vite mi attendevano, più straordinarie di quella che stavo vivendo?

È atroce dirselo ora.

...

... Un tratto irragionevole della foresta delle donne in cui mi addentro, battuto da un vento di ghiaccio e gremito di foglie secche. Sono per lo più giovani, o simulano una gioventù con espedienti patetici. Possiedono corpi invadenti, ma se li sentono addosso incapaci di occupare umanamente spazio. Si toccano in continuazione per certificare di avere almeno, nel vuoto, la tangibilità di una cosa. Ridono per simulare un'allegria da contrapporre al dolore altrui. Il dolore altrui non riescono a concepirlo, abituate per anni a darsi una maschera effimera. Anche questo riso risuona, dunque, di un vuoto sepolcrale.

So di rappresentare un'eccezione alle loro squallide abitudini sessuali. Sono un insetto di specie sconosciuta. Il Gregor Samsa della metamorfosi kafkiana. Le vedo chine sul mio corpo che scrutano con l'occhio dell'entomologo, servendosi della più scontata gestualità erotica per sollecitare, e poi registrare, le reazioni dell'insetto. Anche la minima reazione viene passata al microscopio. Sarà, l'indomani, spunto indifferente delle loro telefonate fra amiche.

Mi abbandono all'odioso piacere di Samsa, cosciente che sono loro, da incoscienti, il mio repellente guscio. È penoso leggere nei loro occhi, alla fine. Vorrebbero vedermi almeno un po' curioso di ciò che non potranno mai essere.

...

Ho buttato giù dei versi, dopo una notte con una:

«Duri occhi di smalto, io – nella tua ansa mobile del cobra, ragazza – inumanamente viva nell'alba: è forse – il sorriso di mia madre che insinua – la sua voglia di me –

nelle tue labbra usurate – dai baci dati male, dai non scambiati sorrisi?

– In questa camera dove – io ombra incerta della tua notte oscena – ho lei a mio scampo... – Porto apposta – la medaglietta sacra che mettono – le madri ai loro figli piccoli, – perché faccia il doppio – col tatuaggio sopra il tuo sesso: – chimera o tigre, uno sgorbio. – È una lingua materna, non la tua, che ti fa dire – almeno due parole – più d'occasione che d'amore – a festa finita... – Ci penserà lei – a cambiare le lenzuola, rifare il letto: – puoi andartene, dunque – a prenderti cuore – del nulla che è liturgia del tuo non sapere – come più vera sia l'ombra del perduto – che non la forma del tuo corpo che vanti – a vuoto orgoglio di vita.

– C'è persino – il tocco di un'anima – nelle persiane che credi accostate – a caso dal vento, – ragazza amante per azzardo e transito. – La donna che tu ignori – ha lasciato quel filo di sole – in una scandalosa penombra –.»

...

Nevicava poco fa, un nevischio d'argento contro il cielo notturno. Reggevo questa ragazza verso l'automobile. Non si accorgeva della neve, ripeteva: «Io che mi vantavo di non aver mai pianto in vita mia». Chiusa nel cappotto, cercava che il suo piangere non avesse suono, scivolasse via da lei insieme a un'angoscia di cui non conosco nulla. Come lei non conosce nulla della mia.

Ci ha attratti questo reciproco non sapere.

Ora sta di fianco al mio letto, in piedi, nella luce rossastra di una lampada. Il piangere continua, segreto, soffocato dentro la nudità del corpo. Non so come si chiama. Piange ancora senza suono, senza singhiozzi, senza alcuna contrazione del volto, riuscendo a fingere l'atteggiamento perfetto di una donna pronta a offrirsi.

Scruto il suo corpo. Lei crede sia per desiderio. E invece è perché immagino, come se potessi vederle in una radio-

grafia, le righe del suo piangere simili alla pioggia su un vetro, che le scendono fra i seni, sul respiro. Fino al ventre che ricorda la sua sete di maternità delusa, gli aborti di cui mi ha fatto cenno con indifferenza, imposti dai suoi amanti, fino al sesso che continua ad accogliere le loro penetrazioni.

"Prendimi."

Come se mi invitasse a considerare il suo piangere, di cui non le chiedo ragione, un fatto meccanico, un tic. Allora l'avvolgo con una coperta. Le dico che c'è un letto, di là, dove può stendersi e dare finalmente un suono e una libertà al piangere. Si distende. Mi prega di tenerle la mano. Il nevischio batte contro i vetri, è una soffice realtà che disegna i suoi arabeschi, esattamente come il piangere, liberato, sulla sua faccia.

...

«È la prima volta con una a pagamento?»

«Sì. Non mi aveva mai sfiorato nemmeno l'idea. Ma è come se non lo avessi fatto. Perché adesso non vuoi essere pagata.»

Ero arrivato a Parma. Una sosta di pochi giorni. Mi stavo aggirando per le strade, a notte. Mi sono accorto di seguire una ragazza. Un corpo "parmigiano". Dava l'idea di rincasare trovando sollievo, come me, dall'aria impagabile di certe mie notti di provincia. Ho continuato a seguirla. Ha aperto il portone di casa con un colpo della spalla. Mi sono inerpicato, dietro di lei, per sei piani, i gradini sembravano non aver fine. Mi sono trovato in uno stanzone semivuoto, ma non squallido, con un letto a due piazze a livello del pavimento, uno specchio che occupava la parete.

Il bagno era subito oltre la porta. Vi è entrata senza aspettare una mia parola. L'ho sentita armeggiare: due colpi, le scarpe sfilate e lanciate contro il muro, la fibbia della cintura che risuonava scivolando dentro la vasca da bagno. Le ho gridato:

«No. Non spogliarti.»

È riapparsa, facendo sbucare la testa:

«Come vuoi.»

Si è tolta il rossetto con bruschi colpi di cleenex:

«Ho visto una tua fotografia. Su qualche giornale.»

Mi ha deluso che la sua tolleranza fosse dovuta a una mia vaga notorietà che la rassicurava. Le ho fatto osservare che quella fotografia, che ritenevo l'unico suo elemento di conoscenza, avrebbe potuto appartenere sia a uno scrittore sia a un assassino. Perciò, seduto sul bordo del letto, avrebbe potuto esserci un assassino.

Con la stessa ironia, lasciandosi cadere accanto a me, ha ribattuto:

«A qualcuno, prima o poi, salterà di darmi un colpo in testa e di farmi fuori. Rischi del mestiere. Nell'attesa, preferisco sapere che vuole da me uno scrittore.»

«Niente. O quasi.»

«Allora perché ti sei arrampicato fin quassù? Hai ancora il fiatone.»

«Per una vaghèzia. Una parola che si usa ancora, da queste parti. Sai che significa? Quando un po' s'inventa e un po' no, rubando alla realtà quel tanto d'inverosimile che sempre contiene. Insomma, gli scrittori sono strani.»

«Non solo loro, ti assicuro. Qua dentro sono entrati certi marziani che non sapevano neanche fare la firma... Allora, sentiamo questa stranezza.»

«Anche se ti sembrerà astrusa?»

«Altrimenti che stranezza sarebbe? Ma prima spiegami una cosa. Perché proprio con una come me?»

«Una puttana, vuoi dire?»

«E cos'altro?»

«Di mestiere, però. Precisa. Vera. Senza mascherature, travestimenti, alibi.»

«Purtroppo. Se fossi stata diversa, con questo corpo che ti rifiuti di vedere, avrei fatto fortuna.» Si è battuta l'indice sulla fronte: «Ma la testa, la testa... Tutta colpa della testa».

«Anche nel mio caso. Il che mi facilita.»

Le ho spiegato la mia condizione, senza tralasciare nulla:

«Ecco. Solo con una come te potevo liberarmi del ridicolo in cui sono piombato senza accorgermene. Me ne sono reso conto stanotte... E forse non mi sono fatto capire.»

«Sono una puttana. Ma, ahimè, non più una bambina. Ti senti meglio adesso?»

«Peggio, forse. Ma, anch'io, non più un bambino.»

Mi ha fatto un caffè. Il sonno le era passato. Le andava, come a me, di fare quattro passi prima che venisse su il sole. Siamo andati a sederci di fronte a piazza del Duomo che tornavo a scoprire fra le più belle del mondo. Di notte sembra dilatare il suo silenzio affinché mille voci sepolte ti salgano da dentro. Il Battistero dell'Antelami, illuminato dalla luna... Le ho raccontato che da ragazzo, insieme a mia madre, ero capace di stare lì, a guardarlo, fino a perdere la nozione del tempo, e immaginavo su una banchina da cui stesse per prendere il largo quel grande piroscafo bianco...

«Eh, già» ha sospirato lei. «Tegare, sparire, e non pensarci più.»

«Mi piace che dici tegare. Lo ripeteva sempre anche mia madre.»

Ho estratto il portafogli. Lei ha frainteso, ha creduto che volessi darle soldi, mi ha fermato il braccio:

«Ti ho detto di no.»

Invece, le ho mostrato una foto di Lisa:

«È lei? È molto bella. E ti assomiglia.»

Abbiamo deciso di andare a far colazione a Po. Dov'era calato il nebbione. Continuavo a raccontarle. Che, una volta, i nebbioni così fitti erano detti *Babi* perché non hanno né capo né coda, nell'apparire all'istante, nel dissolversi all'istante, e *Babi* è il manicomio... Tutti ci camminavano in mezzo col fiato sospeso, per la paura di qualcosa, di sbattere magari contro il proprio nemico, o di sbagliare un incrocio finendo lontano, dentro i pantani di Serravalle, dove la leggenda dice che si perdano le anime che non

hanno più diritto di essere ritrovate. Abbiamo finito per procedere tenendoci la mano, alla cieca:

«È così che mi sento nella vita» mi ha detto.

«Anch'io» ho riconosciuto. «Ma adesso leggero come questa nebbia.» Solo allora le ho chiesto: «Qual è il tuo nome?»

«Stefania. Nome di battaglia "Galàta". Saprai che significa.»

«In balìa del Gallo.»

Ho continuato a raccontarle perché, in un modo insperato, mi sentivo in vena... Tutti procedevano chiamando a caso un nome, il primo che gli veniva, solo per farsi riconoscere dalla voce e far intendere a chi di dovere di tenersi alla larga. Nei nebbioni *Babi* era un aggirarsi continuo di gente che in realtà non cercava nessuno, ma continuava a invocare i nomi dei propri fantasmi. Nomi che si incrociavano, si allontanavano, nomi maschili, femminili, nomignoli, nomi di battaglia; qualcuno, dopo averne pronunciati una sfilza e averne uditi altrettanti, restava lì, a bocca aperta, e di nomi non gliene venivano più, per cui si alzava, in un punto della bambagia grigia, un'"ostia di un Dio!", squillante come l'"Esultate" dell'*Otello*.

Ci si sfiorava. Ci si chiedeva: "Sei tu?". Ci si arrestava sui due piedi perché, di fronte, una presenza silenziosa si era fermata, e col sesto senso dei nebbioni si sapeva che si trattava proprio di quella per cui ci batteva il cuore. Per timore o, anche, per un amore non ricambiato. Allora, zitti zitti, si facevano passi all'indietro, o laterali, una sorta di tango, ci si dileguava...

Ho lasciato che lei si sfogasse con i nomi che più aveva da amare o da maledire. Mi ha pregato:

«Lasciami qui. Mi piace così.»

Ci siamo salutati in mezzo al nebbione che ci pizzicava il naso.

«Grazie di avermi parlato di tua madre» ha detto. «È stato un segno di rispetto.»

L'ho ringraziata a mia volta. Mi ero già allontanato di

un po' quando, alle mie spalle, una luce azzurra ha spazzato il cielo.

...

Così, Lisa, devo di nuovo sistemare i conti con l'universo femminile. Ritrovare, anzitutto, il filo rosso di una curiosità superiore che mi ha sempre animato, ed è il segno di un'alleanza con la vita. Far sì che la mia sensualità torni cosciente dell'aiuto che può dare alla mia solitudine.

Non è facile. Dopo un trauma che lascia segni profondi, la tentazione alla rinuncia è forte. Devo assolutamente vincerla. In certi casi, infatti, diventa essa stessa un piacere ambiguo, perverso.

Il "Diario dei sensi"... Parla di donne, e non solo. Ma stai per scoprire il mistero di questo titolo: mistero per te, più che per me. Se ti avessi fatto un accenno del genere mentre eri viva, ti avrei vista subito impaziente di sapere. È come se udissi il tono della domanda infervorata dalla tua curiosità che era pari alla mia:

"In che senso? Avanti, dimmelo. Non lasciarmi sulle spine."

Fra poco saprai.

Ma proprio in nome di una curiosità comune, ti ripeto: è importante che io riesca a ritrovare il filo, quel filo, e per ritrovarlo "Confido in te, Lisa". Un'espressione che non è mia...

La usava, anche in segreto, ossia confidandosi con se stesso, mio padre: il Mario di cui sto per raccontarti tante cose che, forse, hai intuito col tuo sesto senso sempre all'erta, a volte prodigioso. Ma è venuto il momento che tu le conosca, e che io te le confidi. Sono vicende anch'esse fondamentali perché la tua avventura terrena sia comprensibile in tutti i suoi aspetti.

Lascia che ti faccia strada in questo cammino di conoscenza, che mi costringerà alla sola sincerità che vale, quella che consiste non nel dire, ma nel comunicare la ve-

rità, soprattutto nel saperla interpretare. La prima verità è che tu sei stata una donna amorosa che credo esemplare per ogni donna, oggi più che mai, in tempi di "questa specie d'amore".

Il Mario, dunque...

IV

"Confido in te, Lisa..."

Il giorno precedente era stato di burrasca fra mio padre e mia madre. Ancora una volta testimone segreto, nascosto nel giardino che fronteggiava il rifugio degli amori clandestini paterni, avevo assistito all'addio forzato di un'amante di mio padre: Giannina, una ragazzetta che aveva perso la testa per lui. Ma prima di avviarsi nella deserta strada di periferia, si era dimostrata di buonsenso:

«Fidati. Meglio così. Cerca solo di pensarmi, qualche volta.»

Nella divisa da ufficiale, col berretto azzurro alla sbarazzina, gli stivaloni ben lucidati, i gradi esposti di cui andava fiero, il Mario aveva accondisceso a malincuore, con lo stesso atteggiamento caparbio che riservava ai suoi subalterni quando era costretto a eliminarli dalla squadriglia acrobatica. Si giustificava maldestro: "Non potrete più volare con me, fare capriole in aria con me, perché i fanfaroni di Roma diffidano di voi. Vi apprezzano, certo, sanno che avete coraggio e abilità, ma sanno anche che nel fascismo non credete. Proprio loro, che non credono in niente, nemmeno in Dio. A me piange il cuore, ma dovete capire. Che dovrei fare? Strozzarli?...".

La ragazzetta aveva continuato:

«Abbiamo fatto l'amore per l'ultima volta. A me impor-

ta solo questo. Che siamo stati ancora contenti insieme. Adesso puoi lasciarmi perdere.»

Giannina gli aveva lanciato quel generoso, rassegnato testamento di se stessa:

«Hai avuto la fortuna di trovarti accanto una donna vera come Lisa, che sa darti la forza di lottare, e ti capisce così come sei e come vorresti essere. Io, quello che potevo fare per te, l'ho fatto. Ma, credimi, sono povera cosa.»

E Giannina se n'era andata via, e il Mario l'aveva vista scuotere il capo e alzare le spalle:

«La vita è una boiata, Mario. E questa è la sua legge: ciò che deve capitare, capita.»

Si era girata a guardarlo, per imprimerselo negli occhi. Con una valigetta appesa alla mano sinistra, dove si era portata inutilmente la vestaglia da notte, le sue intime cose, mentre le dita della destra si muovevano appena nell'aria. Prima di non farsi più distinguere in fondo alla strada nebbiosa.

Al Mario era uscito un sospiro, d'amarezza certo, ma anche di sgradevole sollievo per ciò che riteneva, oltre che una tentazione vinta, un rimorso in meno verso Lisa.

... Anch'io ero ancora un ragazzetto, che in quella notte usciva furtivo dalla sua camera, si dirigeva verso lo studio di suo padre, come se lì esistesse una possibile risposta ai tanti interrogativi per i quali non riusciva a trovare risposta. La scena con Giannina mi era rimasta in testa, mi faceva pensare a un coniglio sacrificato, provavo rabbia per lei che non aveva provato rabbia, capivo che la rassegnazione è orribile, specie in chi è nel fiore degli anni e ha labbra disegnate così bene.

Mio padre e mia madre si erano messi a letto da un pezzo, dunque certamente dormivano. O almeno lo credevo.

Dovevo trovarli, i quaderni del diario di mio padre, che portavano la dicitura: "Diario dei sensi". Avevo scoperto dove li nascondeva, nella libreria. Per questa sua segretezza, ritenevo indispensabile leggerle, certe pagine. Scritte

via via in anni che dovevano riguardare anche i fatti della mia vita.

Presi la torcia elettrica. Mi inoltrai nel salone. Con l'impressione di muovermi in un'altra casa: gli ambienti gli stessi, ma mutati, nel percepirli al buio con le ipotesi che, specie negli ultimi tempi, avevano alterato il mio stato d'animo. Quando puntai la torcia sul ritratto del Duce, mi sembrò che anche la sua faccia, sotto l'elmetto, avesse cambiato espressione: dissolto il magnetismo, i suoi occhi mi apparivano perplessi, come per trattenermi dal procedere oltre.

Salii al piano superiore. Imboccando il corridoio, spensi momentaneamente la torcia. Dovevo passare davanti alla camera da letto dei miei genitori. Rimasi immobile in attesa di abituarmi all'oscurità. Raggiunsi e superai la camera da letto. Tornai sui miei passi. Ascoltai, col cuore che mi batteva forte. Silenzio profondo. Appostato allo stesso modo, udivo quando il Mario e Lisa facevano l'amore. Era accaduto anche poche ore prima, non appena mio padre era rincasato dalla stradina di periferia, dopo l'addio di Giannina.

Raggiunsi la porta dello studio e l'aprii con cautela, quel tanto per sbirciare dentro. Arretrai all'istante. Respinto dalla luce della lampada da tavolo accesa. Mio padre stava addormentato con la testa sulle braccia, a lato dei fogli sui quali si era intrattenuto a scrivere, finché il sonno non gli aveva fatto scivolare la penna dalle dita.

Fui tentato di richiudere. Fuggire. Ma mi conquistò la determinazione di sfidarlo, mio padre, come già avevo osato varie volte, perché in certi momenti avevo il coraggio di fargli capire apertamente il mio giudizio su di lui.

Entrai dunque d'istinto, al diavolo le conseguenze. Se mio padre si fosse svegliato, peggio per lui. Mi concessi persino la calma necessaria a guardarmi intorno con attenzione: sulla sinistra, l'armadio a vetri che conteneva in bella mostra le divise, le sciabole, le coppe e i riconoscimenti guadagnati col suo prestigio di pilota. Di fronte a

me, e alle spalle di mio padre, i volumi allineati nella libreria, che nascondeva i quaderni del "Diario dei sensi".

Mi concessi anche di immaginarmi l'ambiente come l'interno di un'imbarcazione. Da bambino, mi ero ritrovato davvero dentro lo scafo di un piccolo idrovolante che andava alla deriva, senza nessuno ai comandi, dopo che mio padre si era accasciato d'improvviso sotto i miei occhi, nella luce di un faretto, tutto esattamente come ora. Per un malore? Per una sconvolgente notizia appresa poco prima attraverso il radiocollegamento? A quei tempi, mio padre si divertiva a spaventarmi, per ammonirmi che non dovevo avere paura:

«Svegliati, ti supplico!... Il mare ci sta ingoiando. Soffoco. E io non voglio morire ingoiato da un mare di pece!»

E mio padre si era rianimato di colpo, dimostrandomi di aver finto. Mi aveva ricambiato la stretta con una risata, stampandomi un bacio in fronte. E poi con la sua ironia sempre un po' tracotante, priva di affetto:

«La maggior paura caccia sempre la minore, vuoi ficcartelo in testa o no?... Io non conosco paura, mai l'ho conosciuta. Come avrei potuto, altrimenti, diventare leggendario con le mie acrobazie tanto in alto da sfiorare quasi il Padreterno?... Un'altra cosa: impara da tua madre Lisa a distinguere le mie finzioni dalla mia verità. Io, se voglio, posso essere uno, nessuno e centomila.»

Avevo reagito:

«Vai al diavolo, Mario il leggendario!»

Perché avevo anche questo coraggio, di mandarlo al diavolo quando mi pareva giusto, e in lui almeno c'era di bello che se gli mostravo i denti non mi puniva, non mi metteva le mani addosso, al contrario si inorgogliva.

Se anche ora si fosse svegliato, scoprendomi a frugare, l'avrei mandato al diavolo.

... Mi addentrai nel cerchio luminoso della lampada, fino ad avvertire il suo russare leggero. Finto? Vero? Non mi interessava. La scaletta mobile, ben collocata contro la libreria, mi invitava a salire per rovistare alla ricerca dei quader-

ni del "Diario dei sensi". Prima di salire sfilai, da sotto le dita di mio padre, il primo dei fogli scritti, benché lui, con una mossa, avesse cambiato posizione, sollevando la testa per lasciarla ricadere sull'altra guancia. Lessi l'inizio, con energiche sottolineature in rosso, punti esclamativi a lato:

«Perderemo irrimediabilmente la guerra. Italo Balbo ha ragione. L'ha dichiarato apertamente a Margherita Sarfatti, che è stata a lungo l'amante di Mussolini...»

Che la perdessero, la guerra, il Mario, il suo idolo e capo Italo Balbo, nonché tutta la combriccola, come diceva mia madre, che suonava le fanfare rompendo gli zibidei di continuo perché era fatta di fanfaroni.

... Mi aggiustai sulla scaletta. Trovai con facilità un quaderno interessante. Mi misi a scorrere le pagine, scritte sotto forma di lettere a mia madre. Lessi:

«Confido in te, Lisa...

Nessun'altra mia storia, finora, è stata d'amore. E tu lo sai, e continui a non perdermi perché continui a credermi. I miei non sono gli alibi di un ipocrita, i sotterfugi di un gioco vizioso. Confido in te, e nella tua certezza che in me non esiste alcun meccanismo perverso. In amore sono forse un bambino, hai ragione tu, e fatico a crescere. Mi costruisco le mie storie senza importanza come dei giochi, e tu intervieni sempre al momento giusto, e alla maniera tua, per evitare che diventino dei rompicapo.

Cos'è stato a guastarmi? Tante volte ho cercato di spiegartelo. Ma mi viene soltanto la parola più difficile da spiegare: il mistero. Il mistero dell'aria, dei cieli, che è la molla della mia vera e unica passione: il volo. Io sento cos'è, il mistero, ma non so dirlo, se sia Dio o la molla che mi stimola il cervello. Allora salgo su un aereo e vado, ed entro subito in un'ebbrezza che non puoi immaginare, o forse sì, la immagini, perché mi conosci meglio di quanto io conosca me stesso.

Ebbene, quando mi appare una donna con un suo mistero, anche carnale, la mia sensualità si esaspera, e a vol-

te mi toglie il respiro. Come posso essere attratto da una luce. Prendiamo una luce a una finestra. Io guardo quella finestra illuminata, ed ecco che la vedo diversa dalle altre, provo il bisogno irresistibile di conoscere che vita può svolgersi dentro la camera sconosciuta. Il rammarico, assurdo lo riconosco, che quel mistero mi sfugga.

Così, per me, con le donne.»

Un altro quaderno:

«Sarò il solito visionario, come dicono, chissà, eppure mi conforta scoprire che nostro figlio ha intuito una parte della mia verità. Per un istinto particolare che gli hai passato tu. Mi addolora soltanto che il parteggiare per te lo induca a provare, nei miei confronti, diffidenza e rancore.

Un giorno capirà anche ciò che gli resta da scoprire? Che la parte bambina di un uomo non sempre è addebitabile all'uomo stesso?»

Ma il quaderno che più mi premeva trovare era di una data lontana. E le varie parti del "Diario dei sensi" non rispondevano a un'esatta disposizione temporale. Ebbi qualche difficoltà, mentre non mi accorgevo che la notte stava cedendo al giorno. Lessi, finalmente:

«... Ho conosciuto Lisa. È molto bella e mi affascina. Abbiamo cominciato fra noi con una complicità così diversa dai soliti modi con cui si inizia un rapporto. Direi "controvento". Contrastando e assecondando insieme una sorta di fatalità che...»

Qui la scrittura si interrompeva. C'erano molte cancellature. Si alternavano a brani leggibili. In uno spiccava una frase sottolineata, la solita: «Confido in te, Lisa... Hai accettato con forza i rischi, le lotte inevitabili che comporterà il nostro rapporto, sia per il mio carattere, per ciò che sono, e mi propongo d'essere meglio, sia perché apparteniamo a mondi odiosamente rivali. Dove c'è spietatezza, dall'una e dall'altra parte...

Confido in te per un'ultima, ma quanto mai importante, ragione. Devi riconoscerlo, ti sono stato sincero fin dal

primo momento. Ricordi? Ti ho subito avvertito: "Bada, uno come me è meglio perderlo che trovarlo. Perché vuoi metterti con me?". E tu mi hai risposto: "Perché così è. E non posso farci niente... Confida in me, Mario"».

Il resto, tutto cancellature. In un mare di segni galleggiava soltanto: «Ieri Lisa mi ha dato questa fotografia. La tengo cara».

In quell'attimo, accadde qualcosa: di lieve, come un soffio. Si produsse alle mie spalle. Passi felpati che entravano, si arrestavano. Mi girai. Nessuno. O meglio, fra luce e ombre, nessuna presenza ravvisabile. Mentre stavo chiudendo il quaderno, la mia mano avvertì qualcosa di piatto e consistente fra la pagina di cui avevo piegato un angolo, per lasciarvi un segno, e la seguente. La forma di un rettangolo. Feci l'atto di estrarlo, ma sbandai sulla scaletta, fui costretto a staccare una mano per reggermi. La fotografia, perché di una fotografia si trattava, mi scivolò sul palmo. La fissai per imprimermela nella mente...

Era una foto scattata a Lisa. Capelli mossi dall'aria, tinte delicate. Trasmetteva un senso di serena lontananza, particolarmente intenso negli occhi che sembravano fissare l'obiettivo come se fosse anch'esso un punto remoto. Dietro Lisa, un piccolo campo d'aviazione... è chiaro che a lei non importava nulla di ciò che la circondava, come di farsi ritrarre, a cui era evidentemente costretta. La si poteva giudicare una bambina lieta di potersi smarrire, volendo, in un suo piccolo paradiso.

Tutto concorreva ad affermare che era molto bella, ed esserlo dipendeva anche dalla sua volontà.

Il precario equilibrio sulla scaletta mi fece scivolare l'immagine dalle dita. Per forza d'inerzia, essa avrebbe dovuto cadere sulle spalle di mio padre addormentato. Ma si era alzato il vento, che gonfiava le tende alle finestre. E in quel vento la foto si impennò, prese a volare, a volteggiare qua e là come una larga piuma. Mentre ne se-

guivo le evoluzioni, considerai giusto che l'immagine di Lisa si rifiutasse di toccare il pavimento, e nel pavimento tutta la terra degli inganni.

I miei occhi accompagnarono la foto volante finché, come per una stanchezza, non accettò la discesa. Cadde ai piedi di Lisa...

Soltanto allora mi resi conto che mia madre era presente. Immobile nella penombra. Poco oltre la porta. Mi fissava con lo stesso sguardo lontano che mostrava nella foto. Al di là di una barriera. In un movimento appena percettibile delle sue labbra lessi le parole che avrebbe voluto dirmi, un rapido passaggio di pensieri simili a nuvole. Ma un'espressione di energia potenziale, repressa come nella foto, premeva per esplodere. Lisa si piegò sulle ginocchia. Sollevò la foto. La lasciò vibrare sul palmo come una foglia. Compiendo il gesto, i capelli le coprirono il volto, e lei non li mandò indietro. Restò, per qualche istante, una donna senza volto.

Un segnale per me.

Quindi mi raggiunse. Restituendomi la fotografia, mi sorrise. Alle spalle del padre formammo una trinità stretta nella luce della lampada. Fu allora che il Mario si svegliò. Rapido, rimisi la foto nel quaderno, il quaderno dietro la fila dei libri, scesi dalla scaletta. Mio padre si diede una smossa. Quando si guardò intorno, tutto era tornato quieto, normale. Scrutò me e Lisa, chiese:

«Che ci fate qui? È successo qualcosa?»

Mise in ordine i suoi fogli sparsi sul tavolo, dopo avergli dato una scorsa. Spense la lampada. Sfilò la giacca dalla spalliera della poltrona, se la buttò sulla spalla. Si avviò a uscire. Esclamando:

«Se perdiamo la guerra, figli miei, sono cazzi.»

...

Nella prima Stazione si contempla...

Le prime volte che lo vidi, mio padre, fu – in Stazioni successive di una liturgia nella quale anche un bambinetto può dirsi un povero cristo – una freccia nella notte, una coccinella nel cielo, una girandola aerea, un occhio.

In effetti, io ero piccolo. La mia memoria no. L'ho capito presto. Certe sgradevolezze, o peggio, dell'infanzia, sono come i sugheri nell'acqua, più le spingi giù, più tornano a galla.

È come se la vedessi, dunque, mia madre che mi trascinava fuori città lungo la via Emilia. Notte tagliata dai fari. Striscioni che annunciavano una gara motociclistica allora in voga come la Mille Miglia: la Milano-Taranto! Musiche, strepiti, bandiere patriottiche fuori luogo in un contesto di maniaci delle due ruote, per lo più dilettanti, che attraversavano l'Italia con un numero sulla schiena, gli occhialoni, tute multicolori, ingobbiti come uccellacci su prede rombanti.

L'altoparlante annunciava:

«Passa il numero dieci!... Il trentuno!» E via via. A tratti: «Il numero non si vede, l'ha coperto il fango. Dovrebbe trattarsi del quindici!».

Fra un passaggio e l'altro, gli occhi di mia madre divoravano il buio della strada. Il fragore del nuovo gareggiante faceva esplodere la sua delusione, non appena l'ingobbito rapace svaniva con le sue speranze nel buio dalla parte opposta.

«Fra poco lo vedrai, tuo padre. Ha il numero ventisette. Quello del giorno in cui sei nato.»

Di cos'è un padre, non avevo ancora nozioni certe. Nel mio caso, solo una vaga apprensione.

«Passa il 27!»

«Eccolo! Quello è tuo padre. Guardalo bene.»

Praticamente impossibile, anche per un adulto con gli occhi avvezzi alle stramberie della realtà, guardare bene il proprio padre in un'ombra che mi sembrò più fulminea

delle altre, in un rapace più maestoso degli ingobbiti che l'avevano preceduto. Un punto che venne su, su, come evocato dallo sguardo di mia madre, poi un lampo di occhialoni, niente volto, solo occhialoni e lo svolazzo di una sciarpa. Già se l'era ingoiato la strada.

«Dove scappa?»

«A tentare di vincere» mi rispose mia madre.

Di mio padre appresi, in quella notte, nozioni marginali. Oltre alla frenesia degli aerei, aveva la passione delle moto, della boxe e della scherma. Credo di aver commentato:

«Arriva e scappa.»

«Già» concordò mia madre, con voce diversa, da cui l'orgoglio era volato via, anch'esso ingobbito. «Lui è sempre così. Arriva e scappa.»

Un tizio, alle nostre spalle, esclamò:

«Ottimo quel 27! Forse ce la fa a classificarsi fra i primi dieci.»

Nella seconda Stazione si contempla...

Una finestrella dell'interrato dove Lisa era andata a vivere, nei pressi del Ponte di Mezzo. Né di qua, né di là... A mezzo, appunto, fra le due parti della città che si odiavano.

Lì mi aveva messo al mondo. Due camere e cucina. Un bagno in cui, d'inverno, si andava a fare i bisogni a malincuore, il primo bisogno sarebbe stato il calore di una piccola stufa: anche quando l'aria era immobile, scendeva di taglio uno spiffero che lasciava i brividi addosso per il resto della giornata.

La finestrella dava su uno spiazzo di cemento. Si riusciva a guardare il cielo storcendo il collo e sollevandosi sulle punte. Per me, un'acrobazia: dovevo afferrarmi al davanzale. Mia madre il collo lo storceva spesso. Si aspettava dal cielo, oltre che una provvidenza divina, qualcosa di più umile, ma irrinunciabile, vista la costanza che metteva nelle sue attese amorose. Mi chiamò, una mattina:

«Vieni. Corri.»

Storcemmo il collo insieme, come due galli:

«Guarda. Lassù. Quello è tuo padre.»

Non un uomo. Non ancora. Solo un piccolo aereo che filava come una coccinella mossa da elitre d'acciaio. Con una lucina rossa, intermittente. Pareva il cuore esposto della coccinella, che batteva apparendo e scomparendo fra le nuvole.

«Ma dove va?»

«A tentare di vincere.»

«Di nuovo!... Ma che c'è da vincere lassù? Non ci sono che nuvole.»

«Lo spazio, caro mio, l'infinito... Un giorno capirai che l'infinito è più difficile da battere di un drago. Dalla sua bocca escono fiamme di angeli e diavoli, e misteri che fanno tremare. Ma tuo padre se lo gioca, lo spazio. Gli angeli e i demoni li dirige, dall'aeroplano, come Toscanini le orchestre.»

«Chi è Toscanini?»

«Un genio della musica. Un giorno lo capirai.» Affermò, con orgoglio: «Tuo padre è un Sorcio Verde!».

Qualche sorcio, nell'interrato, mi era capitato di incrociarlo. Lei lo sapeva, una volta ce l'eravamo trovato fra i piedi insieme. Le ricordai:

«Ma non era verde. Era tutto nero.»

«Capita, ai sorci. Anche ai migliori. Anche tuo padre, spesso, diventa nero.»

«Perché?»

«Un giorno capirai.»

«Ma quante cose dovrò capire, un giorno? Quanto tempo mi servirà?»

«Una cosa alla volta.»

Rise fra sé, Lisa:

«Un sorcio davvero speciale, tuo padre. Hai voglia mettere formaggio nella trappola. Lui nella trappola non ci casca.»

Mi dava sui nervi quando se la rideva per conto suo, Era come se in testa si sfregasse dei cerini, e quelle fiam-

melle guizzavano, la divertivano. Dalle fiammelle mi escludeva. Pensava – logico – che ero troppo piccolo per certe ironie. Ma la vita, si sa, se toglie da una parte, dall'altra compensa. E a compenso di quanto mi stava togliendo, già me la stava insinuando, l'ironia. Come s'affaccia un uccellino buffo alla finestra.

«Vuoi che ti spieghi cosa sono i Sorci Verdi?»

Me lo spiegò. I coraggiosi aviatori che avevano compiuto la Trasvolata atlantica. Mi spiegò anche cos'è una trasvolata. E quale entusiasmo, quale ammirazione aveva scatenato sia in America sia in Russia. L'ascoltai disattento. Perché il verde, il nero, i colori... Mi si aprì la mente. Le chiesi:

«Se non ti dispiace, oggi vorrei capire cos'è un camaleonte.»

«Perché me lo chiedi?»

«L'altro giorno c'era uno, là, nello spiazzo, uno odioso, brutta faccia, che diceva a un altro, a voce alta per farsi sentire da me: "Lisa si è fatta fregare da un camaleonte come il Mario"... Cos'è un camaleonte?»

«Te lo spiego dopo. Adesso continua. Perché quel tizio odioso ha chiamato tuo padre camaleonte?»

Me l'ero impresso nella memoria. Mi aveva turbato. Potevo citare:

«"Perché i colori ce li ha tutti... Il nero della camicia, l'azzurro della divisa, il verde della rabbia, il rosso della vergogna per le bande che frequenta. Per essere la bandiera italiana, gli manca solo il bianco. Ma glielo daremo noi, quando lo appenderemo a un pennone, e lo vedremo bianco come un cencio."»

Lisa passò bruscamente dal ridere fra sé al silenzio delle mani sulla faccia. Ne aveva di momenti così. Chiuse di colpo i vetri della finestrella. Mi avvertì con tono di rimprovero:

«Non devi ascoltarle certe brutte cose.»

«Mica è colpa mia se per respirare devo mettere il naso nello spiazzo, e la gente là ci viene a sparlare di mio padre.»

«Cattiva! Tienilo a mente: la gente è cattiva! Ma tuo padre domina i cieli...»

Già allora avrei potuto obiettarle: bell'affare, lui i cieli li domina, noi ne siamo calpestati, cieli bastardi che ci strappano l'aria, la luce... E mia madre, cocciuta:

«Tuo padre, quando vuole, vince sempre.»

La coccinella con la lucina virò e tornò ad attraversare il cielo sopra le nostre teste. Ma io scivolai giù dalla finestrella, perché le gambe non mi reggevano più.

Nella terza Stazione si contempla...

Mio padre, in effetti, quando voleva vinceva sempre. Un pomeriggio di festa, mia madre mi portò in mezzo alla folla degli spettatori assiepati ai bordi del campo d'aviazione "Natale Palli".

«Stai buono qui. E ammira tuo padre. Stavolta lo vedrai in carne e ossa.»

Furono altri piloti ad aprire la girandola delle acrobazie. Ma tutti aspettavano lui: il Mario. "Quando si esibisce, il Mario?" "Ma poi siamo sicuri che si presenterà, il Mario?" "Quello è balzano. Ama concedersi alle grandi platee del mondo. È un divo. Forse non gli va di prestarsi a un pubblico di provincia e a un piccolo aeroporto come il nostro."

Fu in quell'occasione che mi apparvero, per la prima volta, il Maronti, il Leo e don Grazioli. Mi sentii subito attratto più da loro che dagli acrobati volanti. Attratto e perplesso. Un ragazzino non è estraneo ai presentimenti. E il presentimento mi attraversò, avvertendomi che non si trattava di presenze occasionali. Avrebbero contato nel mio futuro. Attrazione, dunque, e una punta d'allarme.

I tre se ne stavano da una parte, sorvegliati a debita distanza dai militi. Perché mi gettavano occhiate con un misto di rancore e di pena affettuosa? Perché parlottando mi indicavano? E quando mi mettevo a fissarli giravano via gli occhi e si zittivano? L'istinto mi spinse a gironzolare. Mi aggirai fingendo curiosità per altri personaggi che in

realtà non mi interessavano affatto, per i piloti che già si erano esibiti, e sudati, eccitati, si pavoneggiavano fra donne e ragazze. Ma tendevo gli orecchi verso quella scia di profumo che si era sparsa fra le siepi, profumo di lavanda.

Mi distrassi. Perciò nemmeno in quell'occasione ebbi modo di vedere mio padre in carne e ossa. Lui era già lassù, in acciaio e ali, dentro l'aereo. E il suo aereo già dentro il cielo. E il cielo, che stando a Lisa mio padre dominava, già tutto nelle spirali delle sue evoluzioni.

Il Mario virava. Scendeva di quota. In verticale puntava verso terra, ottenendo alla perfezione l'effetto che intendesse schiantarsi. Ma quando l'impatto appariva inevitabile, gli occhi degli spettatori dovevano risalire di scatto: lui era di nuovo là, che sfiorava una nuvola. Faceva ruotare l'aereo su se stesso, e poi di nuovo la discesa in picchiata imprevedibile, dritto sulla folla. Gli uomini a bocca aperta, le donne a strillare. Li rasentava, quasi li sfiorava, sembrava volersi togliere il capriccio di far volar via i cappelli dalle teste.

Preso in pieno dalla sferzata d'aria, anche don Grazioli abbassò la testa con uno scatto di paura, e gli scappò:

«La Madonna!»

Il Leo ne approfittò:

«Giusto chiamarla in causa. Quel Mario, più che un osso duro, è un diavolo. Ci darà filo da torcere.»

L'atmosfera colma del fragore di mio padre. Stava eseguendo un ballabile celeste tutto suo. Autentiche piroette da ballerino scatenavano applausi. Il Leo commentò:

«Sa che noi siamo qui. E intende farci vedere i sorci verdi, è il caso di dirlo.»

Forse per imitazione, il Maronti fu spinto a scendere di quota, e brutalmente:

«Speriamo che caschi. Darei i miei coglioni per vederlo cascare... Don Lavanda, mi autorizzi a fare questo fioretto in nome del tuo Dio?»

Don Grazioli smise di guardare in alto:

«Sappiamo che i tuoi coglioni da toro sono tutta la tua

vita, Masén, ma nemmeno mille coglioni possono giustificare una morte.»

Il Maronti attenuò il suo malaugurio:

«Non ho detto "che muoia". Ho detto "che caschi". Mi accontenterei anche che si spezzasse le gambe, che si spaccasse il cranio restando minorato per sempre. Meglio minorato per destino e disgrazia naturale che per fede nei fasci di combattimento.»

Ne avrei avute, di brutte cose da tacere a mia madre.

Però, a quel punto, mi scattò un'irritazione più forte di me. Diventò l'imperativo morale che, in un bambino, può manifestarsi in ira rabbiosa come in certi animali, come nei cani che mordono. Sgusciando dalla siepe che mi nascondeva, uscii allo scoperto. Mi avvicinai, apparentemente tranquillo, al Maronti, al Leo e a don Grazioli, e per la prima volta nella vita provai la soddisfazione di lasciare di stucco tre uomini grandi e grossi, in cui vedevo tutta l'umanità prepotente. Mi fermai davanti a loro e una voce parlò per me:

«Siete persone cattive, cattive e stupide... Stupidissime.» Non provavo timore: «Perché non vi mettete dentro un aeroplano e queste cose non andate a dirgliele per bene là dove sta, da pari a pari?».

... Era stato organizzato un ballo sul campo d'aviazione per festeggiare gli acrobati. Mio padre doveva già essere atterrato. La folla, infatti, stava invadendo la pista. Affondai nella calca, con la testa in fiamme per ciò che avevo appena commesso. Mi tolse il respiro. Provai attimi di paura. Finché un braccio non mi afferrò e mi trascinò via, dove si poteva respirare. Era mia madre:

«Ma dove ti eri cacciato?... Hai visto com'è stato bravo tuo padre? E lui, l'hai visto?»

Le risposi che sì, l'avevo visto, per non deluderla. Già cominciava la musica. Mi lasciai portare da Lisa che ripeteva:

«Svelto. Dobbiamo andarcene da qui alla svelta.»

Avevamo quasi superato i confini della pista, quando una voce si impose alle nostre spalle:

«Lisa!»

Era il Maronti. Mia madre lo fissò con occhi lontani. Ravvisai, in lei, il bambino che ero stato poco prima. Il Maronti aggiunse più clemente, con un tono di pena:

«Lisa, stanno cominciando i balli. Anche il tango, di cui sei regina. Perché scappi via? Forse che il tuo Mario si vergogna a farsi vedere da tutti mentre lo balla con te?»

Nella quarta e ultima Stazione si contempla: "L'occhio di mio padre"

Per la prima volta, lui venne nell'interrato. Dove si era incontrato, con mia madre, fino a quella notte? Era chiaro che avevano continuato a vedersi. Lui poteva disporre di femmine a suo piacere, ma mia madre lo attirava sessualmente come nessun'altra. E s'aggiungeva, se non un legame, una complicità che ancora non sapeva definire. Forse la stava vivendo come una nostalgia. Tutto questo lo colsi nei suoi occhi, nel suo sguardo, quando mi capitò di inquadrarlo: un'incertezza sorprendente in un uomo che mi ero figurato con attributi temprati in acciaio.

Mi resi conto che era entrato da noi dallo scricchiolìo dei suoi stivaloni. Non disse nulla di ovvio, non commentò l'ambiente, cacciò soltanto un sospiro. Quindi, umilmente:

«Eccomi.»

Io stavo nella mia cameretta. A dividermi dalla camera di mia madre, un tramezzo, più che una parete. E nel tramezzo, una fessura tracciata come una crepa. La conoscevo bene, ci dialogavo persino con quella fessura. Il vento capriccioso che si insinuava nell'interrato portando freddo dallo spiazzo, trovava lì un pertugio per andare e venire.

Sedevo nel lettuccio addossato alla parete. Aspettando. Senza provare nulla. Un piccolo prigioniero in attesa di un interrogatorio, di un giudizio. Credo che ci furono delle effusioni. Soffocate. La voce di mia madre:

«Bada, c'è il bambino di là.»

«Che può capire un bambino?»

Mia madre rispose con parole che in seguito, a ripensarci, furono per me una folgorazione:

«Sbagli. È proprio quando sono piccoli che capiscono: non col cervello, ma con un potere strano. Coi sensi. Sentono, con l'istinto degli animali. Sentono per capire.»

In queste parole, la ragione dello strano privilegio percettivo che ho attribuito al personaggio di me stesso descrivendo il mio esordio alla vita. Forse la matrice della mia futura immaginazione.

Poi tutto cambiò, si allineò non già con la norma, impossibile quando i fatti si producono subito per vie complesse, ma con quella che definirei l'anormalità naturale del quotidiano. Cambiò, in gran parte, da quella notte. Avvicinai l'orecchio alla fessura del tramezzo. Lo feci solo per ascoltare meglio. Attraverso il pertugio avrei potuto vedere. Ma tenni gli occhi chiusi. Non volevo vedere. Per un primo pudore.

«L'ho visto, il bambino» esclamò mio padre.

«E quando?»

«Durante la gara acrobatica.»

«E lui?... Lui ti ha visto?»

«No. Non poteva.»

«Ma io credevo...»

«L'ho visto dall'alto, Lisa. Mentre lo tenevi per mano e gli dicevi di guardare in su. Mentre, forse, lo incitavi ad ammirarmi – mi parve di cogliere persino il silenzio di un suo sorriso. E ti giuro: ho cercato di essere il più bravo possibile per lui, soprattutto per lui.»

Restarono zitti. Forse ci fu un bacio. Mio padre riprese:

«Non mi dici di andare di là, a guardarmelo da vicino, nostro figlio, a toccarlo, abbracciarlo? Fissarlo negli occhi... È un bel bambino. Di che colore ha gli occhi?»

«Azzurri, quasi blu. Come i miei.»

«Ed è biondo.» Rise, il Mario: «Io, invece, sono nato con i capelli neri, gli occhi neri. Sono stato subito nero. Quan-

do si dice che la nostra sorte è già scritta prima di nascere... E di me cos'ha?».

«Il corpo, credo... Ma dato che parli di sorte, credo anche che, pur essendo bello e forte come te, dovrà lottare per tenere insieme le nostre due parti. Per metà sarà me, per metà sarà te.»

«E con le donne?» ironizzò il Mario.

«Anche con loro.»

«Chissà com'è, con le donne, un uomo che per metà è me, per metà è te.»

«Eh, già.»

Tornò serio, mio padre:

«Allora, perché non mi dici che un bravo padre dovrebbe superare quella parete per abbracciare suo figlio?»

«Quando parli così, Mario, diventi anche tu bambino. Mi fai le domande che poni a te stesso. E a queste domande, lo sai bene, tu e soltanto tu puoi, e devi, trovare risposta.»

Quante verità, che il mio istinto aveva frainteso, ora mi si chiarivano. Mia madre non era affatto la donna sottomessa che avevo creduto. Possedeva una sua forza, e una nobiltà nella sua forza. Così come mio padre non era del tutto l'aquila vanitosa, superba, che mi ero figurato.

Lisa l'aveva detto: sapeva essere anche bambino. Il tramezzo divideva, in noi, due bambini. Uno adulto, uno no. E il compito di mia madre sarebbe consistito nel crescerli entrambi. Mio padre se la diede, la risposta:

«Perché ho paura, Lisa. Io che passo per uno di coraggio, io che dico e mi dico "il coraggio non mi manca, e non mi è mai mancato", spesso mi spaurisco di fronte a certe responsabilità, compresa quella di essere fascista... La verità è che ho fegato, sì, ma avere fegato non significa avere coraggio.»

«Essere padre, all'inizio, fa paura a tanti. È un fosso da saltare, un baratro, Mario.»

«Sai una cosa? Una cosa che mi capita e mi manda in bestia. Io sto in cielo, lo affronto, ci faccio ciò che voglio, col cielo, e so che, sotto, c'è una folla che incanto, eppure

mi viene da dirmi: ma perché cazzo mia madre deve avermi messo a questo cazzo di mondo?... Tu che hai polso fermo anche nelle situazioni peggiori, e forse sta nel polso fermo il vero coraggio... Mi sai spiegare questa contraddizione?»

Non consentì risposta. Continuò a confessare il proprio stato d'animo nei miei confronti:

«Se esito ad andare di là, Lisa, è anche perché provo rimorso. Quando tutti ti stavano addosso, a dirti: fallo fuori, quel figlio, ti sta guastando la tua gioventù... io mi comportavo come Pilato. Me ne lavavo le mani. Mi sono dato alla macchia.» La sua voce crebbe di tono: «Alla macchia mi sono dato, ripetendomi: faccia lei... E quella macchia mi è rimasta, e adesso pesa!».

Che gesti stava facendo, con mia madre, in quel momento? Le accarezzava la testa? Le girava per vergogna le spalle? Con che occhi la stava guardando? E lei? Con quali occhi?... Forse fu questo pensiero degli occhi a farmi avvertire la presenza prima ancora di inquadrarla accanto alla mia tempia: la presenza dell'occhio di mio padre.

Netto, grande, nella fessura del tramezzo.

Mentre mia madre insinuava, con voce apparentemente comprensiva:

«Diciamo che hai avuto fiducia in me, nella mia decisione. Una fiducia da vigliacco, questo sì, ma non è stato un lavartene le mani.» Il suo tono sottolineò: «Tu, Mario, non mi hai mai detto di abortire!».

Cosa poteva vedere, l'occhio di mio padre, quell'occhio che io scorgevo di traverso? Nient'altro che una piccola massa confusa. Dei miei capelli biondi. Allora, adagio, mi allontanai. Arretrai al centro della camera. Senza più fissare il tramezzo. Fingendo indifferenza, assunsi ogni posizione. Di fronte, di lato, di spalle. Affinché lui potesse valutarmi. Lo udii mormorare:

«Hai fatto proprio un capolavoro di bambino, Lisa. Una creatura degna di noi due, non credi?»

E mia madre, alle sue spalle:

«Mario, campione di volo, ascoltami bene! Stasera hai accettato di venire qui, perché grazie a Dio sei come vorrei che fossi sempre, e parli come sempre dovresti parlarmi. Una delle tue belle eccezioni alla regola. Perché la tua banderuola gira col vento, e non sempre il tuo vento si quieta com'è capitato stavolta... Una cosa devi promettermi.»

«Tutto quello che vuoi.»

«Non tutto. Una cosa sola.»

«Purché non sia una faccenda complicata.»

«Cerca di avere più fiducia in te stesso. E più rispetto per te. Promettimi, almeno, che farai il possibile.»

In certi periodi, mio padre tornava spesso nell'interrato. In altri, spariva, restando assente anche per settimane. Quando veniva, entrava subito da me, per togliersi l'incombenza. Mi abbracciava. Con calore, se era in buona. Frettoloso, se aveva la luna storta. A volte, fingevo di dormire, per provocare le sue reazioni. In un solo caso mi baciò sulle palpebre abbassate. Il mio finto sonno lo metteva in soggezione e, insieme, lo costringeva a confrontarsi con i suoi pensieri ingombranti. Lo scrutavo muoversi avanti e indietro a lato del lettuccio, lo udivo sospirare.

Facevano l'amore. Allora mi tappavo gli orecchi. Tornavo ad ascoltare quando, nella fessura del tramezzo, vedevo alzarsi una nuvoletta di fumo. Mi faceva capire che lui stava assaporando una sigaretta nella sua beatitudine di maschio soddisfatto, mentre la mano di mia madre lo accarezzava. Per lo più, si rivestiva subito, con qualche scusa. Preferiva architettare misteriosi impegni che lo obbligavano ad alzarsi all'alba.

Mia madre fingeva di credergli, tuttavia mettendolo in imbarazzo, ossia inducendolo a infantili bugie:

«Sempre all'alba, eh, Mario?»

«Sono un militare, Lisa. E le incombenze militari non immagini quanto siano strane.»

«Puoi svegliarti all'alba anche se dormi qui con me.»

«Un ufficiale è come un medico. Deve rendersi disponi-

bile anche di notte. Uno stato d'emergenza, un allarme improvviso, una telefonata inaspettata.» Arrivò a dire: «L'Italia è diventata una nazione combattiva sul piano mondiale, dunque continuamente a rischio. Alla prima avvisaglia, a chi si ordina di alzarsi immediatamente in volo?».

«A noi!» ironizzò Lisa.

«Brava!» e lui non afferrò la debole ironia.

«Mario, Mario...» ripeteva mia madre, tollerante.

Ma già il Mario era sulla porta e le lanciava un bacio:

«Pensami. Mi raccomando.»

Senza riflettere che erano un mare i pensieri in cui la lasciava a dibattersi. Lei non si alzava dal letto per accompagnarlo. Restava con le braccia allacciate alle ginocchia, gli occhi fissi nel vuoto. Per cacciare da sé, appunto, i pensieri molesti. Allora mi introducevo da lei. Il profumo di tabacco, rimasto nell'aria, non riusciva a sopraffare l'odore di sesso che ancora stagnava. I miei occhi frugavano per confrontare i fantasmi di quello che avevo immaginato, a orecchi tappati, con le tracce reali lasciate qua e là. Non sapevo nulla del fare l'amore, avevo visto soltanto i cani e i gatti accoppiarsi per le strade, fra i commenti ironici dei passanti.

Mi lasciavo cadere sulla sponda del letto. E la prima, morbosa tentazione della mia vita consisteva nello sforzo di figurarmi, senza riuscirci, cosa potesse mai accadere, fra un uomo e una donna, nell'ignoto.

«Non riesci a dormire?» mi chiedeva Lisa.

«E tu?»

«Perché non riesci a dormire?»

«Perché non ci riesci tu. E di là mi sento solo.» Aggiungevo: «Come, di qua, ti senti sola tu».

Lei mi invitava:

«Sdraiati qui. Accanto a me.»

E io mi sdraiavo avendo cura di sistemarmi esattamente dove mio padre aveva lasciato la fossa del suo corpo. Lisa mi circondava le spalle col braccio, mi teneva come avrebbe voluto tenere mio padre. Poi si assentava di nuovo nei pen-

sieri suoi, si faceva distante, così distante, a volte, che non badava alla mia presenza quando usciva dal letto per mettersi la vestaglia da notte. Quello era il suo seno nudo, e poi la schiena, le natiche. Per un attimo, prima che la vestaglia li coprisse, non potevo impedirmi di scorgerli nello specchio.

... Quando invece mio padre non scappava subito via, e dopo fatto l'amore restava a parlare, magari raccontando a modo suo i pretesti che lo portavano in ogni parte del mondo, io ero contento.

Il Mario dispensava promesse:

«Un giorno ti porterò a Vienna, Lisa. A vedere i lunapark del Prater e a ballare i valzer di Strauss, anche se tu preferisci il tango.» Oppure: «Un giorno ti porterò in Brasile, e impazziremo insieme nel Carnevale di Rio».

Ma non diceva mai:

«Un giorno ti porterò a sposarmi, Lisa.»

Come Lisa mai gli chiedeva:

«Perché non mi sposi, Mario?»

Fu, per me, il tempo dell'abbandono. Durante il quale si ebbero tante sorprese, di ogni tipo, e tutte mi esposero come su un palcoscenico.

Ci furono notti difficili. Una notte, mia madre prese a supplicare il Mario, che stava per andarsene:

«Aspetta. Non uscire proprio adesso.»

«Ma devo, Lisa. Domani...»

«Sì, immagino, all'alba...»

Lui completò, preso in fallo:

«È all'alba che ho il compito di addestrare i giovani piloti.»

Mia madre si impose con una fermezza insolita:

«No. Tu stai qui con me. E aspetti!» Si aggirò per la camera: «Ascolta. Li senti questi passi?».

«Gente che corre. Fra le case vicine.»

Vicine erano le case dell'Oltretorrente: di là, nella parte sovversiva. Mia madre afferrò le braccia del Mario:

«Assassini che corrono, idiota. Gli squadristi di Bragone.»

Gino Colonna, squadrista efferato, detto "Bragone" per i larghi calzoni con banda che teneva infilati negli stivaloni anche quando – dicevano – si faceva una donna.

Il Mario si rabbuiò:

«A te nessuno ti tocca. Neanche un capello.»

«Ma stanno picchiando a sangue dei poveri cristi, a pochi metri da noi. Bragone picchia anche le donne che non gliela danno. E quando picchia, lascia il segno. Bragone gli fa bere l'olio di ricino.»

«L'olio di ricino è un'invenzione vostra. Comunque, lo riconosco: quel Bragone andrebbe ammazzato.»

Mia madre fu presa da una crisi isterica. Gridò unendosi alle grida che si moltiplicavano appena oltre lo spiazzo:

«Allora perché non lo ammazzate... È un'infamia anche per voi!»

Mio padre non riuscì a impedirle di afferrare la fondina della pistola che aveva appeso alla spalliera di una sedia. Con un gesto fulmineo, Lisa estrasse la pistola, la impugnò, corse alla finestrella:

«Con questa, va ammazzato. E se non lo ammazzate voi, lo ammazzo io!»

Fu, di nuovo, una prima volta.

La volta che vidi accendersi un lampo di follia in mia madre.

Anche il Mario ne aveva, di lampi suoi. Con una differenza. In Lisa erano i fulmini, per ora sporadici, che annunciano tempesta. Avvisaglie, nel suo cervello, che a tratti esasperavano il suo coraggio anch'esso annidato nel profondo. Per mio padre, che non sapeva distinguere fra coraggio e fegato, erano invece dimostrazioni della sua temerarietà: per darne prova, più che altro a se stesso, e indurre la gente a riconoscerla. Come avveniva con le sue spericolate imprese aviatorie.

In un caso, fui testimone.

Era notte, e già il Mario stava congedandosi. Mi accorsi io, dalla finestrella, che lo spiazzo si stava silenziosa-

mente affollando. Piedi si aggiungevano ai piedi. Vedevo solo piedi, per vedere di più, avrei dovuto inerpicarmi e storcere il collo. Passi quasi senza rumore, ma che mi misero in allarme. Dallo spiraglio della porta, avvisai mia madre:

«Lisa, sta succedendo qualcosa.»

Lei accorse. Inquadrò i piedi che si moltiplicavano. Ma non ebbe modo di dire o fare nulla. Fu preceduta dalla voce perentoria del Maronti: «Lisa! Se dici al tuo bell'amante di uscire tranquillo nello spiazzo, ci fai un favore. Non abbiamo intenzioni cattive. Vogliamo solo mostrargli una cosa. Questione di dignità».

Mio padre non si scompose. E gli bastò un gesto per bloccare in mia madre scomposte reazioni. Si avviò raccomandando:

«Stai buona, Lisa. Tu sta' qui col bambino. Dove si fa questione di dignità, senza cattive intenzioni, uno con la coscienza a posto non ha niente da temere. Magari la revolverata di un pazzo. Ma tu hai sempre giurato che i tuoi amici non sono pazzi, e sono d'onore.»

Io e Lisa ci inerpicammo e seguimmo la scena a collo storto.

Mio padre avanzò nello spiazzo con ostentata indifferenza, finendo di abbottonarsi la giubba. Dal gruppo delle ombre maschili uscì il Maronti. Reggeva fra le mani un bottiglione, con un atteggiamento austero e disgustato, come se si trattasse di un ciborio demoniaco:

«Questo non è vino» annunciò. «Magari lo fosse. Potremmo fare un brindisi e diventare compagni almeno per una notte. Indovina cos'è.»

Mio padre aspettò, fissandolo.

«Già, non puoi rispondere. Capisco. Sei fra quelli che dicono che l'olio di ricino è un'invenzione sovversiva. Strano, perché esiste da tempo immemorabile e serve da purgante efficace. Anche per chi sovversivo non è...»

«Si dicono tante sciocchezze, Maronti. Anche tu non ci vai leggero, quando ti auguri che io caschi con l'aereo.»

Il Maronti non replicò. Ma accusò l'allusione.

«Che me lo mostri a fare?» chiese mio padre. «Siete venuti qui per darmelo? Volete ficcarmelo in bocca? Io ci sto. Se vi serve per pareggiare. Lo so perfettamente che molti di voi devono scontare questa punizione.»

«Noi non diamo olio di ricino a nessuno.»

«E allora?»

«Te lo abbiamo portato come simbolo. È unico nel suo genere, proprio da collezione. Porta un'etichetta pregiata, marchio di fabbrica di Bragone. Sull'etichetta ha scritto "Bragone" di suo pugno. E nei bottiglioni che dispensa, quel disgraziato credo che metta qualche intruglio d'inferno, perché si sta così male che si rischia la morte...»

«Come te lo sei procurato?»

«Un regalo suo, di Bragone. Ha avuto il coraggio spudorato di piantarlo sull'altare di don Grazioli. Con parole peggio di mille bestemmie, vero Don Lavanda?»

Mio padre chiese al sacerdote:

«Quali parole?»

Don Grazioli riferì:

«Ha detto testuale: "Io non ho rispetto nemmeno di Cristo. Perché anche Cristo era un sovversivo. E dunque questo bottiglione vale, come simbolo, anche per lui... Io lo metto su quest'altare affinché vi serva da confessionale. Pregate pure quanto volete, ma sarete costretti a fissarlo e a riflettere. Guai a chi ne verserà a terra anche una sola goccia. Se per voi è sacrilegio buttare alle ortiche il vino santo, per me sarà sacrilegio fare lo stesso con questo liquido che mi serve per lavarvi dai vostri peccati".»

Aggiunse il Maronti:

«Bragone non si è fermato qui. Ha messo uno dei suoi scherani a guardia dell'altare. Dicendo: "Questo è il peggio dei miei scagnozzi, vi avverto, e dato l'ambiente qui ci sta a pennello perché, come potete vedere, veste di nero dalla testa ai piedi come un prete... Sappiamo che voi usate la chiesa di Don Lavanda, che santo non è nemmeno lui, per tramare rivolte. Bei credenti che siete. Forse al vo-

stro Dio sta bene, ma a me non sta bene affatto. Ogni giorno, durante le vostre messe, ci sarà un mio uomo a controllare, e con l'ordine di sparare in testa a chi oserà versare anche una sola goccia dalla bottiglia".»

Mio padre frugò con gli occhi nel gruppo delle ombre. Ci fu un movimento sul fondo. Spinsero avanti un uomo sulla quarantina, la faccia magra, scavata: faceva il pari col teschio che portava stampato sulla camicia. Il Maronti assicurò:

«Non gli abbiamo torto un capello.»

Il Mario si rivolse allo squadrista:

«Come ti chiami?»

Trovandosi di fronte a un ufficiale in uniforme, l'uomo scattò sull'attenti:

«Donati Franco, signore.»

«È vero tutto ciò che è stato qui riferito?»

Il Donati confermò, orgoglioso:

«Tutto vero. Bragone, quando gli salta l'idea giusta, provvede alla grande. È come Attila, non lo tiene nessuno. E per unico Dio ha il nostro Duce. Altri non ne conosce.»

Il Mario sollevò il mento dello squadrista, tenendolo a debita distanza, impresse il pollice nel mento, facendogli male:

«Bragone è ciò che è, ma tu? Io vorrei che uno squadrista potesse credere anche nel Dio in cui crede don Grazioli, perché anch'io ci credo, capisci? È stabilito dal nostro regime, crederci.»

Il Donati capì l'antifona:

«Sono in regola. Ho fatto persino la prima comunione, se è per questo. Certo, poi si cresce, e si hanno tante cose a cui pensare, specie se ci si batte per un'idea... Insomma, uno dimentica.»

«E credi anche che sia giusto minacciare: a chi versa a terra un solo goccio di questa bottiglia, io gli faccio sparare in testa? Bragone sarà pure come Attila, ma non è il padrone di questa città e della vita di chi ci sta, sia dall'una che dall'altra parte...»

Il Donati si limitò a riconoscere:

«Bragone, quello che promette, fa.»

Il Mario chiese al Maronti di passargli il bottiglione che gli bruciava fra le mani. Poi impose al Donati:

«Inginocchiati.»

L'altro si guardò intorno senza crederci:

«Io? Ha detto proprio a me?»

«A te, Donati. Ed è un mio ordine.»

Gli affondò il bottiglione fra le mani. Lo squadrista intuì il peggio, le mani presero a tremargli.

«Stai attento a non farlo cadere» lo avvertì il Mario, «altrimenti non sarebbe soltanto un sacrilegio, ma oltraggio all'ordine di un superiore.»

Il Donati si rese conto di stare inginocchiato su una griglia rovente e girò gli occhi persino verso il Maronti, con l'improntitudine di chiedergli vagamente aiuto. Mormorò:

«E adesso che devo fare?»

«Versa quel cazzo di olio di ricino su qualcosa che è peggio della terra sporca.»

«E su cosa?»

«Su te stesso, Donati. Levati il fez e rovesciatelo sulla testa.»

Lo squadrista supplicava senza ritegno, come una donnetta:

«Non mi chieda questo... Non mi chieda questo, per carità.»

«Infatti non te lo chiedo. Te lo ordino.»

«Ma se lo faccio, ci rimetto la camicia. Voglio dire che sono rovinato per sempre.»

Il Mario sorrise. Si serviva raramente di quel sorriso pieno di amarezza:

«Di camicie come la tua, ne abbiamo fin troppe, e a vederle fanno toccare i coglioni alla gente. Perché nere come la morte, passi, ma il teschio... Non è una buona propaganda far toccare i coglioni alla gente.»

Con ironica delicatezza, levò il fez dalla testa del Donati:

«Su, ti do una mano. E adesso, avanti. Forza!»

«Io non ho...»

Lo squadrista finì la frase cacciando un urlo. Già il Mario gli aveva afferrato le mani, gliele aveva portate all'altezza del capo, costringendolo a reggere il bottiglione rovesciato. Il liquido prese a colare. Si diffuse un odore nauseabondo. La disperazione tolse al Donati quel po' di forza che gli restava per resistere.

«Bravo Donati. Rovesciatelo tutto. E per bene.»

«Sì... Sì... Sì» singhiozzava lo squadrista, constatando che la sua partita era persa. Cercava di trattenere il respiro, di tenere serrate le labbra, ma poi finì per aprire la bocca, e parte del liquido non poté che ingoiarlo. Livido, mezzo soffocato, il Donati si sforzava di reggere il bottiglione ben dritto sulla testa, sperando così di affrettare la fine del supplizio.

E il Mario, meticoloso:

«Ce n'è ancora, ce n'è ancora... Olio speciale, da collezione, etichetta "Bragone".»

Il bottiglione rotolò finalmente vuoto nella larga pozza che si era formata intorno al disgraziato. E il Donati, afflosciato sulle ginocchia, le braccia che non si reggevano, la testa bassa e gocciolante, sembrava un alberello investito da un acquazzone.

Nel gruppo delle ombre, nessuno aveva alzato una voce, azzardato anche una mezza risata, un commento. Il silenzio circondava il pianto isterico dello squadrista. Mio padre gli disse:

«E ora, se ce la fai, vai da Bragone e riferisci. Digli pure che l'ho preteso io, che la responsabilità è tutta mia. Perciò, se vuole, passi da me quando ha tempo, e mi spari pure in testa. Ma dev'essere svelto, avvertilo, molto svelto. Perché io ho la mira più pronta della sua.»

Si rivolse al Maronti:

«Va bene così, Maronti? Buonanotte a voi, amici. Scusatemi, ma si è fatto tardi, e domattina devo alzarmi all'alba... E poi, ormai, la stagione è quella che è, e fa freddo qui, di notte.»

Rientrò nell'interrato, tranquillamente come ne era uscito.

La voce corse. Procurò a mio padre il primo rispetto da parte dell'Oltretorrente:

"Però, quel Mario..."

...

Mio padre sparì per mesi.

Contro la finestrella e sullo spiazzo s'ammucchiò la neve. Poi la neve si sciolse. Si accanirono le piogge, e io e Lisa ci dedicammo a tamponare le falle tra i vetri per impedire che l'interrato si allagasse. Una mattina, scoprimmo che la finestrella non era più squallida, inquadrava una pianta di geranio. Fissandone i colori stavamo lì a chiederci "chi mai l'ha messa lì?". Ce lo chiedevamo senza dircelo, per timore che la pianta fosse un bell'effetto ottico e, a commentarla, potesse svanire così com'era apparsa.

La luce del sole e il chiaro della luna proiettavano l'ombra dei gerani sul letto di mia madre, nella parte destra, dove si stendeva mio padre quando veniva a fare l'amore, e Lisa badava a tenersi nella parte sinistra quando si sdraiava, per lasciar spazio a quell'ombra. La sorprendevo che insinuava la mano per accarezzarla, muoverci le dita come avrebbe fatto con la schiena di mio padre o la fossa che lasciava dopo che se n'era andato.

Nell'interrato ora scendevano i "Contatori" con la scusa che, essendo passati per caso da quelle parti, volevano lasciare un saluto. In realtà, si preoccupavano di mia madre, e ciascuno diceva la sua. Il Leo ipotizzava:

«Si deve guardare in faccia la realtà, Lisa. Forse lui si è innamorato di un'altra. A un uomo così, può capitare. Ma se anche fosse, cerca di prenderla come una fortuna. Ce ne sono mille, in questa città, sia di là che di qua, che pagherebbero oro per sposarti, anche con un figlio, sì, e tu potresti uscirtene da questo buco da topi.»

Lisa lo lasciava dire, poi replicava:

«No. Lui si è innamorato di me, Leo, e resterà innamorato solo di me.»

Veniva anche il Maronti, animato dalla stessa idea del Leo, ma in versione politica anziché sentimentale:

«Si deve guardare in faccia la realtà, Lisa. Tu sei nata fra noi, e dell'Oltretorrente eri e rimani uno dei fiori all'occhiello. Il Mario, invece, resta e resterà sempre uno dell'altra parte: borghese, gretta. La solita storia, il solito conflitto. Non c'è niente da fare, e se te lo dico io, che continuo a sputare l'anima per tentare di cambiare le cose, senza riuscirci, vuol dire che è proprio vero.

E poi c'è lui col suo carattere, brutto o bello secondo il vento che spira nella sua testa. Assurdo che possa convertirsi a mettere su famiglia, legandosi per sempre a una donna sola, accollandosi un figlio. Pensi davvero che qualcuna riesca a strapparlo dalla sua spensieratezza che gira, come una trottola dai mille colori, e gli permette di godersi tante cose a cui tutti aspirano, a cominciare dalla gioventù?»

Il Maronti stava a parlare a Lisa non più con la bruschezza di un tempo. Era con bonarietà e affetto che tentava di convincerla. Si commuoveva persino, un po'. Mia madre gli accarezzava una mano per mostrargli gratitudine. Però, cocciuta, ripeteva:

«Il Mario è uno che vola. E quando se ne va è per le strade dell'aria, e lassù non ci sono differenze di partiti e di parti.»

«Pensaci. Noi siamo pronti ad accoglierti di nuovo, te e il bambino. Per quel poco che possiamo, ti garantisco almeno un po' di serenità.»

Arrivava anche don Grazioli. Diversamente dagli altri, non cercava di convincere Lisa a guardare in faccia la realtà. Al contrario, la spingeva a sbrigliare la fantasia:

«È un ufficiale dell'aeronautica. Oltretutto il più bravo, un campione. E se l'avessero spedito in imperi lontani? Nella Cina di Marco Polo, ad esempio. O laggiù in Australia, per missioni segrete... Oppure in un posto dell'Africa così misterioso e primitivo che non esiste nemmeno il servizio postale e telefonico. Che è poi l'ipotesi più credibile.

Perché i pazzi che ci governano si propongono di divorare, dopo l'Etiopia, tutto quanto il mondo africano, e altri mondi ancora. L'Etiopia sarà l'antipasto per il Naticone. E poi arriverà il primo, il secondo e la frutta. Sapessi come prego Dio che il Gran Pernacchia non riesca a conquistare nemmeno San Marino.»

Il sacerdote strappava qualche sorriso a mia madre con le sue definizioni del Duce: il Cupo Nostro, l'Ejettatore, il Sopraumano Sopracciò, il Gran Tamburone del Nulla, e via dicendo.

Lisa si era sinceramente affezionata a quel prete. Capiva il suo profondo rispetto per lei, e per il rispetto che lei portava all'idea della vita, come aveva dimostrato battendosi, umiliandosi pur di non buttarmi alle ortiche. Inoltre, i ragionamenti del sacerdote le sembravano i più convincenti: sì, doveva essere andata così, gli alti responsabili dell'irresponsabilità italica avevano mandato mio padre in capo al mondo, in qualche paese fatto di capanne e di interrati, dove non era stata ancora inventata la ruota.

«Credo proprio che lei abbia ragione, don Grazioli!»

Il prete ci restava male:

«Lisa, non chiamarmi don Grazioli. Ormai, dopo tutto questo tempo, se qualcuno mi chiama col mio cognome mi sento quasi trattato con freddezza, capisci? Non più degno del calore della compagnia.»

Allora, ridendo, mia madre rettificava:

«Davvero le sono grata, Don Lavanda.»

... D'improvviso, le cartoline a firma di mio padre cominciarono a spuntare com'erano spuntati i gerani.

E in tutte stava scritto:

"Confido in te, Lisa."

...

E venne "il giorno del santo che va dal Papa", come si dice dalle nostre parti. Convinta da madre e sorelle – lei non voleva – Lisa mi fece indossare, chissà perché, il co-

stume da paggio, in velluto blu, dentro al quale mi insaccavano al Teatro Regio quando mi esibivo, da piccola comparsa, a cavallo del cigno che veniva trascinato dietro Lohengrin, evocato dalle luci di scena con una mano sul fianco, all'altro braccio lo scudo.

Dovevo rappresentare l'anima candida, l'essenza stessa del cavaliere invincibile che mai ha conosciuto catastrofi. E il tenore, vedendomi bimbetto in bilico sul dorso sdrucciolevole del cigno di cartapesta, fra un'impennata e l'altra del suo cantare si raccomandava, sussurrando:

«Per amor di Dio, ranuncolo, non cascare. Altrimenti altro che catastrofe. Ci ritroviamo tutti col culo per terra.»

«Tranquillo, signor Lohengrin» lo rassicuravo. «Reggo, reggo.»

Non caddi.

Ma ancora mi chiedo per quale ragione mia madre mi fece indossare proprio quel costume quando venne deciso di portarmi a casa della "signora Anna", la madre di mio padre: tutto un intreccio di maternità e paternità in cui ormai mi perdevo, senza capirci più nulla. Probabilmente la ragione fu che, a quel punto dell'opera, si annuncia: "Miracol! Miracol!", e la figura di Lohengrin rappresenta il sortilegio che rovescia lo stato delle cose e porta finalmente fortuna.

Lisa esclamò:

«E va bene. Visto che tutti insistono, proviamo!»

Di nuovo, ho tutto chiaro nella memoria. Lisa che mi trascinava per mano, controvoglia, e mi faceva ripassare la lezione:

«Allora, hai capito bene di che si tratta?»

«Fin qui ci arrivo. Si tratta di andare a casa di una signora che si chiama Anna.»

«E chi è?»

«La madre del Mario.»

«Non "del Mario"! Guai a te se ti scappa detto "il Mario". Devi dire "mio padre". Chiaro?»

«Sì. Ma perché mi ci porti?»

A questa domanda, mia madre non mi aveva dato ri-

sposta. Che poteva dirmi, povera donna? Era talmente in imbarazzo, senza sapere come uscirne, che si sfogò senza mezzi termini:

«Per mostrarle che esisti!»

«Perché, potrei anche non esistere? Sono forse come l'Uomo Invisibile del fumetto che mi racconti quando ti riferisci al Mario?... Scusa, a mio padre?»

Lisa si arrese. Si limitò a concludere:

«Fai tu. Sei intelligente. Capirai da solo.»

La prendemmo alla larga, camminando per strade e viali, e mia madre a tratti si fermava, si sedeva per brevi soste sulle panchine, portava le dita agli occhi per non mostrarmi che le veniva da piangere, e io che la toccavo, le sussurravo:

«Coraggio, su, andiamo.»

La gente passava e rideva affettuosamente di me:

«Che bel bambino! Ma perché mai vestito in un modo così buffo? Cosa c'è, una recita?»

La recita c'era, e cominciò. La signora Anna ci apparve seduta in poltrona, benevolmente maestosa. Mentre Lisa teneva lo sguardo fisso su di me e lottava con se stessa per dirle:

«Lo vede, lo vede? Guardi come ha preso da suo figlio... Sì, è vero, i capelli biondi, gli occhi chiari, anche la bocca, diciamo, da me. Ma il corpo, osservi il corpo» mi faceva girare su me stesso, come un oggetto d'acquisto per il compratore, e avrebbe voluto strapparmi via il costume da paggetto «tutto di suo figlio, guardi com'è robusto, e lo scruti bene negli occhi... Gli occhi di suo figlio non sono azzurri ma scuri, è vero, però questa luce nello sguardo, così viva, un po' matta, mi scusi, è solo sua, di suo padre!»

La signora Anna la invitò:

«Dammi del tu... E dammi un bacio.»

Lisa la lasciò interdetta. Ritrovando l'impennata di carattere della sua gente:

«Io non posso darle un bacio, signora.»

«E perché?»

«Perché io non sono nessuno di fronte a lei. Solo un incomodo. È la legge di questa città a stabilirlo. Baci, piuttosto, questo bambino. Di me non m'importa.»

Lisa stava abbassata su di me. Si alzò di scatto. Non più sottomessa, un po' selvaggia, a guardarla come io la guardavo. Da sotto in su. E se la mia memoria è davvero esatta, so che le volli bene, in quel momento, come non mai... Mi spinse verso la donna in poltrona. E io ricambiai il bacio della signora Anna, non per lei, per Lisa, per far sì che qualcosa si ottenesse.

... Dopo quell'incontro, non rientrammo subito nell'interrato. Era Carnevale. Baldoria per le strade. Non chiesi a mia madre dove mi stesse portando. Camminava col passo di chi calpesta la sua sorda umiliazione. Fui costretto ad adeguarmi al battere dei suoi tacchi, a ogni suo gesto da donna invelenita. Era distante da me. Si rendeva conto di come si stava comportando solo a momenti. Allora si girava e mi diceva:

«Scusa. Ma le parole sono inutili, vero?»

Le rispondevo:

«Non preoccuparti.»

Sbagliavo sulla nostra possibile destinazione. Non potevo immaginare, infatti, che anziché verso il buio, la malinconia dei luoghi e delle strade, lei avrebbe deciso di dirigersi verso uno sfolgorio di colori e luci, dove l'animazione era al massimo.

Al "Ballo Gardenia".

Il locale che l'aveva vista regina del tango. Quando fece il suo ingresso, tra i frequentatori abituali ci fu dapprima un silenzio, poi scoppiò un applauso. Lisa si fece largo fra gli abbracci. Scelse, per me, un tavolo appartato, con un comodo divanetto. Dispose che mi fosse portato un gelato di quelli giganti. Al proprietario che l'aveva accolta festosamente, raccomandò:

«Continuate a portargli tutto ciò che vuole.»

Poi si guardò in giro. Vide il Leo, che era il più agile fra i ballerini. Gli chiese:

«Te la senti di ballare il tango con me?»

«L'abbiamo ballato insieme mille volte. E sei sempre stata magnifica.»

«Ti ringrazio. Ma, stavolta, è diverso. Devi farmi ballare il tango finché non avrò più fiato, e nemmeno un briciolo di forza. Te la senti?»

Non poteva rifiutare, il Leo. Ma essendo uomo di piazza e spettacolo, capì al volo, dagli occhi di Lisa, che il compito non sarebbe stato facile:

«Spero solo di farcela. Comunque sia, ci sto.»

Riportarono mia madre nell'interrato che era giorno pieno. Sfinita, la sostenevano in due; il Leo era stramazzato nel "Ballo Gardenia". Dopo averla sistemata nel letto, una delle donne che l'aveva accompagnata esclamò:

«Se è vero che il tango porta in paradiso come dicono, stavolta Lisa è diventata santa.»

V

Premessa giocosa

... Era capace di fermarsi, apparentemente senza una ragione, sotto il sole battente, per esclamare:

«Mi ci vorrebbe un colpo d'ingegno. Uno di quelli che a volte mi saltano in testa. E lasciano di stucco anche me!»

Non le chiedevo spiegazioni. Non me le avrebbe date. Lisa stava prendendosela, ovvio, con qualche tarlo dei suoi. Bisognava lasciarla dire. Aggiungeva:

«Come nel tango!»

I colpi d'ingegno di mia madre nascevano dall'ironica semplicità che nutriva la sua saggezza. È sempre stata la sua arma migliore. Il terzo occhio, quello magico, che fu in dote dei primitivi e poi si chiuse, ma in lei resisteva socchiuso e vigile. La musica che accompagnava questa dote preziosa, era per lei il tango. Con alcuni concetti connessi:

«Nella vita, come nel tango, si è chiamati e respinti. Ci salva conoscere il ritmo della contraddizione.» «Il prossimo è sempre insidioso, perciò, prima che capito, va intuito. Come nel tango. Mai lasciare all'altro il primo passo, si rischia che ti pesti il piede.» E per scendere dalle massime al minimo che è essenziale, ad esempio nell'arte amorosa: «Il tango è simbolo di un mondo dove tutto può essere detto attraverso il movimento di una gamba, il tocco di una mano, uno sguardo malandrino. Fatto questo, sei a

cavallo. Perché dopo, eh, dopo... Un vortice di gambe che si avvinghiano».

Sto parlando dei tempi in cui ero già un ragazzetto. Gli ultimi suoi anni sereni, tranne qualche burrasca, prima che la tragedia dei pensieri affondasse la sua mente. Mi avvertiva:

«Io sono gitana. E tu hai lo stesso sangue mio. E per un gitano che si rispetti, il tango è vangelo... Avanti, prova ancora una volta. Se no, te le do.»

Sono diventato un discreto tanguero a furia di scappellotti e di dischi di Carlos Gardel, oggi cult per gli appassionati, ma di cui già allora mia madre diceva, nella sua lingua d'origine: «Cada vez canta mejor», ogni volta che canta, canta meglio. Precisando:

«Appena intonava *Mina che fue en otro tiempo*, le "Mine" e le "Papiruse" ci perdevano la testa. Perché, ad ascoltarlo, c'erano "Mine" e "Papiruse", non le troiette del locale da ballo dove già metti piede, che non sanno cos'è "un pensiero di nostalgia che si balla". Che brutta condanna non saperlo mai.»

Mi sfuggiva la differenza fra una troietta padana e una "Mina", una "Papirusa", comunque svelte di gamba, a quanto mi era dato capire. Ma tiravo via. E quando riuscivo a cavarmela con l'adelante, il cambio de frente, il "tacco!", col fiato grosso e le gambe molli, mi concedeva come a un soldato:

«Riposo! Quasi ci siamo.»

Ma lei riprendeva prima che io avessi ripreso fiato completamente:

«Vieni. Un altro giro con me.»

Cercavo di oppormi:

«Il tango come lo balli tu, che sei una tanguera provetta, è troppo complicato. Non lo imparerò mai. E poi non serve. Anzi, mi fa fare la figura del fesso.»

Si rabbuiava, sospettosa:

«Dove e con chi?»

«Nel locale da ballo dove tu hai scoperto che metto pie-

de. E mi piacerebbe sapere chi è la spia che è venuta a dirtelo.»

«Non ho bisogno di spie. Spio da sola col mio fiuto.»

«Le ragazze mi dicono: vallo a ballare con Garibaldi, il tuo tango.»

Reagiva:

«Garibaldi non avrebbe potuto ballare il tango. Mai. Del tanguero, aveva solo la camicia rossa. E all'occorrenza era anche un leccapiedi del re. Un leccapiedi non può ballare il tango. Nel tango ci vuole dignità e coerenza, e i piedi non si devono né leccare, né pestare... Come se non bastasse, fisicamente Garibaldi era un po' orango. Tu, no. Sei flessuoso e sei mio figlio.»

Insinuava una delle sue parentesi:

«Ecco perché il tango è grande, una specie di religione cristiana. È precluso ai maniaci delle guerre e ai dittatori. Prendi il Duce. Riuscirebbe mai, Mussolini, a incantare le sue folle oceaniche con un tango ballato a dovere? Banda Bassotti! Ha il culo basso e la faccia ingrugnita alla Gambadilegno. Per questo porta gli stivaloni. Si vergogna delle sue gambe corte e legnose. E con gli stivaloni, credimi, il tango si balla da cani.»

Tornavo su Garibaldi:

«Se ce l'hai tanto con Garibaldi, perché allora ti diverti a chiamarmi, spesso, "garibaldino"?»

«Perché "garibaldino" è l'antitesi. La più perfetta. Vuol dire sveltezza d'entusiasmi e gioventù. Piglio schietto, punto e basta. Essere belli di figura e di cuore, e riuscire a esserlo, questo è l'importante, anche quando sei costretto a ubbidire ai mascalzoni rapaci del potere, che magari sono eroi dei due mondi, ma non del mondo loro, perché un mondo loro non ce l'hanno...»

A Lisa non garbava affatto che le ragazzine del locale mi sfottessero a causa di un ballo che lei concepiva come ragione e ragionamento esistenziali:

«Sarà un chiodo da niente. Eppure... Mai passarci sopra all'arroganza, anche se veniale. Se passi sopra al veniale,

quando ti ferisce, non saprai, poi, reagire alle mascalzonate giganti. Un metodo per aumentare le difese, imparalo.»

Anche la psicologia, a suo parere, aveva le proprie difese immunitarie.

Cercavo di spiegarle che andavano capite, quelle ragazzine:

«Oggi c'è il rock, Lisa. È il rock che tiene banco.»

«Il tango è un Pinturicchio. Il rock è una crosta, un cartone animato.» Alzava le spalle: «Addio tempi del "Ballo Gardenia". Adesso c'è "Il Pastrocchio"...», ci pensava su. «Ma forse, a pensarci bene, pastrocchio ha più verità. Un tempo, i sogni avevano un luogo, ma che sogni erano? Non si cerca più un luogo dove sognare da innocenti, o magari da imbecilli. Si cerca un non luogo, da starci e non esserci. Perché non sappiamo se ci siamo davvero, o se esserci è una finzione... Come nelle istruttorie: non luogo a procedere. Prosciolti, non colpevoli, ma di che? Luogo comune....»

Stava lambiccandosi il cervello, come a tratti le capitava, perdendosi per i sentieri traversi delle sue astratte congetture. Toccava a me riportarla coi piedi per terra:

«Lisa!»

«Sono qua.»

Le sorridevo continuando il discorso che non si accorgeva di aver interrotto:

«Conosci persino il nome del locale dove metto piede. Sembra che non noti niente, invece...»

«La miglior attenzione è quella che non si dà a vedere.»

Riafferrava il bandolo, animandosi:

«Comunque, fidati. Giorno verrà che quelle ragazzine si metteranno in ginocchio davanti a te e ti imploreranno di insegnarglielo, il tango.»

L'esperienza, ormai, mi guidava. Quando la vedevo vacillare, dovevo trattarla da sonnambula, senza smentirla sul serio, oppure contrastarla giocosamente:

«Lisa, quelle s'inginocchiano davanti a certi cristi che magari sono dei bamba, ma loro li vedono belli come un

dio. E non chiedono di insegnargli come si fa, lo sanno già, eccome. Maestre di adelante, cambio de frente, passi lenti e veloci sull'unico tango che apprezzano, il tango di carne...»

Mi rispondeva dal suo vuoto che tornava a colmarsi di buonsenso:

«Be', e allora?»

«Allora, perché dovrebbero...»

«Perché, chiedi... Ormai puoi considerarti un uomo. Viste le sberle che abbiamo preso insieme.»

Per me era una sberla anche il solo sentirne parlare, delle sberle prese insieme a lei in penosa comunione:

«Un uomo, certo.»

Mi prendeva la faccia fra le mani:

«Da uomo, dunque, devi capire che ballando con Gardel, il re del tango, o Enrique Saborido, o scegli tu, il campo è ricco, s'impara a fare l'amore.»

«Ma lo sanno fare benissimo, quelle del "Pastrocchio". A forza di farlo con tutti.»

«Quello è niente. È solo zappare il proprio podere. Istinto rasoterra, orizzontale, per pavimenti sporchi da spazzare con la scopa. Ma il colpo d'ala, la melodia?» Mi fissava con intensità. Respirava la parola che stava per pronunciare, come ci si leva il fiato dal fondo dei polmoni:

«Eros! Io parlo di eros.»

Dubitavo di aver capito bene:

«Hai detto: eros?»

«Sì, l'ho detto. Che, sei sordo?»

Stava ritrovando la sua vivacità, tornava di spirito. Mi raccontava di un viaggio, in gioventù, a Buenos Aires, un viaggio infinito per mare, e poi ospite di due anarchici amici della sua famiglia:

«Credi che me lo stia inventando?»

Lo pensavo. Ma non glielo dicevo.

«Buenos Aires mi è rimasta nel cuore. C'erano tangherìe dai nomi belli, suggestivi. "La noche triste", il "Metropol", il "Loca que quiero", il "Todos mis amo-

res"... Ma poi ce n'era una con la scritta in oro e blu: "Eros". E tutti andavamo lì, tutti noi, dico, i più scelti, con l'alma reìna de placeres y de amores. Regina, bada!... Non capivamo cosa significasse quella parola nell'insegna del locale, è vero, ma la sentivamo.» Ribadì, sfiorandosi la fronte, il ventre: «La *sentivamo*... L'eros si sente, il sesso si pratica».

«Eh, già. Hai ragione.»

Era tornata anche con le antenne:

«Tu dici "Eh, già" quando vuoi tagliare corto, quando capisci ma non hai la pazienza di capire meglio. Allora ti servono esempi pratici. Avanti, apri quella finestra!»

«Devo proprio?»

L'aprivo, comunque. E subito la sua voce alle mie spalle:

«Bella questa arietta da primavera che comincia, no?»

«Eh, già... Scusa, volevo dire: sì.»

«Bene, respirala. Come si assapora una sigaretta. Perché in certi momenti sembrerò svampita, ma so anche questo. Che già fumi di nascosto. Sigarette piatte, Mercedes, capisco la tentazione. Perché qualcuna la fumo anch'io di nascosto, ma tu che non ti credi svampito, non te ne sei mai accorto... Su, respira assaporando.»

Respiravo assaporando.

«Cosa provi?»

Non le rispondevo subito. Stupito, preso in fallo. Venivo inebriato, infatti, da un profumo di alberi in fiore, compreso il tiglio, un tiglio evidentemente in fioritura precoce, che mi deliziava. Un attimo, forse mia madre mi stava proiettando una delle sue cabale, ma mi sentivo felice.

«Stai godendo di questa mattinata di profumi, eh?... Visto? Questo è eros!»

Mi ordinava, quindi, di guardare in basso, sulla parte destra della strada, dove si allineavano le botteghe. Le chiedevo:

«Chi devo guardare esattamente? Il meccanico, il fornaio, oppure il Robuschi, il falegname?»

«Che sta facendo il Robuschi? Sta lavorando di pialla?»

«Sì. Sta piallando.»

«E fischietta soddisfatto mentre sta dando di pialla?»

«Esattamente.»

«Ecco. Quello è sesso... Andarci di pialla! Ti è chiaro, adesso?»

Mi sentivo come quando mi batteva a dama e a scacchi. Puntualmente.

«Ora riprendiamo col tango.»

«Per favore, sono stanco.»

«Dici? Proprio tu che la domenica sparisci, a farti chilometri su chilometri con la bicicletta Bartali che ti ha regalato tuo zio, e poi alla sera mi torni tutto scorticato come san Sebastiano... Non capisci che ogni domenica sto col cuore stretto?»

«A ciascuno la sua passione, Lisa. A te il tango, a me la bici da corsa.»

Era capace di confessarmi:

«Ci ho parlato, con Bartali. Un gran bravuomo.»

Non avevo più reazioni. Stupore a zero.

«E che t'ha detto?»

«Che sei giusto di gambe e prometti bene come passista. Ragione per cui via con la musica, dato che il tango richiede, appunto, la gamba giusta e genialità nel passo.»

Si ricominciava, e le mormoravo, fra collo e capelli:

«La Bartali... È sensuale, la Bartali. E quando la monto mi dà quell'eros che dici tu.»

«Ti capisco. A me succede lo stesso col tango.»

E lo dimostrava. Avendola fra le braccia, o piuttosto essendo io fra le braccia sue, come dice la canzone, finivo per dimenticare la Bartali, e cominciavo a sentirlo, il suo corpo che mi aveva tentato, per forza di cose, fin dai tempi dell'interrato, e lo respiravo come avevo respirato il profumo degli alberi, compreso il tiglio che forse già profumava o me l'ero inventato io, e lei diventava un tiglio di carne, e poi non pensavo più neanche al tiglio, ma alla donna che Lisa era, e spingendomi oltre mi dicevo che se non fosse stata mia madre, avrei voluto, ballando, farci l'amore.

Pensiero di cui non mi vergognavo affatto. E Lisa, illuminandosi:

«Lo vedi, testa di pera, lo vedi, che quando lo vuoi il tango lo sai trattare di fino? Basta un po' di volontà.»

Avrei voluto risponderle:

«Basta un po' di quel non so che, Lisa. Anche se peccaminoso... Come canta quel tango famoso, forse di Carlos Gardel, o forse di chissà chi.»

VI

Ti parlo, Lisa, scrutando il cielo di Buenos Aires.

Il tango è tornato di moda. Trionfa in tutto il mondo. Ancora una volta, avevi ragione tu. Come dicevi la verità, quando mi assicuravi:

«Io ci sono stata, a Buenos Aires.»

Non ti credevo. E ti lasciavo raccontare, incredulo, anche di Raul e di Maria Nieves, che arrivavano dall'Argentina a Parma, e non dormivano per giorni e giorni, sbattuti dentro un relitto di nave, per incontrarsi con tuo fratello, l'Armando della Madonna della neve, a parlare di rivolte, progetti di una rivoluzione che trascinasse con le bandiere al vento ogni popolo contro gli spettri di dittatori presenti e futuri. Raul e Maria Nieves erano nati lungo le rive del Paraná, da una stirpe di sabbiaroli come l'Armando.

«I grandi fiumi uniscono anche attraverso distanze abissali. Sono patria delle sommosse clandestine. Il Po vale il Paraná.»

E io pensavo: Lisa, anche oggi, si compiace di concedersi alle sue fantasticherie. Non osavo chiedere conferma all'Armando, perché mi metteva in soggezione. Mi scuso con te, Lisa, sotto questo cielo di Buenos Aires. Dei due amici libertari che attraversavano l'oceano, ho conosciuto qui i nipoti, che portano i loro stessi nomi: Raul e Maria Nieves. Mi dicono che fin da piccoli, in famiglia, sentivano parlare di te, mi riferiscono particolari del tuo carattere

e della tua vita che mi stupiscono per esattezza. Che eri superba nella tua "camináda" di gioventù, in una città famosa per il portamento delle sue ragazze. Ti trascinavi dietro le voglie dei maschi innamorati di te, che speravano un giorno di averti. Qui danno molta importanza al portamento.

Confesso di esserci rimasto un po' male ascoltando frasi tue che a me non hai mai detto:

«Se il bello di uno scrittore consiste nello stile adeguato all'argomento, la perfezione di una donna sta nell'adeguare la camminata a ciò che è o si sente di essere.»

Per la prima volta, pensa, mi sono reso conto di aver trascurato la tua cultura che a tratti usciva dalla tua umiltà – persino eccessiva al confronto – di espressioni e comportamenti. La davo per scontata. Ma come l'avevi appresa? Ora, lo so. Ti veniva da tua madre Amelia, l'argentina sapiente e raffinata, nata a Rosario, che dopo la disfatta economica della sua famiglia era capitata a Parma, con un ingaggio al Teatro Regio, prima come ballerina, poi come figurante. Avrebbe dovuto mettermi sull'avviso la canzone che mi canticchiava sempre: "Yo soy la morocha argentina", "Io sono la mora argentina...".

A portarmi a Buenos Aires, nessuna ragione precisa. Nemmeno un incarico dal giornale. Motivazioni istintive. Forse il rimorso per aver omesso anche la conoscenza della tua origine, quasi fosse stata un'altra da te quella che intonava, con la stessa vivace nostalgia di tua madre, il finale di un tango famoso, del solito Carlos Gardel: *Mi Buenos Aires querido...* "Mia amata Buenos Aires – quando ti rivedrò – non ci saranno mai più pene né oblio".

Una folgorazione, quel finale.

Mentre abbraccio con lo sguardo la distesa della città, tu stai rivedendo Buenos Aires attraverso i miei occhi, e davvero non hai – me lo auguro – più pene né oblio. Assurdo, Lisa, che io abbia lasciato in una zona oscura parte della tua vita che ha preceduto la mia nascita. Ma perché, anche tu, così reticente? Salvo rari accenni, insinuati con

la malizia, lucida e ironica, di cui ti servivi quando volevi far credere, ma non troppo, a qualche tua verità.

È uno dei tuoi misteri che mi si vanno chiarendo in questi giorni. E credo che, a spingermi qui, sia stata proprio tu, passandomi da lassù il tuo sesto senso. Come pretesto, ho accettato la richiesta di una conferenza, su cinema e letteratura, organizzata dalla comunità degli oriundi italiani. Una sala affollata, e fra i presenti i nipoti di Raul e Maria Nieves. Sono venuti attratti dalla curiosità di sapere chi ero e dal nome di Parma. E poi entrambi lavorano nello spettacolo: lui scenografo, lei costumista.

Non è stato il solo incontro a sorpresa. Ho fatto anche la conoscenza di Bianca, una delle "Chicas" che hanno interpretato ruoli nei film di Pedro Almodóvar. Non è argentina, ma mancega: spagnola della Mancha, come Don Chisciotte e Don Pedro. A Buenos Aires ha appena ultimato le riprese di una pellicola sulle madri argentine dei Desaparecidos:

«Un'esperienza forte. Che mi ha spossata.»

Ha deciso di rimandare la partenza per trascorrere, qui, qualche giorno in serenità. Mi dice ridendo:

«Magari con te, se vuoi.»

Mettendo a posto un pezzo mancante della tua vita, ho la sensazione di collocare, in discreta armonia, anche la parte attuale, difficile, della mia. Un'altra sensazione sta diventando sempre più certezza: che sia voluta da te la fatalità positiva che mi consente di imbattermi in persone e situazioni.

Fra le apparizioni, così credo di poterle definire, Bianca è la più sorprendente.

È scattato subito, fra noi, quel non so che.

Ha una sensibilità che contagia la mia, e viceversa. Mi spinge ad aprirmi, più a me stesso che a lei, persino con silenzi che hanno il dono della medianità. Le sto confessando emozioni segrete che la mia ritrosia ha sempre imprigionato. Dalle mie parole, che sembrano davvero inte-

ressarla, toccarla, riesce a dedurre riflessioni che riguardano anche il profondo della mia infanzia e della mia adolescenza. Come faresti tu, Lisa.

Le ho detto, senza preamboli:

«Mia madre mi ascolta. Io le parlo e lei mi ascolta.»

Mi ha risposto allo stesso modo di Simone:

«Lo so.»

Come se fosse, più che naturale, indiscutibile. Ti assicuro, Lisa, che sono circostanze di conferma in cui si prova una sicurezza impagabile della mente. Sentire, in comunione con altri, che è vero: ciò che sfugge alla logica è quanto di più prezioso esiste in noi stessi. Dopo aver scoperto che Bianca ha conosciuto alcune esperienze analoghe alle mie, alle nostre, Lisa, mi sono deciso a coinvolgerla in quello che amo chiamare, e chiamerò sempre, il "duetto per voce sola" di cui siamo stati e siamo più che mai protagonisti.

Ascoltandomi, a tratti le si illuminavano gli occhi. Ha capito che non esiste soluzione di continuità fra vita prima e vita dopo la tua morte.

Ora sa tutto.

Li ha scelti lei i luoghi più propizi al mio raccontare, dov'è possibile trovare le tracce di quelli che sono stati i tuoi miti. Locali lontani dai circuiti turistici delle tangherìe, dal tango business con cui l'Argentina ha scoperto un piccolo filone d'oro, fra i pochi di cui dispone per opporsi alla sua crisi economica, dopo la finzione di ricchezza degli Anni Novanta, esterofila e consumistica. Nulla a che vedere con i vistosi campionati mondiali di tango che si susseguono, con i teorici della "renovación" e della "diversidad", che sposano il tango col jazz, persino con la musica elettronica e – non inorridire – col rock. Proprio così. L'avresti mai creduto? Il tuo ballo Pinturicchio mischiato al cartone animato.

Stavo ballando, con Bianca, al "Fuego Lento", che sta esattamente dove, un tempo, brillava l'insegna in oro e blu "Eros": di nuovo, tutto esatto, i "portenos" di razza,

che lo frequentano, ci hanno confermato la leggenda della tanghería scomparsa nel dopoguerra, come me la raccontavi tu.

La suggestione del luogo ci portava a citazioni con sensuale piacevolezza: Catherine Deneuve che insegna i passi del tango alla sedicenne vietnamita Camille, in *Indocina*; Al Pacino che, anche se cieco, sa ancora sedurre una donna col tango in *Scent of a woman*; Richard Gere e Jennifer Lopez in una pista semibuia, a provocarsi col tango ardito di *Shall we dance*... E Borges che dice: «Il tango è una simulazione di coito con figurazioni variate».

Borges si insinua inevitabilmente: tante le sue definizioni del tango, anche enfatiche, tuttavia d'obbligo. Una volta, a Parma, l'hai conosciuto, Lisa, ricordi? Ti dissi: «Vieni, vieni... Quello è un poeta, un grande poeta». Ti trascinai dentro il Duomo. Borges stava di fronte alla *Deposizione* dell'Antelami. Non poteva vederla, e non poteva vedere un raggio di sole che filtrava da una finestrella, come da un punto irreale, e accarezzava il volto del Cristo. Borges incantato al cospetto del Cristo scolpito in una delle massime raffigurazioni del suo dolore umano, che abbracciava con lo sguardo, anche se non poteva vederla, l'umanità ai piedi della croce, ammassata, buia, nell'invocazione e nella pietà. Lentamente, su quel groviglio di forme oscure e dolenti, il raggio di sole si diffuse con il fuggire delle nuvole, facendo risplendere il bassorilievo, fino all'esultanza della luce.

La luce che Borges non poteva vedere.

Te lo presentai nel pomeriggio. E parlaste di tango, e tu riuscisti a conquistarlo con la tua naturalezza, la tua spiritosa competenza.

Preamboli, Lisa, per il vero riferimento. Una tua frase, l'ultima volta che ci siamo parlati da vivi. L'ho riportata a Bianca:

«Mia madre mi ha chiesto: "Ti saresti innamorato di me, se mi avessi incontrata da ragazza? Ce n'erano, sai, ce n'erano che perdevano la testa per me. Tu l'avresti persa?

Mi piace pensare che l'avresti persa. Senza ostacoli e malintesi per metterci insieme".»

Le ho anche riferito di quando ballavamo il tango insieme. Le ho confessato... Sì, le confessioni che mi negavo con te, in quelle circostanze:

«Avrei voluto far l'amore con lei.»

«Così, ballando?»

«Così.»

«Ti è rimasto nel sangue, eh?»

«Mi è rimasto nel sangue.»

«Potresti farlo con me.» Ha un suo modo di ridere, forse per vincere l'imbarazzo, quando azzarda: «È possibile che accada, no? Domani, dopodomani, anche stanotte stessa».

La sta portando sullo scherzo, mi sono detto, e anch'io scherzosamente:

«Oltretutto, devo di nuovo sistemare i conti con l'universo femminile.»

E lei, quasi con noncuranza:

«Appunto.»

Dunque, potrei convenire che Bianca si è presa di me. Tu mi ripetevi:

«Una donna, quando un uomo le va a sangue, decide in trenta secondi.»

Ti rispondevo:

«Eh, già.»

«Non rispondermi "Eh, già"» mi rimproveravi.

«Scusami, ero distratto.» In realtà, ero attentissimo.

«Ma perché non credi che una donna possa innamorarsi veramente di te?»

«Parli così, Lisa, perché sei una mosca bianca. Ti sei innamorata di mio padre in modo esemplare. Di mio padre hai fatto il tuo dio, accettandone il bene e il male. Ma quante sono come te? La maggior parte...»

Mi interrompevi:

«Non credi nell'amore?»

Avrei potuto risponderti (ma stavo zitto):

«Ammesso che non crederci sia una colpa, quante attenuanti! Proprio la nostra vita potrebbe parlare al posto mio. Pensa alle sberle che ci siamo presi per quella che definisci "una vocazione semplice e naturale". All'anima del semplice, Lisa!»

Forse anche tu, ora, ne sorridi da lassù... Insistevi:

«Devi crederci nell'amore. Altrimenti uno che vive a fare?»

Mi sfuggiva: «Eh, già». Ma subito: «A parte la vaghezza della parola "amore"...».

«Continua.»

Non continuavo. Avrei dovuto esporti i contorti labirinti in cui la mia testa si perdeva al riguardo. Quando una ragazza mi dimostrava interesse, addirittura forme di passione, mi dicevo: "Questa si comporta così perché me la sto inventando io, sono io che, attraverso di lei, alimento il luogo comune dell'amore". L'adolescenza, che mi ero lasciato alle spalle, mi aveva colmato di citazioni dalle mie tante letture. Ero anche un po' saccente. Continuavo fra me: "Baudelaire afferma 'Niente è più inevitabile e bello dei luoghi comuni, basta scegliere i migliori', e dunque la supponente fantasia di un poeta (tale già mi consideravo) costretta ai luoghi comuni della vita preordinata, è logico che si impadronisca del più seducente". Ma si insinuava Keats, con un'intuizione ambigua: "La fantasia si può paragonare al sogno di Adamo: Adamo si svegliò, e scoprì che era verità".

Di quale verità ero consapevole quando la mia fantasia si faceva da parte? Che fra me e le ragazze che potevo ritenere innamorate esisteva un altro da me, ambiguo, che veniva tentato da una solitudine assoluta. Anche prima dei traumi per la tua morte, Lisa, i conti fra me e la donna non tornavano come avrebbero dovuto. Psicologicamente, intendo. A complicare le cose, s'aggiungeva la mia sensualità, che fin da piccolo ho avuto fortissima, a volte tormentosa.

Manie? Ora che possiamo confessarci con una libertà senza limiti, riconosciamolo: con quanti frammenti di manie e ossessioni mi ha plagiato il male dei tuoi pensieri! Non te ne faccio una colpa, Lisa, anzi: ho accettato questo tipo di sofferenza, figlia della tua, con una gratitudine paradossale e coronata di spine, perché mi rendeva simile a te anche nel peggio.

Si arriva al punto in cui gli interrogativi più complessi, a cui a lungo non abbiamo saputo dare risposta, si chiariscono con una semplicità disarmante. Sempre troppo tardi, comunque. Come ho fatto a non capire prima che il mio inventarmi le "donne amorose" nascondeva l'aspirazione non tanto a ritrovare te nelle altre, quanto a farti vivere in loro, come una magica presenza che potesse insinuarsi nei loro corpi, nelle loro coscienze?

... Ma con Bianca, in queste notti di Buenos Aires, specie nella notte al "Fuego Lento", ho mandato al diavolo tutto: intrighi mentali, immedesimazioni impossibili. Ho deciso di godermi Bianca come lei dimostrava di godere di me. Pur avendoti più che mai presente, devo recuperare quel tanto di spensieratezza che mi è indispensabile per tirare avanti quaggiù, coi piedi sulla terra.

Il rito

I nostri passi verso la suite dell'albergo, che domina la distesa della città. Baires di notte, sotto il temporale. Tuoni, raffiche di pioggia contro le vetrate. Siamo un uomo e una donna che conoscono la complessità degli ultimi passi, l'averne coscienza, non vaghezza: fra poco la cerimonia dei sensi prenderà vita, sarà un rito.

Da tempo non mi capitava, nel "rito", questo abbandono, da parte mia, alla naturalezza del coinvolgimento. Il rito ha un suo codice, un suo ritmo, come il ballo. Inutile aggirarli con allusioni, metafore. Adesso è venerdì notte, io e Bianca abbiamo, fino a lunedì, libertà da ogni intrusione esterna, ogni pensiero molesto. Dipenderà dalla no-

stra sintonia trasformare questa libertà in conquiste di noi stessi.

Nella suite, tutto è perfettamente a posto, e io non sono un corpo estraneo a questo ordine. Torno a trattare col mio corpo. È già una conquista.

Con un gesto meccanico, Bianca fa volar via le scarpe dai tacchi alti, si sfila il vestito e lo lancia su una poltrona. Ma è con molta cura che sistema sotto la lampada le mutandine appena levate. E ora la luce della lampada mette in risalto i suoi seni. Bianca si fissa i seni e se li accarezza passando il dorso delle mani intorno alla loro radice un po' sudata. Un gesto che – l'ho scoperto da bambino – faceva anche mia madre.

C'è un potere quasi diabolico, nelle donne, di cogliere la minima incertezza durante il primo approccio con un uomo. Nei suoi occhi, che appaiono più trasparenti, afferro la contentezza di non notare, in me, traccia dei conflitti che le ho confessato. Con mosse così naturali che sembrano decise da sempre, si avvicina alla poltrona dove le siedo di fronte, fino a sfiorarmi col corpo, per consentirmi di respirare il suo odore di femmina.

Un grande specchio, sulla sinistra, riflette le nostre immagini. Dovrebbe turbarmi scoprire che Bianca è davvero un animale bellissimo, come ha scritto di lei un giornalista volgare. Si guarda nello specchio per lasciarsi avvolgere solo dal proprio sguardo, per non sentirsi più l'oggetto dell'altrui avidità. Anche lei sta trattando col proprio corpo. Si passa le mani sulla curvatura delle natiche, sulla macchia eccessiva del pube. Fissa me, poi torna a fissare lo specchio, per confrontare il mio sguardo reale e il mio sguardo riflesso sulla sua nudità. Controlla la mia reazione quando, sotto i miei occhi, si passa le dita sul clitoride, e la sua mano mi fa pensare a Bianca bambina che scopriva il sesso.

Anche lei, mi lascia capire, è attratta da questo ricordo.

Comincia a trattare col mio corpo. Mi bacia in un modo diverso da come ci siamo baciati nelle notti al "Fuego

Lento". Spinge le labbra verso di me, esitando prima di sfiorare le mie. Con abilità, mi stringe fra le unghie i capezzoli, da sopra la camicia, stuzzicandone le punte.

Poi va a stendersi nel letto, adagiandosi con docilità sul ventre.

... La luce del giorno ha illuminato i nostri corpi, quindi è tornata, nelle vetrate, la notte di Baires, a brontolare con i suoi tuoni lontani sugli ampi viali deserti, i grappoli di globi luminosi lungo i marciapiedi. Nessuno dei due si rende conto del tempo che è passato.

Ci vediamo di nuovo riflessi nello specchio l'uno accanto all'altra, senza ricordare in quale momento siamo sprofondati nel sonno. Udiamo la sveglia telefonica, ma non rispondiamo, lasciamo che continui il segnale rosso sull'apparecchio. Il desiderio che resta intatto come al primo momento. Sappiamo che c'è ancora tempo prima di dovercene andare, di dover abbandonare in questa suite una parte di noi che forse non troveremo mai più.

La guardo con la stessa espressione con cui mi guarda lei. Ma Bianca conosce tutto di me. Io ho evitato ogni domanda sulla sua vita. Questo rapporto perfetto nasce anche da questa incoerenza. È stata più volte sul punto di chiedermi: "Non ti interessa sapere quante volte ho perso la testa, mi sono innamorata? Con quanti uomini sono andata a letto?". L'importante è che non me l'abbia chiesto. Potrebbe rivelarmi: "Aspetto un bambino. Da chi non lo so". Potrebbe rivelarmi qualunque cosa, ma nulla muterebbe il mio stato d'animo. Questo senso di libertà da ogni provocazione contraria, in cui mi sto rigenerando.

Nei giorni scorsi mi ha detto:

«L'estrema semplicità delle cose. Siamo noi tanto complicati che possiamo sfiorarla, per migliaia di anni, senza accorgercene, senza riconoscerla... Quel passo di Dostoevskij contiene una grande verità, l'unica in cui credo.»

Riprendiamo ad amarci.

... Il rito si era compiuto. Secondo i propositi.

Potevamo tornare alle nostre zavorre, parole, domande.

Come quando si sta in silenzio, e forse i pensieri non ci sono, o si pensa alle cose più strane, ma succede che uno dei due chieda all'altro:

«A cosa pensi?»

La domanda mi ha spinto a richieste e a gesti non meditati e che non mi appartenevano. Ho pregato Bianca di accarezzarmi, le ho detto come volevo che mi accarezzasse. Senza confessarle: come mia madre accarezzava mio padre nelle notti dell'interrato, quando, benché cercassi di non vedere attraverso il tramezzo, qualcosa capitava al mio sguardo. E poi le ho chiesto di accendermi una sigaretta, chiedendomi a mia volta la ragione dell'insolita richiesta. Sempre lontana da me, infatti, l'idea di fumare una sigaretta appena fatto l'amore. Subito mi è apparsa la nuvoletta che mio padre faceva salire, ai miei occhi che spiavano, dalla sua beatitudine di maschio soddisfatto. Ho pensato: "Bianca... Come l'avrebbe presa mio padre?".

Il Mario che si compiaceva con la compagna di letto:

«Prima, guardalo. Senza toccarlo. Vedi? Non ha bisogno che tu lo prepari con le mani, né che ci metti la bocca... Ammiralo.» Il Mario che amava sentirsi dire durante il rapporto: «Sei forte come un toro... Non farmi male... Mi fai male, ma continua, è bello lo stesso».

Mio padre me lo sono sentito accanto: miracoloso come riuscivo a sentirlo vivo, a farlo tornare vivo accanto a me, mentre affettuosamente, quasi con commozione, lo rendevo testimone consapevole delle nostre differenze in amore. In quel momento, nella suite che abbracciava la visione di Baires, tornava lui e tornava Lisa. Due ombre che durante il rito avevano avuto la risposta alla domanda che il Mario aveva posto a Lisa in una notte lontana, una domanda che mi aveva colpito, benché ancora non fossi in grado di capirne il senso:

«Chissà com'è, con le donne, un uomo che per metà è me, per metà è te.»

Bianca mi stava dicendo:

«È una fortuna l'autocontrollo che hai tu. Un uomo che riesce a godere a lungo con orgasmi di testa, di sensi, di nervi. Dominando l'eiaculazione, per concedersela quando e come stabilisce lui.»

Mi sono limitato a risponderle rendendo sofisticata, fantasiosa, una regola di comportamento orientale, di base autentica e storica. Il mondo orientale credo di conoscerlo bene. L'ho praticato per apprendere tecniche di guarigione in paesi dove mai si è ricorsi alle pratiche assassine dell'elettroshock, e anche in amore, nel sesso, le concezioni differiscono da quelle occidentali.

L'eros d'Oriente prevede che il maschio faccia l'amore con una vocazione religiosa, morale, oltre che sessuale. Procurando alla compagna il maggior numero di orgasmi, godendone nell'unisono psichico con lei, mentre l'eiaculazione è considerata "la piccola morte". Il "nirvana" indiano, ossia l'estinzione, in questo caso, del sentire amorosamente la donna. Raccontavo a ruota libera...

Ma a mio padre che avrei detto? Il Mario ignorava che non esiste fenomeno naturale più ricco di contenuto psichico dell'orgasmo. Che è una falsità identificare l'orgasmo maschile con l'eiaculazione: due momenti ben distinti.

Al Mario avrei raccontato una verità meno suggestiva. Drammatica:

«Il terrore di avere figli, padre mio...»

Per anni, ho ritenuto mio padre responsabile di questo terrore. Colpevole di aver trattato la mia nascita come un incidente, di essersi comportato, per sua stessa ammissione, come Pilato, quando in tanti aizzavano mia madre alla mia crocefissione:

«Uccidilo, Lisa, quel figlio.»

A mia madre, tuttavia, assicuro:

«In me non esiste più rancore, Lisa. La tua morte ha sanato tante ferite. E nella seconda parte della sua vita, il Mario ha saputo anche farsi amare. Resta in me quella

malinconia che va oltre la coscienza di un uomo, la malinconia stessa del creato che, non essendo creante, a volte si sente orfano del suo creatore. Nel cuore di quella meraviglia sollecitata, nonostante tutto, da ciò che esiste.»

Resta il ricordo dei giorni in cui entravo nella camera da letto dei miei genitori e stavo a scrutare, nelle lenzuola, le macchie dello sperma paterno. Si facevano secche, croste dure, al posto degli esseri viventi che avrebbero potuto generare. Le sentivo fraterne presenze. E mi immedesimavo in loro. Avrei voluto, risalendo nel tempo, essere una di loro, un marchio labile in un lenzuolo destinato a finire nel cesto della biancheria sporca.

Pochi attimi, e amen.

...

E questa è l'altra faccia di Baires, Lisa...

Queste case bianche, basse, bordate di mattoncini rossi. Bianca ha ottenuto il permesso per visitare la "Escuela Superior di Mecanica dell'Armada". Dei trentacinque edifici che compongono il complesso, sette sono oggi "Espacio para la Memoria". Dal 1976 al 1983, durante la subdola dittatura della Giunta Militare, sono stati ammassati qui migliaia di oppositori del regime.

Qui sta il rimorso di Baires, dell'Argentina. I detenuti incappucciati, ammanettati, zavorrati con palle di ferro di venti chili, tenuti con la testa sott'acqua, folgorati con scariche di energia elettrica. La maggioranza per un semplice sospetto, una delazione.

Una realtà che in parte hai già conosciuto, da ragazza. Anche tuo fratello, l'"Armando della Madonna della neve", ha pagato spesso per un semplice sospetto, una delazione.

Mi muovo, di nuovo, fra i resti del male del mondo, in una delle sue massime manifestazioni. Quel mondo che, giustamente, ti faceva paura.

Bianca mi ha portato anche a Plaza de Mayo.

Le "donne di Plaza de Mayo" hanno condotto un'indo-

mabile battaglia per ritrovare i piccoli Desaparecidos: figli, nipoti. Madri, nonne, di diversa estrazione sociale, perlopiù modesta. Sono passati più di vent'anni dalla fine della dittatura militare, ma restano ancora nel buio i destini di centinaia di bambini fatti sparire, perché generati da sovversivi. Uccidevano i padri, le madri non subito, se erano incinte: aspettavano che portassero avanti la gravidanza, poi le trucidavano. I piccoli, anche con un solo giorno di vita, venivano affidati a falsi genitori, coinvolti col regime, desiderosi di paternità e maternità: li registravano come figli loro.

Una delle donne mi dice:

«La difficoltà della ricerca è grande, perché grande è il silenzio degli assassini. Hanno ucciso trentamila persone e rapito più di cinquecento bambini. Loro sanno dove sono i corpi e dove sono i bambini, ma non lo diranno mai.»

Un altro capitolo, fra i più atroci della disumanità, simile alla "Procreazione Programmata" dei figli del *Lebensborn*, quando gli aguzzini nazisti toglievano dalle mani delle madri i bambini appena partoriti per consegnarli alla genitura del Nume della Razza Pura.

Di nuovo, Lisa, il mondo che si accanisce sull'essere madre e sull'essere figlio, il mondo Erode che si serve della nascita per far scaturire la malvagità. Le donne di Plaza de Mayo le hanno chiamate "Locas", le pazze. Anche questo genere di pazzia tu l'hai conosciuto bene, perché viene partorito dall'amore materno che non si piega e non si rassegna. La maternità che non si chiude nello strazio viscerale ma, come la tua, si difende con le unghie, si espande a far valere il diritto alla vita, all'identità del legame di sangue, di qualunque razza sia.

Bianca mi ha indicato una frase che una madre, prima di essere trucidata, ha scritto col proprio sangue su un muro: "Quando si è portato un figlio in grembo, lo si porta per sempre". Nessuno ha osato cancellarla.

Pensa, Lisa, se tua madre Amelia non avesse abbandonato Baires per approdare a Parma, forse fra le donne di

Plaza de Mayo ci saresti stata anche tu, a cercarmi, a ripetere il mio nome a voce alta, fino a non avere più fiato.

Ti ricordi quando l'Amelia correva come una "loca" attraverso la città, a chiedere notizie di tuo fratello Armando, dopo i suoi arresti? E quando, nelle case d'Oltretorrente, le madri svegliavano i bambini piccoli nel cuore della notte, li infagottavano nei vestiti per trascinarli, spesso nella nebbia che cancella le visioni, a dare l'ultimo saluto ai padri, di cui intravedevano soltanto le mani agitate dai finestrini dei treni che li avrebbero portati al confino?

VII

Mio padre tornò dopo mesi.

Stavolta si presentò di giorno, senza più timore di farsi vedere che entrava nell'interrato alla luce del sole. Lasciò la motocicletta proprio davanti all'ingresso per rendere evidente, alle due parti opposte della città, quel suo ritorno da Lisa. Io uscii, lo incrociai senza degnarlo di uno sguardo, liberandomi con rabbia della mano che tendeva verso di me per accarezzarmi la guancia.

Sputai sul sedile che conservava la fossa lasciata dal suo corpo, prima di rovesciare a terra la motocicletta. Non mi girai. Dandogli le spalle, senza paura, lo sfidavo a punirmi per il mio gesto. Al contrario, lui disse dietro di me, con la massima tranquillità:

«Bravo. Avrei fatto lo stesso anch'io. Ci avrei anche pisciato sulla motocicletta. Ma tu sei ancora un bambino, e un bambino non può arrivarci, a certi punti.»

Tutti si erano interrogati su quei mesi della sua assenza. Lui, invece, si stava comportando come se avesse lasciato l'interrato solo da poche ore. Per la prima volta, mia madre lo fronteggiò col volto di ghiaccio:

«Tu qui non entri, Mario. Questo cesso di posto non ti fa fare bella figura alla luce del sole. E se torni da me, rischi di far credere alla gente che il tuo razzolare in giro per il mondo, qualunque sia la ragione che ti ha spinto, non ti ha portato molta gloria... Come può considerarti

questa città se, scomparso per ottenere il massimo, adesso ti riduci ad accontentarti del minimo?»

Il Mario stava appoggiato con una spalla allo stipite della porta, le mani nelle tasche, come se niente fosse. Disse:

«Lisa, o mi prendi a schiaffi, o mi abbracci e mi baci alla maniera tua... Perché devi imparare che io so capire.»

Mia madre reagì gridando:

«Capire cosa!... Cosa!»

E il Mario, con un sorrisetto:

«Quando una donna che avrebbe il diritto, il dovere anzi, di spaccare la faccia a un uomo, si mette ad arzigogolare con le parole, vuol dire che il rancore ce l'ha, ma la passione pure, e la passione è più forte.»

Mia madre gli sbatté la porta in faccia. Lui la riaprì con noncuranza, come se fosse stato il vento a sbattergliela in faccia:

«Ti ho sempre scritto: "Confido in te, Lisa".»

«Io lo sapevo, lo sapevo che saresti tornato...» ci fu un accenno sommesso di affetto, se non di gioia, nella voce di Lisa, subito corretto di nuovo con un grido: «Per torturarmi! Per farmi ammalare la testa!... Che senso ha confidare in una testa che stai torturando?».

«Anche se tu diventassi pazza davvero, io continuerei a confidare in te. Sempre.»

Mia madre si lasciò andare su una sedia, con la testa, quella testa torturata, stretta fra le mani:

«Mario, ascolta... Da me, non dipende più niente. Ti sei messo contro tutti, nella parte mia, con più odio di prima. Ti sei mangiato quel po' di stima che ti eri guadagnato.»

Lui replicò, sorprendendola:

«So quello che vi è successo.»

Lei tornò a fissarlo, incredula.

«So che hanno arrestato ancora una volta tuo fratello, l'Armando, e l'hanno spedito a Ustica, dove il confino è duro davvero.»

Mia madre gli si avventò contro, gli graffiò la faccia, lo afferrò per il bavero, mettendoci tutte le sue forze per strappargli di dosso la giubba con i suoi emblemi. Gridò con disperazione:

«Mio fratello laggiù lo stanno torturando. E io non lo vedrò più. Tutti noi che l'amiamo non lo vedremo mai più... Così non voglio vedere mai più un verme di fascista come te!»

Mio padre la lasciò fare. Non si tamponò nemmeno la riga di sangue che gli scendeva lungo la faccia. Disse:

«Tuo fratello hanno smesso di torturarlo. E tu, e i tuoi, potrete vederlo presto. Quando vorrete.»

«Perché avrebbero dovuto smettere di torturarlo, i tuoi amici assassini?...»

«Perché io sono tornato.»

«Vederlo... In che modo potremmo vederlo, l'Armando, in che modo, eh? E in che modo lui, povera anima, potrebbe rivederci, almeno per un saluto?»

«Semplice, Lisa. Vi basterà prendere un treno. Persino con la protezione della Polizia ferroviaria...»

Mia madre era caduta sulle ginocchia. Non avevo mai provato tanta pena per lei, come in quel momento. Mio padre concluse:

«Ero venuto per dirti semplicemente questo. Che potete prepararvi al viaggio. Tutti i documenti sono già pronti. Per te, per il Maronti, il Leo, persino per Don Lavanda, per chi vorrete portare.» Si concesse anche, con malizia: «Se poi l'Armando, che le donne non le disdegna, ha un'amante e una fidanzata, potete portare anche lei».

Mio padre si girò, salì gli scalini, raddrizzò la motocicletta, vi montò e, prima di mettere in moto, si voltò dalla mia parte per dirmi:

«Conservati così, vendicatore!»

Lo vidi sparire, dopo un colpo di tacco, lasciando dietro di sé una nuvoletta azzurra.

Il Mario aveva detto la verità. E mantenne la parola.

Partirono Lisa, il Maronti, il Leo, il Teuta, Don Lavanda, la Cicci, e l'Ines, che era la donna dell'Armando.

Viaggiarono per ore e ore. Mangiando quel poco. Guardati a vista.

Arrivati a Ustica, l'Armando gli apparve al centro di una fila di detenuti politici schierati sul molo, legati l'uno all'altro con catene che passavano sopra le manette, per cui, se uno sollevava le braccia – per aggiustarsi il cappello in testa o accendersi una sigaretta – tutti gli altri della fila dovevano alzare ugualmente le braccia.

In quei gesti da burattini si esprimeva la loro rassegnazione.

Sporco di barba, col volto scavato, l'Armando della Madonna della neve fece due passi avanti, fissando il piccolo gruppo raccolto a prua del battello. Ore e ore di treno per quel suo sguardo accompagnato appena da un sorriso dentro il bavero alzato.

D'accordo coi compagni, l'Armando inscenò comunque un saluto memorabile. Si frugò in tasca e gli altri della fila, ammanettati con lui, abbassarono all'unisono le mani. Rintracciò la sigaretta e se la portò alle labbra: la fila fu costretta a sollevare contemporaneamente le mani. L'Armando chiese a una guardia della Polizia ferroviaria:

«Accendimi la sigaretta, amico.»

La guardia lo accontentò. Fu l'unico apporto evidente di quella complicità della Polfer che il Mario aveva garantito.

L'Armando impiegò il maggior tempo possibile per consumare la sigaretta. Aspirava, cacciava fuori il fumo, poi con un gesto minuzioso faceva cadere la cenere, riprendendo daccapo. Tutti quelli della fila alzarono e abbassarono le braccia, dunque, il tempo necessario a trasmettere, con l'ironia di tanti mimi, il benvenuto ai nuovi arrivati. Finché della sigaretta non restò che un mozzicone di brace. L'Armando lo prese fra la punta del pollice e la punta dell'indice, e lo fece schizzare in aria, le braccia più dritte che mai.

E tutti restarono così, come appesi a quel segnale combinato fra pollice e indice che, sulla linea orizzontale delle manette, suonava come un comune sberleffo a chi le manette gliele aveva messe. Una successione di tondi fra due dita, a simboleggiare l'irrisione, l'invito a farsi fottere rivolto a quanti si dichiaravano guide di un popolo, e in realtà comandavano solo se stessi, il loro branco di imbecilli aguzzini.

Arrivò anche il giorno della morte di Bragone.

Lo squadrista efferato Gino Colonna fu sparato con due colpi di pistola, poi lo scaraventarono ad affogare nel torrente. Il suo corpo attraversò la città, dissanguandosi da una sponda all'altra. La corrente lo trascinò sotto i ponti e le grandi braghe della sua fama sinistra, gonfie d'acqua, apparvero come due sacchi agli occhi di chi si limitò a spiare dalle finestre delle case, con la paura di mostrarsi.

Una punizione dimostrativa. Ma voluta da chi?

Per pura scena, la Milizia presidiò le rive. Non furono puntati né moschetti, né fucili. Il cadavere di Bragone si impigliò nella sterpaglia fitta, dove le acque avevano il colore del catrame. Un nero deserto, avvolto dal silenzio dell'indifferenza. A nessuno interessava avventurarsi verso il braccio che spuntava rigido verso l'alto dal corpo straziato: una goffa richiesta di aiuto, un estremo tentativo di afferrarsi alla vita, avevano fatto scattare – ironia della morte – un grottesco saluto fascista.

Il Mario spuntò nel greto, con mosse tranquille si avvicinò a Bragone e gli abbassò il braccio con la punta dello stivale. Quindi sollevò lo sguardo e, con voce calma, si rivolse a un ufficiale della Milizia, che teneva le mani appoggiate alla spalletta del ponte, affacciato a dominare la scena come il Duce dal balcone:

«E adesso non inventatevi rappresaglie. Bragone lo avete ammazzato voi. Perché questo relitto d'uomo, che ormai delirava con le sue violenze e le sue provocazioni, vi era diventato scomodo.»

L'ufficiale della Milizia simulò uno sbadiglio:

«Usi il "voi" a sproposito, Mario. Visto la divisa che porti, in questo "voi" dovresti comprendere anche te... Comunque non ci sarà nessuna rappresaglia. Chi ha ammazzato quell'infame ha solo fatto un favore alla gente con cui t'immischi. Ma va bene così...»

«Vi siete serviti di questo infame per dieci anni.»

«In questo paese, qualunque sia il colore delle bandiere, la giustizia è sempre stata e resterà lenta.» L'ufficiale gettò un'occhiata al viale che costeggiava il torrente. «Peccato solo che ci siano pochi spettatori. La scena meritava più pubblico.» Girò le spalle e ordinò: «Fate intervenire la Polizia giudiziaria. La bega è di sua pertinenza».

La morte di Bragone valeva meno di una morte qualunque. Ma gli spettatori, quelli giusti, c'erano. Anche se nascosti. Si dissero:

«E bravo il Mario. È un ragazzo che sta venendo su bene. Chi l'avrebbe detto?»

Il Maronti insinuò:

«Vuoi vedere che è stato lui a sparargli quei due colpi, in testa e nei coglioni, col beneplacito dei suoi? Oltre che a volare giusto, è anche uno che non sbaglia mira, specie quando, dicono, deve vendicarsi di cose che gli vanno storte.»

Così il Mario si riguadagnò, con gli interessi, quel tanto di stima del Maronti e compagni, che aveva perduto con la sua enigmatica scomparsa.

... Fui testimone dei primi sintomi del male di mia madre.

Una mattina entrai nella sua camera e restai senza parole. Lei sedeva di fronte allo specchio. Si era truccata passandosi una pasta bianca sulla faccia. Mi chiese:

«Secondo te, che colore ha la felicità? Bianco? Verde? Viola?»

Con un gesto estatico, si mise in testa un cappello che non avevo mai visto prima. Aveva un largo fiore di panno al centro. Lei prese a muoverlo, cercando una posa che

potesse soddisfarla. Lo piegò verso l'orecchio destro. Poi lo rimise dritto. Decise di farlo scendere verso l'orecchio sinistro. Ma non le veniva la posa più propiziatoria per ciò che le stava attraversando la mente.

«Ti piace questo cappello? Bellissimo, vero?»

Balbettai:

«Dove l'hai preso? Chi te l'ha dato?»

Il cappello azzurro rendeva la sua faccia ancora più bianca. Mia madre si bloccò a fissare intensamente la mia figura riflessa. Ma una crepa nello specchio rendeva la mia figura come spezzata in due. Chi aveva fatto quella crepa che non esisteva il giorno prima? Sembrava incisa con il colpo rabbioso di una punta acuminata. Mia madre afferrò il mio sconcerto e ne rise. Continuò:

«È un cappello della Belle Époque, credo. Una volta ne ho visto uno simile in testa a una bravissima ballerina di tango.»

"La crepa" mi ripetevo, il sangue mi pulsava alle tempie. "Quella crepa che mi taglia in due..."

Mi disse:

«Avvicinati.»

Feci qualche passo avanti. La crepa deformò ancora di più la mia figura. Mi bloccai.

«La crepa» mi decisi a mormorare.

Lei sembrò accorgersene solo in quell'istante:

«Già... Lo specchio era appeso male. È caduto.»

Non poteva essere caduto. Non era appeso. Era incastrato nella parete. Dopo anni, mi avrebbero spiegato che l'incrinatura tracciata con la punta acuminata era il segnale della psicosi: visioni della realtà ridotte a frammenti dalla sua paura del mondo. Si infilò un paio di guanti. Si accarezzò le mani guantate, controllando la propria immagine un'ultima volta. Si alzò, avviandosi a uscire.

«Dove vai?» le chiesi col cuore in gola. Avrei dovuto aggiungere: "Così conciata come un pagliaccio?".

Con la faccia bianca, il cappello, i guanti, ma insaccata

nella dozzinale vestaglia da casa, le ciabatte ai piedi, era grottesca, penosa:

«Devo andare. Mi stanno aspettando. Credo anche di essere in ritardo.»

D'istinto l'afferrai per la vestaglia. Fu quella la prima volta che mi rivolsi a lei chiamandola, anziché mamma, Lisa:

«Lisa!» tornai a ripetere il suo nome fino a gridarlo. «Lisa!»

Impiegai tutte le mie forze per trattenerla stringendo i lembi della vestaglia. Mia madre si girò a guardarmi, poi lanciò un'occhiata allo specchio, in un attimo di lucidità si rese conto della crepa che spezzava in due il mio corpo riflesso nel lato destro. Allora, amorevolmente, mi prese per le spalle:

«Spostati.»

Mi sistemò in modo che potessi riflettermi nella parte sinistra, intatta, dello specchio. A lungo fissò la mia figura di nuovo intera. La lasciai fare intuendo che si stava rilassando, che riprendeva una lenta coscienza della logica delle cose. Tuttavia balbettò:

«Possono pure aspettarmi. Che mi chiamino pure. Se sono così arroganti, peggio per loro.»

Non le feci più domande sui suoi arroganti fantasmi in attesa. Con la percezione già affinata ma clemente della prima età, scattò in me la certezza del male, un male vago come un'ombra, ma che come l'ombra di un assalitore stampata d'improvviso fra la luce e la tenebra di una notte, paralizza il respiro e terrorizza.

Mia madre tornò se stessa. Allora mi resi conto di stringere ancora i lembi della sua vestaglia, le nocche mi erano diventate bianche nella tensione di trattenerla, e per lo sforzo le mani mi grondavano di sudore. Lei scagliò via il cappello. Si strappò via i guanti. Si precipitò ad aprire completamente i rubinetti del lavandino, e sotto il getto dell'acqua lasciò che la maschera di pasta bianca colasse dal suo viso.

... Accadde un altro episodio. Di notte, in questo caso.

Lisa sedeva a un tavolino, nella luce di una lampada. Teneva una penna in mano, un quaderno aperto sotto gli occhi. Mi invitò:

«Vieni a vedere.»

Mi avvicinai. Mi spiegò sorridendo:

«Guarda. Questo è un diario... Lo sai cos'è un diario? Qualcosa a cui si affidano le confessioni intime e segrete che più ci stanno a cuore.»

Si fece assorta sulla penna che muoveva fra le dita:

«Qui io scrivo i pensieri che ho per te. Che sono candidi come colombe, e non hanno niente di oscuro, di cattivo. Li scrivo ogni giorno.» Fece scorrere le pagine del quaderno: «Così non possono fuggire da me. Sono parole bellissime, sai, quando sarai grande potrai venire a frugare nel diario, e ritrovarle tutte».

Più sfogliava, più le pagine splendevano via via, sotto la luce, di una bianchezza immacolata. Non una riga scritta. Nemmeno un segno.

Pagine che non sono andate smarrite. Così come vado a sfogliare il "Diario dei sensi" di mio padre, spesso mi lascio tentare dal quaderno di mia madre, scoprendo che il nulla visibile può essere un inganno, può nascondere una scrittura segreta che ho imparato a decifrare. Se Dio ha tratto ogni cosa dal nulla – lo sosteneva Lisa, quando mi insegnava a guardarmi dall'apparenza – quel nulla traspare.

...

Fu davvero un periodo di alterne sorprese.

Durante le sue apparizioni nell'interrato, mio padre mi aveva tenuto benevolmente a distanza. Una mattina presto arrivò invece facendo rombare, apposta per me, la sua motocicletta rossa. Ripulita, lucidata addirittura. Mi affascinava, la motocicletta, non potevo negarlo.

Io sedevo sullo scalino d'ingresso. Il Mario bloccò la

corsa e subito si manifestò, nei miei confronti, euforico come non lo avevo mai visto. Mi apostrofò allegramente:

«Ciao, vendicatore. Come va la tua rondinella, eh? Vola alto o vola basso?»

Non capii. Risposi scontroso:

«Di rondinelle non ne ho. Perché dovrei avere la rondinella?»

Scoppiò in una risata:

«Fra qualche anno lo capirai eccome, vendicatore, o garibaldino come ti chiama tua madre. E capirai anche quanto è importante per un uomo, persino per un ometto, che sia una rondinella che voli alto.»

Qualche anno mi ci volle, infatti, per afferrare il senso di ciò che intendeva mio padre con quella formuletta ironica e apparentemente sbadata che mantenne fino ai suoi ultimi giorni. Allora credevo che compito della rondinella fosse aggirarsi in cielo e nidificare sotto i tetti. Non potevo supporre che esiste anche, nel gergo padano, una specie di rondinella che il suo nido ce l'ha dentro i calzoni.

Il Mario scese dalla moto:

«Tua madre è dentro? Dorme ancora?»

«Sì, è dentro. E dorme ancora.»

«Vado giù. Devo chiederle il permesso. Tu stai pronto.»

«A cosa?»

«Giochi mai a pallone?»

Mi stavo irritando:

«A volte, con gli amici.»

Il Mario notò:

«Sei sempre incazzato con me, eh, vendicatore?»

Alzai le spalle:

«Già. Ma a te cosa importa? E poi, sono ancora un bambino, come ripeti sempre tu....»

«E allora?»

«Allora vorrei sapere se anche i bambini s'incazzano.»

«Altro che. I bambini, se vogliono, sono terribili.»

Insinuò quel suo sorrisetto buono per tutti gli usi: per opporsi alla furia altrui come per commentare, senza pa-

role, le acclamazioni degli spettatori dopo una sua esibizione acrobatica. Aggiunse:

«Ma ai bambini piacciono da matti le motociclette come la mia, guarda che splendore, una meraviglia, eh?... E piace il gioco del pallone.»

Lasciai, benevolmente, che mi sollevasse il viso con due dita sotto il mento:

«Vero o no?»

Con mio stupore, per la prima volta c'era dolcezza nella sua voce. Perciò gli concessi:

«Vero.»

«È già un buon inizio.»

E sparì nell'interrato. Evidentemente, mia madre diede il permesso che gli interessava. Immagino che lo fece a cuore aperto, perché non era mai successo che il Mario prendesse un'iniziativa da padre che intende rallegrare il figlio. Un miracolo, addirittura. Non so come, mi trovai sistemato dalle sue mani in quello che lui definì "il tuo vestito migliore" (strano, indossavo sempre più o meno gli stessi panni):

«E ti metto anche il cappottino, guarda. Perché la moto corre, e l'aria sferza.» Levò dalla tasca gli occhialoni da motociclista che mi coprirono quasi tutta la faccia, annodandomi l'elastico dietro la nuca: «Ce la fai a tenerli?...».

Mi tornò la visione di un attimo fuggente, è il caso di dirlo. Di quando mia madre mi aveva detto: «Fra poco lo vedrai, tuo padre. Ha il numero ventisette. Quello del giorno in cui sei nato». Tornò a esplodermi nella testa l'annuncio dell'altoparlante che scandiva i passaggi dei corridori motociclisti nella "Milano-Taranto":

«Passa il 27!»

E mia madre:

«Eccolo. Quello è tuo padre. Guardalo bene.»

E per la prima volta avevo guardato, se così si può dire, il Mario in un'ombra ingobbita sulla motocicletta, che mi sembrò più fulminea, un rapace più maestoso degli in-

gobbiti che l'avevano preceduta. Un lampo di occhialoni, solo occhialoni, lo svolazzo di una sciarpa. Il Mario già se l'era ingoiato la strada.

Risposi:

«Sì, ce la faccio a tenerli, gli occhialoni. Cercherò di respirare con la bocca.»

«Ti metto anche la sciarpa, quella che uso nelle corse. Ti piace la mia sciarpa da corridore?»

Ero stranamente euforico anch'io:

«Sì, mi piace.»

Mi avvitò la sciarpa intorno al collo. Letteralmente sparivo dentro gli occhialoni e dentro la sciarpa. Mi decisi a chiedere:

«Ma per andare dove?»

«Andare mai!» esclamò il Mario, alla maniera sua. «Volare sempre!»

«E va bene. Dove stiamo per volare?»

«A Bologna. A vedere la partita di calcio che vale il campionato: Bologna-Ambrosiana Inter, sfida da scudetto... Tu per che squadra tifi?»

Tornai sulla difensiva:

«Dimmi prima tu.»

«Ma per il Bologna, vendicatore!»

Anche a me stava a cuore il Bologna, perché aveva la maglia con le strisce rosse e blu più larghe di quelle dell'Ambrosiana. Ma le vecchie ruggini s'incalliscono nell'istinto di contraddizione, perciò replicai a malincuore:

«Io... per l'Ambrosiana Inter.»

«Meglio così. Anche a bordo campo, saremo tifosi rivali... L'Ambrosiana è forte, ha Meazza. Però, sai cosa si dice del grande Bologna?»

Lo sapevo. Lo canticchiavo addirittura con gli amici che parteggiavano come me, battendo il piede per rafforzare l'entusiasmo:

«Del grande Bologna si dice: "Che tremare il mondo fa!".»

Mi era uscito con troppa enfasi. E il Mario capì che, in

realtà, tifavo per i rossoblù. Da grande, avrei dovuto usare più accortezza con le mie menzogne per ripicca... Montai in moto dietro il Mario. Mia madre, strano, non si fece vedere nemmeno per salutarci. E fui costretto, per la prima volta – quante "prime volte" faticate nella mia infanzia – ad abbracciare mio padre. Lui mi invitò, più per prudenza che per affetto:

«Bravo. Abbracciati forte forte a me!»

Dovette gridarlo. Perché già la moto volava, portando un ometto bardato da marziano, che si abbarbicava al proprio padre come una pianticina a una quercia, e il Mario che mi fasciava con l'intenso calore del suo corpo, la sua energia e il suo sudore che profumava di sana muscolatura, passandomi l'ebbrezza della corsa che lo portava ad aumentare la velocità.

«Hai paura?»

«No» gli gridai.

«Bravo!» senza aggiungere, stavolta, "vendicatore". «Posso osare?»

«Osa! Osa!»

Fu il primo, autentico scambio fra noi. La pianticina che si immedesimava nella quercia, fidandosi.

Fidarsi è bene, non fidarsi è meglio. Specie quando ci possiede l'ebbrezza, di ogni tipo: di una corsa in moto, di innamoramenti per baldracche nell'anima, e via dicendo. Imparai, quel giorno, quanto sia vero questo proverbio che richiede osservanza, altrimenti sono spine. Nella prima età, dunque, non facevo che imparare in fretta, ma non finivo mai d'imparare.

Il Mario non mi condusse direttamente allo stadio. Ci fermammo in un palazzo nei pressi. Mi trascinò su per uno scalone dove salivano e scendevano uomini in divisa, e i saluti a braccio teso o con la mano alla visiera si intrecciavano, e anche il Mario non faceva che drizzare il braccio e portarsi le dita alla visiera del berretto che aveva sostituito al casco da motociclista. Arrivammo all'ingresso di un

salone gremito di altri personaggi insaccati in divise di varia foggia.

Prima di entrare, lui mi prese in disparte:

«Devo spiegarti... Sai cos'è una mascotte?»

Lo sapevo. Da quando mia madre mi aveva fatto indossare il costume da paggio, in velluto blu, per poi mettermi a cavallo del cigno in cartapesta che veniva trascinato dietro Lohengrin. Mi aveva spiegato:

«Stasera sarai una comparsa al Teatro Regio. Però una comparsa speciale... la mascotte di Lohengrin. Il suo simbolo, il suo portafortuna... Vedi solo di non cascare dal cigno, in modo che Lohengrin possa fare bella figura.»

«Di' al signor Lohengrin di stare tranquillo» la rassicurai.

«Bravo.»

Il "bravo" di mia madre nasceva da una complicità affettuosa, mentre il Mario mi sparava il suo "bravo!" come un ordine... Mi abbarbicai al cigno come avevo appena fatto con mio padre e la sua moto. Questo raccontai al Mario.

«Bravo! Così evitiamo le spiegazioni simboliche e arriviamo al dunque.»

Tuttavia, avendo già imparato anche il senso dell'accortezza, non aggiunsi che ero stato sfruttato come mascotte una seconda volta. Mascotte portafortuna – esito zero – di Lisa, il giorno che mi aveva portato al cospetto della "signora Anna", la madre di mio padre. La parola "mascotte" equivaleva, per me, ad arnese di scasso per porte ambigue.

Il Mario si decise. Mi indicò un gruppo di figuri insaccati in nero che ossequiavano un personaggio più in boria che in orbace, un gerarca certo:

«Li vedi quelli? Contano. Eccome se contano. Anche se, per dirla alla calcistica, sono dei palloni gonfiati... Insomma, stavano cercando una mascotte per Bologna-Ambrosiana, partita scudetto ma, per loro, partita doppia, capisci cosa intendo? Un'occasione d'oro per mettersi in mostra.»

Nella mia testa, già si affacciava qualcosa di più che un presentimento:

«E allora?»

«Allora di possibili mascotte ne hanno esaminate tante. Ma nessuna gli andava bene. Si sono lamentati che nell'Italia fascista scarseggiano i bambini simbolo della campagna demografica. Per cui ho detto, a questi caporioni del cazzo: ce l'ho io, la mascotte, se vi fidate. E loro: certo che di te ci fidiamo, Mario, sarebbe assurdo non fidarsi di te, dunque portacela, questa mascotte, mostracela.»

«E allora?»

«Allora adesso ti porto da quel signore là, vedi, che crede di splendere come la vetrina di una gioielleria, e lui resterà a bocca aperta. Tu, però, devi fargli il saluto a braccio dritto, devi scattare come una molla. E questo braccino...» me lo afferrò, lo tirò in alto, e visto che lo lasciavo moscio, me lo tirò ancora più forte, facendosi burbero. «Più dritto, ti ho detto, più pieno di orgoglio. Duri, i muscoletti, duri!»

«Tranquillo. Non sarò io a farti fare brutta figura.»

«Chiaro?!»

«Chiaro.»

Dopo la corsa in moto, il Mario mi aveva di nuovo sistemato come un pupazzo. Pettinato con cura. La faccia ripulita dall'impronta degli occhialoni. Ora mi stava trascinando con energia, ma prima che superasse la porta, mi staccai, per esclamare:

«Mario!»

Si girò, con la testa altrove:

«Che c'è?»

Lui aveva la testa altrove, dal salone usciva chiasso, ma io lo dissi apposta a voce bassa, perché non mi importava che udisse, importava a me dirle, quelle parole:

«Allora non è vero che mi hai portato per vedere la partita con me. Passare con me una bella giornata. Per la prima volta. E farmi contento...»

Infatti, il Mario non udì:

«Cosa stai dicendo?»

Alzai la voce. Perché stavolta gli entrassero bene negli orecchi, le mie parole:

«E a Lisa gliel'hai spiegato? Che volevi portarmi qui per mettermi in mostra come un pupazzetto?»

«Come mascotte, che è diverso. Certo che gliel'ho spiegato.»

«Le hai detto proprio così?»

«Sì. Ma cosa ti prende, adesso?»

«Voglio sapere, parola per parola, in che maniera gliel'hai spiegato. Se no, non mi muovo. Anche se mi prendi a schiaffi, non mi muovo. E il braccino non te lo do.»

Lui attenuò la sua insofferenza:

«Le ho detto: "Gli porto la più bella mascotte che potrebbero pretendere, quegli stronzi!". Esatto, così. Non una parola in più, non una in meno.»

Una parola in più, pensai, avresti potuto dirla. Una parola. Gli chiesi:

«E lei?... È stata contenta?»

«Certo. Vuoi sapere come mi ha risposto? Così poi la fai finita... Mi ha risposto: "Sono contenta. Soprattutto perché lui capirà".»

Ora capivo, sì. Niente più presentimenti. Con certezza. E mi era chiaro perché mia madre non si era mostrata dall'interrato, nemmeno per salutare. Il Mario non aveva avuto alcun interesse per quella parola in più: figlio.

A togliermi ogni eventuale dubbio fu il pavone gerarca. Mi squadrò con occhi che sembravano divorarmi. Mi sollevò il mento con due dita, per esporre i miei occhi alla luce, dargli risalto. Sorrise benevolo al Mario:

«Occhi azzurri, quasi blu. Capelli biondi. Mascotte perfetta. Piacerà anche alla rappresentanza tedesca presente in tribuna... Bravo Mario, non sbagli mai la mira, eh? Nemmeno quando scendi dal cielo.»

Mio padre oppose il suo sorrisetto, che non scomparve quando il pavone gerarca mi domandò, con timbro secco:

«Qual è il tuo nome?»

Glielo dissi.

«Cognome?!»

Ebbi la risposta pronta, per togliere il Mario dall'imbarazzo:

«Di preciso ancora non lo so...»

Rise, il pavone:

«Spiritosa anche, la mascotte.»

Gli dissi il cognome di Lisa, provando sincero dolore per mia madre:

«Cantadori!»

«Un buon padre fascista, mi auguro. Con un cognome del genere. Cantadori da "cantare". Un padre che canta: "Giovinezza, giovinezza"» si rivolse al Mario mutando tono: «Dove l'hai scovato questo bel gioiellino?».

Lo chiese con una sfumatura ambigua, che avevo già imparato insieme al resto, visto che certi tipi da un pezzo mi giravano intorno, e mia madre non faceva che ripetermi: attento, sono uomini cattivi, scappa quando ti avvicinano, sono orchi che fanno del male ai bambini. Il Mario non rispose, con la scusa di dovermi portar via, a vestirmi da mascotte, dato che non mancava molto all'inizio della partita. Ma la voce del pavone gerarca continuò, mentre ce ne andavamo:

«Gioiellino, Mario... Un autentico gioiellino.»

Mi fecero indossare una maglia nera. Troppo larga, soprattutto troppo lunga per me. Mi arrivava oltre le ginocchia. Ero di nuovo rassegnato e pronto a tutto. Mi limitai a far notare a mio padre:

«Ma come, una maglia da becchino? Avevi detto che mi avrebbero messo una maglia da giocatore di calcio.»

Intervenne il milite che mi aveva insaccato:

«E questa cos'è? Questa è il meglio, cara mascotte. È addirittura la maglia della nazionale italiana.»

«Non è azzurra?»

«Non più» esclamò il Mario. «Adesso è nera. L'Italia ha vinto il campionato del mondo a Parigi indossando proprio la maglia che indossi tu, col fascio e lo stemma sabaudo... Pensa, oggi conoscerai dal vivo tre giocatori che sono

diventati campioni del mondo costringendo anche i francesi ad applaudire la maglia nera: Meazza, Biavati e lui, il grande Andreòlo, lo spietato Andreòlo!»

Gli fece eco il milite:

«Entra da dietro sugli avversari che è una bellezza, con tutti i tacchetti. Se spacca una gamba, ghigna di gioia. E chi lo ferma, quello, nemmeno Dio. Razza uruguaiana di macellai, ma noi l'abbiamo naturalizzato italiano, vero comandante?»

Ignoravo che il Mario avesse la qualifica di comandante. Rispose al milite:

«Stiamo naturalizzando il peggio del mondo, anche le reni della Grecia, i cessi dell'Inghilterra, la perfida Albione. Naturalizzare per riscattare. Speriamo soltanto di non ritrovarci coi tacchetti nel culo e le gambe spezzate, presi da dietro alla maniera di Andreòlo.» Diradò il pessimismo dando una pacca sulle spalle dell'altro: «Quante femmine hai naturalizzato col fascio che porti nelle braghe, eh, milite ignoto?».

Fui portato ai bordi del campo.

D'improvviso non vidi più il Mario. Sembrava scomparso. Dov'era finito?

«Fra poco arriva» mi rassicurarono. «Un po' di pazienza e lo vedrai spuntare.»

Stadio traboccante. Le squadre stavano per uscire dal sottopassaggio. Sarebbe toccato al capitano del Bologna portarmi per mano al centro del terreno di gioco invitandomi a dare il simbolico calcetto al pallone, per poi riportarlo al centro, e la partita sarebbe iniziata. Ma c'erano i preliminari. Scambio di gagliardetti. Formalità varie. Foto delle squadre. C'era, e mi fu comunicato solo in quel momento, il mio compito principale di mascotte: fare il giro del campo, sotto gli occhi dei tifosi in competizione, per dispensare la buona fortuna agli opposti schieramenti "con la mia innocente, simbolica figura", come annunciò l'altoparlante.

Con un altro stato d'animo, mi sarei esaltato. Sarei ri-

masto stordito dal clamore assordante, dai colori vivaci delle bandiere e degli striscioni che mi ferivano gli occhi, dal contatto con campioni famosi che avevo conosciuto nelle figurine dei giochi, dal sole, dall'aria stessa che vibrava di tensione e di festa. Mi avrebbe inorgoglito l'incarico di alfiere della buona fortuna.

Invece, era calato in me il sentimento dell'assenza, e di nuovo imparavo qualcosa di mai provato, lo imparavo ovviamente con l'istinto, a cui avrei dato ragionamento anni dopo: che il sentimento dell'assenza è quando il vuoto che ti si forma intorno può popolarsi anche di una moltitudine invadente e aggressiva che però non avverti più, come se non esistesse, quasi fosse un arazzo gremito di figure disincarnate, e il sentimento consiste in una nostalgia malata, per non essere più coinvolto, partecipe, ma una presenza galleggiante sulla moltitudine come una foglia.

Non provavo nulla. E tutto intorno a me era desolata fantasia, la stessa che si insinuava quando giostravo col pallone fra i piedi, solo, in qualche deserto vicolo dietro l'interrato.

«Vai!» udivo ripetere, ma in lontananza, da chi mi stava vicino. «Comincia il tuo giro del campo!»

«Ma lui?» insistevo a chiedere. «Il Mario?»

«Eccolo!» mi fu indicato. «Eccolo!»

E tutti guardavano in alto: quel punto che brillava fra le nuvole. E in breve si trasformò in un piccolo, candido aereo, come generato dalle nuvole stesse, che dava vita alle sue esibizioni, giravolte, picchiate, risalite, tuffi nel vuoto quasi a sfiorare le gradinate, che ben conoscevo. Era il solito Mario che si prendeva gioco della folla – e mi sembrò anche di me – servendosi delle ali, che a un certo punto cessavano di essere ali, diventavano il suo volto, con la bocca che a tratti sghignazzava se la folla s'impauriva, il volto che assumeva l'intensa concentrazione di un direttore d'orchestra, se il velivolo risaliva in perpendicolare, sempre più in alto, come una musica, un assolo di canto si solleva verso la cupola di una chiesa.

«Vai!»

Ora la spinta mi veniva data concretamente, alle spalle.

Mi ritrovai a muovermi intorno al campo come un automa. Il Mario era un fuoco d'artificio lassù, e io mascotte, ossia un piccolo clown che inciampava nella maglia nera troppo lunga, con la sensazione di portare sulle mie gracili spalle un mondo, un universo che non mi appartenevano, ma pure esistevano con i loro grandi conflitti, le loro effimere passioni.

Venivano lanciate, verso di me, esclamazioni di ogni genere: dovevano essere frasi di incoraggiamento al bambino, ma anche ingiurie per la maglia, gli emblemi che portavo. E mentre la folla si alternava a guardare in alto e in basso, senza sapere che si trattava di un padre acrobata e di un figlio clown, avvertivo piovere su di me fiori e oggetti lanciati con disprezzo, fra saluti fascisti e gesti osceni a seconda del credo che animava quanti mi vedevano sfilare.

Ci fu un momento in cui una ventata mi investì così impetuosa da scaraventarmi a terra. La folla ammutolì e poi si fuse in un unico boato. Senza che me ne rendessi conto, l'aereo del Mario aveva puntato su di me, scendendo di quota con una picchiata da assoluto incosciente, passandomi sopra: pochi secondi e il Mario si sarebbe schiantato sulla porta in attesa del suo portiere, dei gol da evitare e da subire.

Ma quei pochi secondi bastarono al Mario per risalire da quello che era stato un saluto a me, alla maniera sua. Se fosse stato diverso il mio stato d'animo, avrei provato terrore e non avrei avuto la freddezza di staccarmi dal fondo della pista, dov'ero caduto sbucciandomi le ginocchia. Invece il sentimento dell'assenza, anche del dolore fisico, mi consentì di rialzarmi immediatamente. Seguì un applauso. Anche se la folla non sapeva chi applaudire con più partecipazione, se l'acrobata o il clown.

Di ciò che accadde dopo, non ho ricordi. So che completai il giro del campo, e presumo di aver avuto contatti con Meazza, Biavati e lo spietato Andreòlo. Ma mi rivedo di

nuovo in sella alla moto del Mario, che correva, di ritorno verso Parma, lungo la via Emilia. Non avevo più gli occhialoni, che evidentemente mi ero rifiutato di mettere, e non mi abbracciavo a mio padre, mi sostenevo afferrandomi con forza ai supporti del sedile. Senza capire come riuscissi a farcela. Ma ce la facevo.

... Era già sera quando arrivammo. All'imbocco della strada verso l'interrato, il Mario frenò di colpo, e io andai a sbattergli addosso. Un'automobile coi fari accesi stazionava di fronte al nostro ingresso. Un aviere stava appoggiato al cofano, in attesa. Il Mario puntellò la moto e mi disse, allarmato:

«Aspetta qui.»

Lo vidi raggiungere di corsa l'aviere, parlottare con lui, battere pugni di collera sull'automobile. Tornò alla moto trascinandosi sulle gambe molli, scuotendo la testa. Fece fatica persino a montare in sella. Non gli chiesi nulla. Di nuovo, qualunque cosa fosse accaduta, non sarebbe riuscita a provocarmi reazioni evidenti. Avevo soltanto gli occhi umidi, senza sapere perché. Spostai lo sguardo sulla finestrella dell'interrato, e la trovai buia. Allora mi affiorò alle labbra il nome di mia madre:

«Lisa.»

«Già, Lisa» replicò stancamente mio padre.

Girò la moto, riprendemmo ad andare. Senza velocità, ora. Attraversammo la città. A momenti, il Mario sembrava non vedere la strada. Oppure non la vedeva davvero, perché abbassava la testa e ripeteva:

«Cristo di un Dio!»

Ci fermammo di fronte a un edificio, in periferia; appariva anonimo, ma con le inferriate ai piani più alti. Sapevo di cosa si trattava. Durante le nostre lunghe passeggiate, mia madre mi indicava d'improvviso certe costruzioni, e statue, giardini che sorgevano in zone perlopiù solitarie. Me ne illustrava le funzioni, i simboli, i nomi dei fiori che risultavano insoliti.

Ci fronteggiava una clinica psichiatrica. Con amara ironia, Lisa l'aveva definita "un asilo nido per disturbi mentali", dove si facevano i primi passi verso un'esistenza tribolata. Luci basse e rade nel piccolo parco. Ne stava uscendo don Grazioli che, vedendoci, si diresse dalla nostra parte. Salutò me, non il Mario:

«Ciao, garibaldino. Coraggio. Lisa si è sentita male. Qualche giorno qui, e tornerà a casa. Sta già meglio. Ha mangiato qualcosa.»

Si rivolse a mio padre con le spalle girate, guardando me, non lui:

«Porta dentro il bambino.»

Don Grazioli si allontanò dopo avermi accarezzato la testa. Mio padre mormorò:

«Vai dentro tu, per favore.»

Parole a bassa voce, come supplicandomi:

«Ti prego, vai dentro da solo. Poi, magari, io vengo più tardi.»

Gli dissi:

«Voltati.»

Si girò a guardarmi con occhi che non riconoscevo. Era di un pallore mortale. Stava tremando.

«Perché, hai paura a entrare là dentro?»

Sollevò una mano come per passarmela sulla faccia. Poi si vergognò, non del gesto che era sul punto di fare, ma della frase che stava per dire:

«Sì, è vero. Ho paura... La pazzia mi fa paura. Proprio a me, che faccio pazzie di ogni tipo... Proprio a me. La pazzia, negli occhi di un essere umano, è mille volte peggio che vedere la morte.» Lo gridò: «Ho paura!».

E si piegò sulla moto. Se avessi avuto un altro stato d'animo, mi avrebbe fatto pena. Invece smontai dalla moto, e per quanto me lo consentivano le gambe rattrappite, mi diressi verso la clinica, in silenzio. Senza girarmi a guardarlo.

Mia madre fu dimessa dopo una settimana.

Quando tornò nell'interrato, mi abbracciò, tranquilla,

senza un accenno a ciò che le era accaduto, come se fosse rincasata da una delle solite incombenze quotidiane. Mi chiese:

«Hai fame?»

Si mantenne tranquilla anche nei giorni seguenti, persino serena. Ma intuivo, nella sua calma, una rassegnazione che l'aveva portata oltre le situazioni difficili che avrebbero dovuto angustiarla. In una dimensione fra la vita e un indefinibile spazio che non aveva più confini terreni.

Esclamava, anche quando non era il caso:

«Questa pace... La senti questa pace?»

Lo ripeteva quando mi portava in visita ai suoi morti. Sua madre Amelia aveva avuto molti figli, per la maggior parte scomparsi in tenera età. Quanta strada ci toccava fare nel cimitero, deviando ora qui, ora là. Mi sorprendeva la memoria, affettuosa e tenace, con cui rintracciava i punti più negletti dove stavano sepolti i suoi fratelli e sorelle. Subivo l'ambigua contentezza che provava quando, insieme, ci davamo a disporre i fiori freschi sotto le lapidi a lungo trascurate. Accarezzava le foto ingiallite di creature che mi citava per nome, raccontandomi la loro breve storia.

Mentre soltanto una presenza si aggirava come noi: l'Ebe, una donna vecchia, ma che dominava tanta desolazione con la sua figura slanciata, elegante, una sensualità di portamento sopravvissuta agli anni. Era nota, l'Ebe, di lei si vociferava. Tuttavia, la gente la rispettava nel suo solitario delirio.

«Guardala bene» mi disse mia madre, la prima volta che ci apparve.

L'Ebe si spostava fra le tombe, che la spingevano a reazioni opposte. Da alcune strappava via i fiori, scagliandoli a terra, e si afferrava alle lapidi scrollandole con forza, come per staccarle. Poi calpestava i rettangoli erbosi. Affondava il tacco nella terra, più volte, per essere sicura di centrare in pieno il cuore dell'uomo che vi stava sepolto. Chiesi:

«Ma che fa?»

Erano le tombe degli amanti che in vita aveva odiato, da cui era stata maltrattata. Con altre tombe – degli amanti che invece l'avevano trattata umanamente, se non addirittura con amore – era tenerissima. Si inginocchiava e baciava i volti incorniciati nelle piccole fotografie. Aggiustava i fiori nei vasi di latta, su un lato della lapide, con gesti che non avevano nulla di pietoso o di funebre, ma al contrario ricordavano l'innamorata che, dopo una notte di passione, sistema all'uomo sulla porta, prima che se ne vada, un garofano nell'occhiello della giacca. E se riempiva d'acqua i portafiori, alla fontana, li riportava nei loro sostegni come se fossero state le mani di un compagno disteso in un letto, spossato, che le avesse chiesto:

"Ho sete, Ebe."

... Arrivò un inverno duro, di neve alta.

Ma Lisa non abbandonò l'abitudine di recarsi in quel luogo dei morti, sostenendo:

«Una pace che fa per me... Una pace che altrove non potrei trovare.»

Quando mi chiedeva di accompagnarla, mi spiegava, sorridendo, che bisognerebbe guardare la morte in faccia in modo naturale e cordiale, frequentando i suoi regni, per non averne più paura.

«Guarda la morte come diventa bianca e luminosa.»

Intorno a noi, infatti, la neve aveva ricoperto le tombe e i viali, e il sole ci batteva con tinte sul giallo dorato, e gli spazi si trasformavano in piccoli laghi d'oro.

Io e mia madre stavamo rincantucciati sotto una volta, e anche l'Ebe stava seduta, con la dignità del suo portamento, sotto una volta dalla parte opposta. Sia mia madre che l'Ebe in attesa di una loro primavera.

Mio padre me lo trovai davanti: io seduto come al solito sul gradino all'ingresso dell'interrato, lui in moto, imbacuccato. Cercando un tono autoritario che gli riusciva male, mi domandò:

«Dov'è tua madre?»

Non gli risposi. Il Mario smontò dalla moto. Mi si parò davanti:

«Ti ho chiesto dov'è tua madre!... Mi hanno detto che l'hanno dimessa.»

«Da un po'. Quelli che ti fanno la spia se la sono presa comoda.»

«È in casa?»

«Chi lo sa? Va, viene, anche a lei qualche volta capita di volare.»

«Guarda che vado a vedere.»

«E vai. Vedrai che non c'è.»

«E dove posso trovarla?»

In quella circostanza, più che mai, avrei voluto tenergli testa da "grande", con parole da adulto. Riuscii ugualmente a farmi intendere, da bambino già costretto a volare un po' più in alto dei coetanei, soltanto per non bruciarsi i piedi. Nel ricordo, continuo a servirmi delle frasi che gli direi oggi:

«Perché non la lasci in pace, eh? Adesso che una sua pace l'ha trovata.»

Arrossì, non dominò un impulso d'ira:

«Credi proprio, piccolo fesso, di potermi dare consigli sulle cose più grandi di te che non puoi capire?... Che non hai il diritto di capire!»

«Piccolo fesso... Da mascotte, da bel gioiellino, col diritto di portare la maglia da funerale dell'Italia, a piccolo fesso. Bella carriera.» Mi saltò una stravaganza: «Se tu fossi Giorgino...».

E lui, subito:

«Chi è, questo Giorgino?»

«Un amico mio. Giochiamo sempre insieme. Avrebbe tutto per essere intelligente, ma spesso fa lo stupido, allora lo mando a cagare, per non dire peggio.»

Il Mario si trattenne, ma dovette costargli:

«Se ti avessi fra le mani io, ti assicuro che dalla tua bocca non uscirebbero volgarità del genere.»

«Eh, già. Però fra le mani non vuoi avermi. E da queste parti gira brutta gente, non è colpa mia se ascolto porcherie da mattina a sera.»

«Te lo chiedo per l'ultima volta: dove posso trovare tua madre?!»

«Al cimitero» gli risposi. «Vai al cimitero e forse la trovi.»

Gli stavo dicendo la verità, ma lui, su di giri, fraintese, pensò che lo stessi beffeggiando, e mi colpì con uno schiaffo... Un'altra "prima volta", il primo ceffone che mi diede. Ne avrei presi altri in seguito, però quello mi fece male più di tutti. Non lo diedi a vedere, comunque. Senza toccarmi la guancia che si era fatta di fuoco, commentai con una smorfia sprezzante:

«Picchiare un piccolo fesso, da fesso alto e grosso che sei, bel campione. Ti ho detto di cercarla al cimitero. Un consiglio che ti ho dato con sincerità, e con la voglia di piangere, se permetti... Ma non capisci? Sei tu che non hai il diritto di capire certe cose più grandi di te... Vacci, al cimitero, e magari restaci!»

Abbassò la testa, confuso. Si girò di scatto e raggiunse la moto. Quando fu in sella, mi lasciò interdetto come quando mi aveva confessato la sua paura davanti alla clinica psichiatrica. Rivolgendosi a me con le spalle girate, perché non potessi guardarlo in faccia, mi sembrò che un altro parlasse al posto suo:

«Lisa l'ho amata. Sempre... Anche se tu non ci credi. Ma è giusto che proprio tu non ci creda, perché l'hai pagata più di tutti... Ti giuro che senza tua madre, io non potrei, non posso...»

Lo vidi sparire a tutto gas, come al solito.

Senza immaginare che il centauro che aveva vinto una volta la "Milano-Taranto" avrebbe continuato a correre in mezzo alle piane di neve, con la sciarpa indurita dalla brina sulla bocca, che impediva al gelo di rendere visibile il fiato che si concedeva: di liberazione, a pieni polmoni, il fiato del meglio di se stesso.

Prima di entrare nel cimitero, si diede a qualche svolazzo acrobatico della moto sul ghiaccio, perché anche per lui si trattava di "una prima volta", e se le prime volte, quando sono essenziali, creano euforia in un bambino, immaginarsi in un adulto che sa entusiasmare le folle. Per la prima volta il Mario scopriva la grandezza di quando il bambino che continua ad annidarsi in un uomo si rincantuccia da una parte e lascia fare. È proprio come se gli dicesse: "Fai tu. Decidi tu anche per me. Senza pensare al dopo, al domani, perché al dopo, al domani, può pensarci solo un bambino che ha davanti un futuro che non conosce, e dunque sono comprensibili i suoi timori, le sue incertezze, la sua sete di libertà, persino la sua mancanza di coscienza, dato che la coscienza non la possiede ancora formata...

Invece tu, Mario, una coscienza ce l'hai".

Il Mario irruppe nei vialetti fra le tombe tracciando una scia che, specie sotto il nevischio, a nessun altro sarebbe riuscita. Lasciata la moto, guardandosi intorno in quel luogo da cui aveva sempre cercato di tenersi lontano, non si chiese il motivo che l'aveva spinto a dar retta a un figlio che ora gli rimordeva di aver chiamato piccolo fesso, mentre in realtà non lo vedeva più come una creatura estranea ai suoi voleri e propositi, lo sentiva invece come il bambino rincantucciato dentro di sé, lasciava spazio all'uomo da cui era stato generato.

Era sicuro, il Mario – ma con una sicurezza diversa dalle sue solite, spesso avventate –, che si sarebbe trovato di fronte alla donna che aveva assoluta necessità di incontrare.

Lisa era là che camminava adagio sotto i portici, a tratti battendo i piedi, per liberarsi dal freddo. Quando incrociarono i loro sguardi, si fecero fermi, per fissarsi a lungo. Poi Lisa uscì allo scoperto e si lasciò andare su una tomba. Cominciò ad affondare le braccia. Gettava via neve su neve, e quando trovò il marmo le sembrò di poter scavare anche quello con le unghie.

Il Mario si avvicinò. Si rese conto che stava vedendo Lisa con la mattana negli occhi, ma non provava paura. Almeno in quel momento. In piedi dalla parte opposta della tomba, continuò a scrutarla mentre scavava e scavava, finché non ebbe le punte delle dita insanguinate. Lisa se le scrutò come se non fossero sue, riconoscendo:

«Neanche i morti mi vogliono.»

Il Mario andò a sollevarla. La strinse per le spalle, la girò per averla di fronte, per poterla baciare, senza temere nemmeno che lei rifiutasse il bacio che stava per darle. Disse piano, con tutta la dolcezza del silenzio che li circondava, il grande e ultimo silenzio concesso alle creature:

«Io ti sposo, Lisa.»

PARTE SECONDA

VIII

Dal buio alla luce.

Ha conosciuto questo passaggio, Lisa. Più volte nella vita. Dalla condanna del silenzio alla parola ritrovata. Più volte ha avuto in pugno la chiave per aprire lo scrigno misterioso del risorgere. La sorte, certo, dura. Ma non un solo destino. Tante prove come viandanti diversi che hanno battuto alla sua porta. Mai la sua anima si è adagiata nella banalità del quotidiano. Ci rifletto quando salgo a confidarmi con lei, dalla terrazza sospesa fra notte e giorno, quando – a specchio della sua esistenza – tutto cambia dentro la luce, ma tutto resta cielo.

La forza che mi trasmette è saperla addestrata all'abisso, alla resurrezione.

Proprio Lisa racconta, in uno dei suoi registratori, l'incontro fra lei e mio padre, in quel giorno di neve fra le tombe. È realtà. Ma anche la sua fantasiosa memoria è realtà. Come lo è la musica. La personalità di Lisa era musica. Musicale il linguaggio della sua mente. Tranne quando la perversa bacchetta del direttore d'orchestra spegneva l'armonia dei suoni. Una musica di continue variazioni: ironica, tempestosa, brillante d'intelligenza, sinuosa di contrappunti, sfumata come un addio.

Ascolto spesso la registrazione del «Ti sposo, Lisa». Ne resto, ogni volta, incantato.

Sono registrati anche gli episodi che precedettero il ma-

trimonio. E la descrizione, eccentrica, del matrimonio stesso.

... Non l'aveva mai dimenticato, Lisa, l'interrogatorio che aveva subito, come un processo, per essersi messa con mio padre. Si era imposta di ricordarselo ogni giorno. Una spinta a insistere. Per non darla vinta al mondo divoratore come un coccodrillo acquattato nei suoi pantani.

Pretese, dunque, la soddisfazione che meritava. Che tutti si riunissero, di nuovo, nello stesso casale fuori Parma, dov'era stata diffidata in un giorno difficile: di sfida sua, di scarsa benevolenza degli interroganti. E tutti riconobbero il dovere di essere presenti: l'Armando della Madonna della neve – la mediazione di mio padre aveva contribuito a interrompere la sua condanna al confino – il Maronti, il Leo, don Grazioli. All'ultimo, s'accodò anche la Cicci. Per solidarietà femminile.

«Porta il "prigioniero" come trofeo» aveva esclamato con sarcasmo il Maronti. «Perché dobbiamo dartene atto, Lisa. Catturarlo e redimerlo di quel tanto, è stato proprio un miracolo, e ringrazia tre santi che devono essersi impegnati al massimo: san Damiano, patrono dei tignosi, sant'Arnolfo, patrono dei cornuti, e san Cipriano, che si prende a cuore gli appestati, compresi i militari affetti da peste ideologica.»

Quindi mia madre si presentò portando per mano mio padre: il Mario, che sfoderava apposta la divisa azzurra di ufficiale. L'Armando presiedeva la seduta, ma fu il Maronti a rivolgersi per primo al "prigioniero":

«Come vedi, la fiducia nostra ce l'hai, visto che ti accogliamo qui, nel nido segreto delle nostre riunioni strategiche.»

Ci restò male quando il Mario replicò:

«Questo nido, come lo chiami tu, è bruciato. La Milizia lo conosce, e io vi passo la soffiata, più segreta del vostro nido, a rischio personale. Vi conviene cercare un'altra trincea di battaglia. Magari sulla riva opposta, se volete mantenere il fiume come via di fuga.»

Era fiera e allegra, Lisa. Il suo "prigioniero" si rivelava prezioso. L'Armando disse al Mario:

«Fermati lì.»

Li dividevano pochi metri. L'Armando fu preso da accaniti colpi di tosse. Si scusò di tossire:

«Tosse da galera» sorrise. «Non sparisce più. Ma è brutta solo di notte.»

Nascose le mani sotto la tavola, armeggiò con un sorriso ironico. Quando le fece riapparire, dai suoi palmi spuntavano, come per miracolo, delle fiammelle azzurre. Mio padre non mostrò sorpresa. A sorprendersi fu l'Armando:

«Strano. Quando improvvisavo questo giochetto, le guardie carcerarie credevano a una magia, si intimorivano e facevano un passo indietro.» Si ripulì le mani, scosse la testa: «Già. Le magie non esistono. Bastano delle mani di pietra e saperci sfregare dello zolfo. Certo che bisogna averci i calli che ho io».

Mio padre si levò il cappello in segno di omaggio. Ammise:

«Io non saprei mai farlo. Ciascuno ha le mani che ha. Non è una colpa. L'importante è che siano pulite.»

«Già.»

L'Armando gli spiegò che si trattava di uno scherzo che gli avevano insegnato nelle prigioni. Compagni con pale da mulino al posto delle mani, calli titanici. Lo chiamavano "il trucco dell'anarchico Braccialarghe", un personaggio che era rimasto nella storia delle rivolte. Mio padre insinuò:

«Le magie esistono, Armando. E se tu sapessi attraversare i cieli, lo sapresti. Quello è il regno della giustizia. Lontano da questa terra.»

L'Armando gli chiese:

«Fammi vedere le tue mani.»

Mio padre gliele mostrò. Di nuovo, l'altro fece apparire qualcosa come dal nulla: un paio di manette. Gliele depose sui palmi:

«Saresti capace di mettere le manette ai polsi di un uomo che si batte per le sue idee, anche se sono opposte alle tue?»

Mio padre esitava.

«Avanti, prova.»

Mio padre afferrò le manette. Le scagliò via. Strinse, fra le sue, le dita dell'Armando. I due si fissarono. E l'Armando concluse:

«Ho capito, e va bene. I favori che mi hai fatto non erano per calcolo. Sei un onesto. Non servono i miracoli. A me basta sfiorare i polpastrelli di un uomo.»

Era il turno del Leo:

«E il matrimonio? Che intenzioni avete? Di farlo coi fuochi d'artificio oppure clandestino? In questo caso puzzerebbe di rivolta, magari una delle nostre, che ci finiscono sempre male...»

Lisa rispose per mio padre:

«Il Mario dice che riempirà la chiesa con l'intero corpo dell'aeronautica. Dopo che Don Lavanda ci avrà uniti, passeremo abbracciati sotto le spade sguainate.»

Fraintese, il Maronti:

«Di spada si perisce... Senza contare che esiste anche la spada di Damocle. E se il matrimonio non è la spada di Damocle per eccellenza, io sono più prete peccatore di Don Lavanda.»

Don Grazioli spiegò benevolmente, essendo stato lui stesso ufficiale, che le nozze di un alto grado militare prevedono il picchetto d'onore, che solleva e incrocia le sue spade all'ingresso della chiesa, e gli sposi ci passano sotto facendo attenzione alla testa.

«Dunque, tutto a posto» cercò di stringere il Leo. «Non fa una piega.»

La Cicci non era dell'avviso:

«Dipende.» Scrutò Lisa: «E anche tu lo sai, che dipende...».

Lasciò galleggiare l'allusione nell'aria, perché nessuno le chiese da cosa dipendesse, e che cosa.

«... Dal fatto che questo principe azzurro che piove dal cielo, è il caso di dirlo, è un marcantonio da favola, nel senso di ganzo. Nel senso, anche, che gli piace impugnare la cloche, per certe capriole e picchiate non solo con gli aeroplani...» Mia madre stava a occhi bassi: «Tu m'intendi, Lisa, e non t'offendere. Perché, diciamocela tutta, meglio uno così di un altro che, anche se tira la cloche, l'aereo precipita».

Si divertiva, l'Armando:

«Chiaro che le donne continueranno a corrergli dietro.»

Il Maronti, chissà perché, a toccare questo tasto si divertiva meno:

«È chiaro anche che il Mario qui presente lo zampino continuerà a mettercelo.» Con una risata, a mio padre: «C'è tanto di quel lardo in giro, vero, gatta mussoliniana?».

La Cicci cercò di attenuare:

«Però, se Lisa gli sta a cuore davvero, lo zampino può farsi monco...» Poi, lasciando gli altri di stucco: «Lo sapete perché, in certi casi, la natura della femmina si chiama "passera"?».

Nessuno seppe rispondere. Tranne don Grazioli:

«Capisco cosa vuoi dire.»

«Allora dillo tu con parole più forbite.»

Don Grazioli ci provò:

«Il sesso, diciamo piuttosto la femminilità di una donna a cui si vuol bene veramente, è come il nido a cui gli uomini tornano, come fanno i passeri che a sera rientrano sugli abituali fili della luce o sui rami... Per una legge naturale più forte dei voli peregrini.»

«Questo, sì, mi piace» esclamò Lisa.

E il Maronti:

«Che poeta, il nostro Don Lavanda. Se non esistesse, bisognerebbe inventarlo.»

L'Armando fece la proposta più sensata. Un pranzo in allegria, e sperando nel Dio di Don Lavanda.

Nei giorni seguenti, il Leo, durante le sue esibizioni, fece l'annuncio alla piazza. Fra le cose che stavano capitan-

do nel mondo, una si stava verificando dietro casa: Lisa e il Mario si sarebbero sposati. Con onore al merito di Lisa, che come Cristo, in vista delle nozze, era riuscita a cambiare l'acqua in vino.

In occasione del matrimonio, la chiesa d'Oltretorrente fu un trionfo di azzurri. Dai gradi più alti all'ultimo degli avieri, tutti presenti: divise azzurre, berretti azzurri, anche Don Lavanda, il celebrante, cercò di adeguarsi col colore della stola. Al Mario arrivò il telegramma del Maresciallo dell'aria, Italo Balbo: «Abbattuto dal fuoco di femmina nel cielo dell'aspra contesa passionale, cerca almeno di non capitolare con l'aereo quando facciamo certe capriole insieme. Con mille auguri di mille capriole... Italo».

Lisa e il Mario, usciti dalla chiesa, si avviarono a passare sotto le spade incrociate. Lisa abbassò la testa con una scontata, ma non troppo, battuta di spirito:

«Starò attenta alle corna.»

... Lasciammo l'interrato.

Per andare a vivere nella bella casa di mio padre, dall'altra parte della città, ricca e autoritaria, col Duomo e il Battistero. Ai miei occhi, aveva soltanto strade larghe e diritte, non più i vicoli e le piazzette dai nomi dimessi, legati ai mestieri di chi ci lavorava duro – Vicolo della Pialla, Vicolo della Boccalarìa, Piazza delle Lavandaie –, oppure strafottenti e allusivi – Vicolo Fregatette, Piazzetta delle Voglie, Vicolo della Pompa, e non ci si riferiva semplicemente alla fontana da cui si doveva pompare l'acqua –, oppure ispirati, in più sensi, all'opera lirica: Piazzetta del Trovatore, Largo della Forza del Destino.

Qui la Storia aveva la maiuscola, e le sue date celebri nelle targhe delle strade.

La casa di mio padre stava in via Venti Settembre. Cos'era accaduto in quella data? Non ho mai voluto saperlo. Se mi spiegavano che poteva trattarsi del 20 settembre 1870, occupazione di Roma da parte delle truppe italiane,

reagivo: «Sbagliate. La targa si riferisce a un episodio assai più recente». Recentissimo, anzi. Per me, il Venti Settembre era stato messo a ricordare il mio esodo dall'interrato, con le quattro carabattole che mia madre aveva accatastato nel furgone.

Le avevo detto:

«Vai tu, io magari vengo a farti visita.»

Un suo scappellotto aveva avviato l'esodo. Adesso, il mio amico Giorgino, per raggiungermi, doveva attraversare il ponte e mezza città. Per aggirarsi con me in quel piano alto, con troppo sole, troppe stanze, troppi mobili di buona fattura, una cucina grande come l'interrato che mi mancava. Guardavamo di sotto, nell'ampio cortile dall'acciottolato perfetto, nella strada tenuta pulita con cura, poi guardavamo in su, nel cielo troppo vasto che dominava gli ambienti. Ci usciva un sospiro, all'unisono.

Lui teneva, sottobraccio, il pallone che gli avevo regalato, con le firme autografe di Meazza e Biavati. Ma l'ispirazione? Dov'era la mia finestrella? Il mio buio? Dov'era, soprattutto, il mio tramezzo?

Allora si correva via, di nuovo all'interrato. Non perdevo occasione per tornarci. Dalla finestrella, scrutavo dentro. E mi stringeva il cuore spiare quel buco abbandonato a se stesso, lo vedevo come un cane fedele lasciato a marcire in un canile.

«Io là ci sono nato» dicevo.

«E come hai fatto?» chiedeva Giorgino.

«Come ho fatto, non lo so. Ma perché me lo chiedi?»

«Con tutto quel buio. In così poco spazio.»

«Per nascere, Giorgino, non serve una piazza d'armi.»

Là dentro ero uscito al mondo. Chiedevo al mio amichetto, impaziente col pallone:

«Lasciami pensare. Un momento. Poi arrivo.»

Cercavo di immaginare come dovevo essere apparso agli occhi di mia madre, che certamente non avevano voluto perdersi un solo istante dei miei primi istanti. Prima con la testa oppure con i piedi? Con una mano, forse? Una

mano stretta a pugno o con le dita mosse da stupido a salutare la vita? Laggiù mia madre aveva provato il primo dolore fisico a causa mia, con una sopportazione destinata a durare negli anni, fino a generare ossessioni a causa di quella mia nascita...

Anche in assenza di Giorgino, appena possibile correvo a sedermi sul gradino d'ingresso dell'interrato. Finché un giorno mi trovai davanti un uomo magro come un chiodo, arrivato trascinando anche lui un carretto con quattro carabattole, che aveva piazzato dove il Mario lasciava la moto. Me lo disse con la dolcezza che non nasce dal sentimento, ma da una stanchezza nelle ossa:

«Guarda che qui non ci puoi stare.»

«E perché?»

«Perché d'ora in poi ci starò io.»

Reagii:

«Difenderò questo gradino fino alla morte.»

«Lascia il compito a me, fino alla morte mia, che la va a pochi. Così facciamo prima. E vedi, figlio mio, di non farmi spendere voce, che già la tiro coi denti... Sono appena uscito di galera, e m'hanno assegnato questo buco che è peggio d'una cella, a quanto mi è dato capire.»

«In galera? Perché, hai ammazzato qualcuno?»

«Eh, avrei voluto ammazzarne tanti, tutti i figli di puttana di questa civiltà di merda. Ma ho scoperto che gli ideali non ammazzano nessuno, solo chi li ha.»

Nella casa di via Venti Settembre restai fino a undici anni. Un tempo in cui mi capitarono molti fatti, belli e brutti, che tenni per me. Ma Lisa e il Mario riuscirono a reggere il loro rapporto. Mia madre conobbe i soli anni di benessere mentale, mio padre fu sempre premuroso, più che con lei, con quel benessere che la possedeva: prezioso, perché le consentiva esecuzioni, a volte entusiasmanti, della sua personalità che ho definito musica, privilegiando lo spartito rossiniano, se così posso dire, con variazioni più allegre, più ironiche, sempre pregevoli per fiuto e istinto femminili.

Qualità di cui Lisa ebbe bisogno. Il Maronti e gli altri "interroganti" avevano visto giusto: col matrimonio, il Mario migliorò per vari aspetti, ma non cambiò affatto con le donne. La Cicci l'aveva centrata la sua bislacca metafora: continuò a impugnare la cloche, per tuffarsi in picchiata non soltanto con gli aeroplani.

Se dovessi dire di come si comportò mia madre – come quando mi proponeva, divertita, «Dài, parliamo da ragazzi, mi piace» – mi servirei di altre metafore ispirate alla mia avventura in occasione della partita scudetto Ambrosiana-Bologna: seppe dribblare il Mario col "passo doppio" alla Biavati, marcarlo a uomo e ricorrere al contropiede alla Meazza, e in certi casi, al limite, entrargli da tergo con tutti i tacchetti, come l'inesorabile oriundo italiano Andreòlo.

... C'è una confessione di mia madre, in una delle sue registrazioni, che si riferisce a quegli anni. Non l'ho scoperta subito, fra le sue tante confessioni a se stessa, ma scoprirla ha significato trovare una chiave insospettata del nostro rapporto. Il legame fra noi è andato veramente oltre la logica degli affetti. Ascolto spesso questo passo:

«Mio figlio cresceva bene nel capire, anche le sfumature, i sottintesi. Ero fiera di averlo allevato come una proiezione della parte migliore di me, che potrei riassumere in onestà e carattere. Io, finalmente, potevo godermi i giorni a testa serena. Stavo bene, sì, ossia ero in grado di confrontarmi con gioie e difficoltà. Ci vuole intelligenza anche nelle gioie, bisogna saperle affrontare, non subirle, dato che si accompagnano sempre a ciò che si deve pagare per averle.

Ma sia chiara una cosa: ero felice di star bene più per mio figlio che per me. Il mio star bene aveva bisogno di mio figlio, che lui lo capisse, senza fraintendere certi retroscena e, a volte, le finzioni a cui ricorrevo con suo padre, finzioni sante, affinché il matrimonio non patisse danni. Data la sua giovane età, dirgli chiaro e tondo che esistono ambiguità di comportamento necessarie sarebbe

stato, oltre che complicato, un errore. Avrei corso il rischio che le ritenesse colpevoli.

Perciò, come già avevo fatto nell'interrato, fin da quando aveva cominciato a rendersi conto delle situazioni, gli mandavo messaggi per aprirgli a poco a poco la mente. Usavo ogni mezzo. Mi servivo, in particolare, dei dialoghi in cui apertamente coinvolgevo il Mario, senza mai metterlo con le spalle al muro (dato il suo carattere, chissà come avrebbe reagito, magari si sarebbe chiuso a riccio), ma parlandogli così, come del più o del meno, però sempre attenta a toccare il nervo scoperto delle situazioni.

Parlavo al Mario sapendo che il garibaldino stava in ascolto. Parlavo al Mario per parlare anche a lui. Così credo di aver salvato, più che un matrimonio, due cose preziose: l'amore che non ho mai smesso di provare per il mio compagno di vita, e la complicità a cui più tenevo, quella di mio figlio.

Certo, mi mancava l'interrato, dov'era terribile vivere in certi momenti, ma era anche più facile ritrovarsi sinceramente con se stessi.»

Eravamo, dunque, più che mai uniti nel rimpiangere l'interrato col suo tramezzo. Nella casa di via Venti Settembre non esistevano tramezzi, né angoli furtivi. Ci accerchiava una vastità senza mistero. L'abitazione su due piani. Io avevo la mia camera al piano di sotto, al piano superiore dormivano i miei genitori, e mio padre si era allestito lo studio.

Per "ascoltare" avrei dovuto "spiare". Ma spiare richiedeva una strategia che non amavo, mi faceva sentire ladro. Lisa, tuttavia, sapeva come farmi pervenire i suoi messaggi. E li decifravo, acquistando via via dimestichezza con rivelazioni che altrimenti – lei aveva ragione – avrebbero potuto turbarmi e sconcertarmi.

Messaggi sull'intimità tormentata di un uomo e una donna che, per destino, erano un marito e una moglie, mia madre e mio padre.

Poteva essere il Mario che andava nervosamente avanti e indietro nel salone, e diceva a Lisa:

«Non accendere la luce. Non voglio che tu mi veda in questo stato.»

«Vorrei vederti, invece.»

«Non puoi immaginare che rabbia mi fa: sentirmi solo, ma proprio solo come un cane, quando avrei tutto per non esserlo. Così, senza ragione. Non so come reagire, capisci? Io so reagire a fatti precisi, a qualcosa che mi è chiaro.»

«C'è solitudine e solitudine.»

«Ammesso e non concesso, questa è una brutta bestia, Mi sembra di offendere te, questa casa, la gente che mi stima, il mio chiamiamolo lavoro...»

«Magari anche tuo figlio.»

«Sì, magari anche lui.»

«Può darsi che non si tratti di solitudine. Ma di altro, e di positivo.»

«E cosa può essere?»

«Come certe febbri di crescita nei bambini, può essere che la tua sensibilità stia diventando più consapevole e adulta.»

«Non è troppo complicato, Lisa?»

«No, non lo è. Credimi.»

Poteva essere il Mario che organizzava cene invitando i suoi compagni di volo. La casa si riempiva di ufficiali. C'erano donne che venivano in aiuto a Lisa, per preparare i cibi e servire a tavola. Gli ufficiali si toglievano le giubbe azzurre e, scamiciati, facevano baldorie fino alle ore piccole. Parlavano più che altro di Mussolini, dimostrando che non è vero che fascisti si nasce.

«Le balde camicie nere... "La loro rivoluzione originale, giudiziosa, fascista e latina"! Ma chi è quel cretino che gli fa la propaganda?»

«Bottai, però, parla di un'Italia mediocre, borghese, gretta e pacioccona.»

«Perciò, per rimettere in sesto l'Italia, la vera rivoluzio-

ne la faremo noi, arditi dell'aria, che l'aria sappiamo, oltre che conquistarla, anche fiutarla. È il momento giusto, questo. E metteremo il potere nelle mani di chi se lo merita, e ce n'è uno solo, Italo, Italo Balbo, anche se non dispone di un ufficio di propaganda che lo decanti: "L'uomo dalla magica parola".»

«Be', impresa difficile, diciamo la verità. Balbo è bleso, e si mangia le parole. L'unico difetto che ha.»

«E Mussolini, allora? È un pirla con gli stivali, che ha bisogno dell'argano per montare a cavallo. Eppure, senza pudore, continuano a definirlo "atleta integrale, in quanto uomo totale"!»

«Anche "Occhi di fiamma, mente di fiamma, cuore di fiamma". Con tanto fuoco, avrebbe già dovuto bruciarsi il culo.»

«"Coraggiosissimo"!... Ma, Dio buono, vi ricordate quando è venuto in visita a Orbetello, e ci ha detto: "Domerò uno di questi vostri aerei spericolati come ho domato la nazione"? Poi non è nemmeno salito in carlinga, ha fatto tega con la scusa: "Peccato che i destini della patria mi reclamino, ed essi volano più in alto di voi!".»

Finivano, in baldoria, per parlare di Mussolini e delle sue donne. Il Mario si rivolgeva a un suo pari:

«Racconta, Ettore. Tu che hai chiavato una che c'è stata, col Duce. Quali sono le sue istruzioni per il possesso sessuale... Dài, che lo racconti bene.»

L'Ettore in questione si rivolgeva a Lisa:

«Se la signora consente...»

«Non si preoccupi. Quelle istruzioni le conosciamo anche noi, sovversivi ma a volte con l'ironia al posto della baionetta, perché l'ironia è una garanzia di libertà... Al Duce abbiamo spedito donne che fasciste non erano di sicuro e fra le gambe mandavano fuoco e fiamme, tanto per restare in tema. Spedite apposta per fargli fare brutta figura, all'uomo totale, e vederlo che ci restava male come un bambino... dica, dica!»

L'Ettore, con questa premessa, perdeva carica.

E il Mario restava deluso.

Si concedevano brindisi beffardi, a un certo punto senza più sapere in onore di chi, e per quale ragione.

«E poi, dopo essersi abbottonato con velocità militaresca, sapete cosa dice? "E ricordatevi, signora, che nessuno la farà mai godere più di me!"»

L'ora si faceva piccola davvero. Dopo che tutti se n'erano andati, il Mario si scusava con Lisa:

«Mi dispiace. La baldoria ci ha preso la mano. Sei stanca, ti vedo.»

«No. Solo che sto pensando...»

«A cosa?»

Lisa fingeva niente, scuoteva la testa:

«Lascia stare, è una sciocchezza.»

Lui la baciava sulla guancia, per farsi perdonare l'ora tarda. Replicava distratto:

«Lo sai che mi piace ascoltare anche le tue sciocchezze. Mi divertono.»

E Lisa gli diceva, con un tono basso, ma impietoso:

«Mi chiedo come fai a credere, obbedire, combattere... Senza credere affatto, disubbidendo come un sovversivo, e provando schifo per te stesso alla sola idea di ammazzare dei disgraziati in combattimento.»

Non si divertiva affatto, il Mario. S'incupiva, Lisa insisteva:

«Non ti crea...»

Il Mario non la lasciava finire:

«Sì, mi crea... È la mia croce. Ma non so come uscirne. Per ora.»

Era capace di dirle:

«Vai a letto tu, io vengo dopo.»

Non ci saliva affatto, a dormire. La mattina Lisa lo trovava, e io con lei, addormentato con testa e braccia sulla tavola.

Il Mario e Lisa seduti di fronte a un tavolino d'angolo, in salone, divisi dalla luce di una lampada. Mia madre attenta al mio aggirarmi nei paraggi. L'avevo imparato d'istin-

to: in certi casi, dovevo sapermi aggirare. Essere un'ombra morbida nelle mosse, non condizionata dalla mia attenzione. Se esiste un terzo orecchio, come esiste un terzo occhio medianico, affidarmi a quello.

Il Mario stava confidandosi:

«Quando faccio l'amore con te, Lisa, riesco, come dire, ad arrivare fino in fondo alla tua anima... Se l'anima esiste.»

«Qualcosa del genere...»

«Con le altre, ammesso e non concesso, e magari mi riferisco al passato, non mi interessava arrivare fino al fondo dell'anima. Semplicemente fino al fondo di un sesso. Che vuoi che sia? Mi attirava l'idea che un'anima ce l'avessero, mi spingeva la curiosità di scoprire che razza di anima fosse, poi scoprivo che non c'era un'anima, non l'avevano, niente.»

«Forse non l'avevano con te. Perché una donna deve consentire a un uomo di arrivarle fino al fondo dell'anima, se si accorge subito che lui vuole soltanto arrivarle in fondo al sesso?»

Il Mario si faceva umile. Di nuovo con quell'aria di bambino a disagio:

«Sei severa con me, Lisa.»

«No. Solo che sto pensando...»

«A cosa?»

Seguendo la sua tattica, Lisa, di nuovo, fingeva niente, di nuovo scuoteva la testa:

«Lascia stare, è una sciocchezza.»

«Eh, no. Quando dici che è una sciocchezza, è proprio la volta che spari col cannone.»

«C'è un romanzo che dovresti leggere. *Le anime morte*, di Gogol'.»

«Ne ho sentito parlare. Com'è, interessante? Prende?»

«Prende. Almeno nel mio caso prende, eccome. C'è un certo Cicikov che viaggia attraverso la Russia alla caccia di "anime morte". Chi sia Cicikov e a cosa miri, si spiega soltanto nell'ultimo capitolo... E noi non ci siamo ancora arrivati.»

Il Mario fissava intensamente Lisa:
«Non mi sono mai innamorato di nessuna. Solo di te, te lo giuro. Ci credi?»
«Sì. A questo ci credo.»

...

Lisa buttava lì la domanda, come a caso:
«Cosa gli racconti, a nostro figlio, quando a ogni morte di papa ti concedi di portarlo fuori con te, a camminare con te?»
«Gli parlo dei miei viaggi.»
«Pensi che a lui interessi?»
«Ha fantasia, no? E i miei viaggi sono come favole fantastiche. Perché l'aereo è la lampada di Aladino... Adesso sono qui, e mi bastano poche ore per trovarmi invece in una terra lontana e misteriosa, magari in un'isola magica dispersa negli oceani. I miei viaggi fatti volando! Sono un capolavoro. Mi fanno sentire uno, nessuno e centomila, e anche il mondo diventa uno, nessuno e centomila. Il mio sogno, sai qual è? Quando sarà, e suonerà la campana anche per me, prendere per il culo la morte inventandomi un viaggio meraviglioso senza fine.»
«E non gli dici altro, a nostro figlio?»
«Già è tanto, mi pare. Infatti, lui ascolta e zitto. Evidentemente suggestionato.»
«E se non lo fosse? Se ti stesse a sentire solo perché è paziente? Perché pensa: tanto così è, meglio lasciarlo parlare senza fare domande, così finisce prima?»
«Dici?»
«A volte, un ragazzino preferisce una cosa semplice e spiritosa, magari una di quelle sciocchezze che liberano la testa, come gli capita con i suoi amici.»
Mio padre ci provò.
Stavamo camminando in periferia, e lui mi parlava della Persia mirabile, dell'Himàlaya e di certe isolette del Pacifico. Io ignoravo dove fossero l'Himàlaya e il

Pacifico, mentre non ignoravo le necessità elementari. Gli chiesi:

«Scusa, eh... posso?»

«Fai. Fai.»

Solitudine, intorno a noi. E il muretto disponibile, accogliente. Il Mario mi si affiancò:

«Posso unirmi? Lo sai, vero? Chi non piscia in compagnia è un ladro o una spia.»

Si sistemò. Mi sbirciò con un'occhiata eloquente:

«Quando eri bambino, io te lo guardavo, sai, mentre dormivi. Perché ti immaginavo, da grande, un maschio di quelli giusti. E scoprivo che il pisellino ce l'avevi greco romano.»

«Storico?»

«Ma no, come ce l'hanno gli animali, come dovrebbe essere secondo la regola della natura. Nascosto nella sua tana, e poi, quando si tratta di sguainare la spada, zac, ecco che esce bello dritto come un fuso. Hai mai visto il David di Donatello, le statue antiche? Ce l'hanno così... Io, invece, ce l'ho appeso, senza tana, come la maggior parte degli uomini che discendono dagli schiavi che greci e romani portavano da terre misere, senza progenitori privilegiati.»

«Ti invidio. Sai un sacco di cose.»

«Tua madre lo chiama crescinmano, come dicono da queste parti, e infatti, se la mano è abile, cresce, cresce, io invece lo chiamo la rondinella... E tu, come lo chiami?»

«Non so ancora come chiamarlo. Cosa mi suggerisci, in proposito?»

Intanto una mezza sbirciata era venuta anche a me. Non avevo visto niente. Ma avevo pensato: se il Mario ha fama di gran fottitore, e se come tale rompe le scatole a mia madre, significa che qualche buona ragione c'è. Fui preso da una di quelle voglie d'ironia che Lisa mi aveva instillato:

«Con tutto il rispetto, da ciò che ho sbirciato, se tutte le rondinelle fossero come la tua, non ci sarebbe più aria da

respirare, il cielo si riempirebbe di rondini grandi come dinosauri.»

Lo vidi illuminarsi:

«Mi piace la fantasia che usi nei tuoi paragoni.»

Fu la prima volta che, dopo esserci sistemati i calzoni, mi ritrovai con la sua mano sulla testa in segno di fraterna amicizia, con la sua bocca che mi baciava in fronte.

Poteva accadere che il Mario alzasse la voce.

Una notte si chiuse nello studio sbattendosi la porta alle spalle, e poi chiudendola a chiave. Lisa restò dietro la porta, senza alterarsi minimamente:

«Apri. Non fare lo zuccone... E non gridare, lui potrebbe svegliarsi e sentire.»

Il lui, ero io. E Lisa sapeva che il mio terzo orecchio si era già svegliato prima ancora di me. Riuscì a rabbonirlo. Per principio, il Mario non aprì la porta, ma abbassò il tono e accettò il dialogo. Si parlarono attraverso la porta chiusa. Si trattava di una certa Violante Fieschi: stavolta, il Mario sembrava averci preso una bella sbandata.

«Dimmi quello che hai da dirmi. Alla svelta. Poi lasciami in pace!»

Lisa usò lingua e dialetto, per rafforzare l'evidenza:

«Guarda che quella Fieschi è una poco di buono. Lasciala perdere.»

«Ammesso e non concesso, dammi una ragione.»

«Sì ie mètta tutt in fila, la stafila la lònna!»

«Detesto il tuo dialetto, Lisa!»

«Ho detto: se la Fieschi li disponesse tutti in fila, quelli che ha preso, potrebbe staffilare la luna.»

«Ammesso e non concesso, è ingiusto mettere la croce addosso a una persona.»

«Di croci, lei ne ha messe tante, Mario... Croci al merito del crescinmano, s'intende.»

Il giorno che la Fieschi si presentò alla porta di casa, Lisa ne approfittò per impartirmi una delle sue lezioni d'ar-

monia rossiniana che ricordo con più sorriso. L'intrusa squadrò mia madre, sprezzante, a unghie pronte:

«Lei dovrebbe sapere chi sono io.»

«Be', per questo lo sanno tutti. Non è una novità.»

Mia madre si mantenne, più che gentile, oltre la gentilezza, dove la cortesia è spietato calore per la cera degli idioti.

«Sono venuta a dirle che sono pazza di suo marito e lui è pazzo di me. Io, quell'uomo, lo voglio... E da qui non mi muovo.»

Stava a gambe piantate sul pianerottolo.

«La ringrazio di essersi scomodata di persona. Ma perché vuol stare lì, dove ci spiffera aria fredda? Venga, venga, s'accomodi, non la mangio mica.»

La Fieschi, sconcertata, la prese come un'offesa:

«Ma come, mi sta trattando con gentilezza?»

«Perché, se la prendessi a sberle, sarebbe più contenta?»

Già si stava ingarbugliando, la Fieschi:

«No, non dico questo... Ma sarebbe più logico.»

«Una pazza che pretende la logica. Roba da matti... Perché pazza lei lo è. Mi attengo alle sue parole.»

L'altra attenuò, confusa:

«Be', insomma. Pazza di suo marito.»

«Non si butti così giù. Si comincia sempre col poco. Vedrà che presto se ci si mette d'impegno, sarà riconosciuta pazza da manicomio.»

La Fieschi entrò, guardandosi intorno:

«Bella casa.»

«Troppo grande. Troppo.»

«Io amo la vastità, amo il troppo.»

«Sappiamo, sappiamo...»

La Fieschi non raccolse. Chiese, tornando aggressiva:

«E lui?... Non c'è?»

«Se mio marito ci fosse, gliel'avrei già presentato.»

L'altra scoppiò a ridere:

«Guardi che lo conosco, sa, come le mie tasche.»

«Sì, penso anch'io che lei lo conosca come le sue tasche,

che non devono essere tanto allegre, dato che mio marito, con le donne, di solito non sgancia una lira. Almeno questo... Ma crede di conoscerlo anche nella parte alta: il cuore diciamo, e diciamo la testa?»

«Io sono una sua fanatica. Mario è un mito.»

«Anche lei lo è, in città e dintorni. Come miti si direbbe che siete le facce della stessa medaglia. C'è chi vola come gli uccelli, e chi gli uccelli li fa volare... Sto scherzando, è chiaro. Posso darti del tu? Siamo coetanee.»

«Se non ti procura fastidio...»

«Ti dicevo che stavo scherzando. Mi auguro che tu ami gli scherzi. Senza gli scherzi, magari da prete, la vita che sarebbe?»

«Certo che li amo. Mi trovano tutti anche spiritosa.»

«È già tanto, sai. Una donna come te, così in carne, così di fascino, per di più spiritosa. Comincio a capire perché mio marito è pazzo di te.»

«Davvero mi trovi affascinante?»

Lisa si finse piccata. Reagì:

«Non spendo elogi a vanvera. Quando c'è, c'è! La superiorità fisica non esito a riconoscerla, anche contro i miei interessi, persino nell'ultimo degli animali, in una iena come in un gorilla.»

La Fieschi si sentì in dovere di scusarsi. Lisa continuò:

«A proposito di scherzi, anche qui sei fortunata. Sia detto in confidenza, da una che già ci è passata, vedrai gli scherzi che ti combinerà mio marito. Sembra un allocco figaiolo, scusa l'espressione, ma è double face, se conosci il francese... Lo conosci? Quali lingue conosci, inglese, spagnolo...»

«Nessuna. A cultura sono scarsa.»

«Insomma, lui ha due facce. Come certi assassini che magari squartano una donna, e poi, quando li vedi fotografati sul giornale, ti dici: "Ma come, con questa faccia da pirla, è stato capace di tagliarle la testa".»

La Fieschi sorrise:

«Che paragoni fai.»

«Hai ragione. Fino a tanto non arriva, anche se sarebbe meglio che ci arrivasse. Perché un assassino, una volta al gabbio, si toglie di mezzo. Lui no, prima fa l'innamorato perso, poi, quando sale in carlinga, si scatena come con gli aeroplani. L'hai visto, no, quando scherza sfiorando i tetti delle case e la testa della gente. Certi brividi... I brividi che fa provare alla disgraziata che gli capita. La fa impazzire, anche se tu sei vaccinata, dato che pazza lo sei già.»

La Fieschi smise di sorridere.

«Non ci credi?»

«Io sono come san Tommaso. Devo toccare per credere.»

Lisa si finse assorta:

«Ormai, ci sono e ci resto. A meno che tu non me lo porti via, e mi faresti un favore. Ah, che respiro!... Però mi piange il cuore che una meraviglia di ragazza con tanta vita davanti e tanto credito alle spalle, si riduca a uno straccio come me.»

Aprì la porta di un salottino:

«Hai un po' di tempo?»

«Tutto quello che vuoi.»

«Allora mettiamoci qui. Ti farò toccare le piaghe una per una, i punti della denuncia che sto per inoltrare contro quel seviziatore di femmine.»

Si presero il tempo che mia madre voleva. Credo che, in quelle ore, Lisa si inebriò del suo far scena con tutte "le allegre comari di Windsor" che le ridevano in testa, volando ben oltre il pretesto della sua modesta interlocutrice. Da spettatore mancato, me ne rammarico. Il salottino non lasciò trapelare nulla. Ma quando le due uscirono – Lisa confortando la stordita rivale con mano fraterna sulla sua spalla – la Fieschi manifestava una gratitudine che sfiorava le lacrime:

«Non so come ringraziarti per avermi aperto gli occhi.»

«Adesso però cerca di chiuderli, e di farti una bella dormita, se ci riesci. So cosa si prova quando si evita il baratro per un soffio.»

«Senti...»

«Tranquilla. Non gli dirò niente. Noi non ci siamo mai viste.»

«Un pazzo!» esclamò la Fieschi filando via. «Pazzo da legare, Dio santo. E non di me!»

...

Un grande silenzio scese sull'Oltretorrente. Il quartiere si fermò. Nessuno andò al lavoro, e i padroni riconobbero giusto quello sciopero d'anima.

Fu José, a portare la notizia.

Egisto Maronti era stato ucciso in Spagna, da una raffica franchista, nella battaglia di El Matoral. Mentre gli Junker e i Caproni dell'esercito falangista gremivano l'aria sganciando bombe nella neve della collina, e i polacchi della Dombrowski continuavano a salire e a rotolare giù a ondate. Con la testa sulle ginocchia di José, il Maronti aveva pregato il compagno:

«Vai a Parma e dillo agli amici: che li ricordo tutti, e li ricorderò per sempre... Perché la memoria non muore.»

José si era visto bagnare di sangue le mani e i calzoni.

Fu un colpo terribile per mia madre. E il male dei pensieri riprese a insinuarsi lento nella sua mente. Con la sua intemperanza di ragazza, Lisa si era accanita contro il "Masén da gozén" quando era il norcino boia per eccellenza nell'uccisione dei maiali maturi, destinati alle feste del "Maiale Coràto". Ne aveva fatto il primo bersaglio dell'istinto che già la spingeva, con un disgusto viscerale rapido a trasformarsi in terrore, contro il sangue versato, ogni sangue di vivente, anche il sangue degli animali. L'aveva affrontato in pubblico, vituperandolo come simbolo della violenza, con un'aggressività che racchiudeva il seme della sua follia.

In seguito l'aveva conosciuto meglio, il Maronti, e aveva imparato a stimarlo per i suoi pregi, a volergli bene.

Nella sua esibizione alla piazza, il Leo non aveva speso elogi che sarebbero suonati retorici. Anche le parole gli

erano morte in gola. Aveva chiesto semplicemente un minuto di silenzio, e nella piazza gremita tutti si erano alzati in piedi, trasformando quel minuto in un dolore senza suono che sarebbe andato oltre il tempo.

Cadeva, proprio in quei giorni, la data dei "pranzi del maiale coràto". Dai cortili dei casali, lungo le rive del Po, corse il grido: «La coràda!». Significava spaccare il cuore ai suini che poi sarebbero stati offerti sulle tavole imbandite all'aperto, nel convivio rituale. Nessuno degli amici mancò al rito. Anche se nessuno – da mia madre al Leo, a don Grazioli, agli altri – aveva chiaro il comportamento da tenere, le parole da dire. Stavano seduti a un tavolo in disparte, ammutoliti, mentre intorno si diffondeva un'eccitazione festosa.

Negli sprazzi che squarciavano la nebbia, si animava ai loro occhi la norcineria parmigiana. Rifletteva le sfide della corrida, ed era un lascito dei Borboni. I norcini, i nuovi ammazzatori, si erano abbigliati come un secolo prima: tabarro, rampone, stiletto, stivali neri, cappelli a larghe falde. Aspettavano di esibirsi nel vasto cortile mentre gli aiutanti portavano cassette piene di coltelli d'ogni misura. Provavano la loro destrezza trinciando l'aria con colpi di rampone, affondi di stiletto. Dovevano essere lesti a immergere il rampone nella gola della bestia, stilettandola contemporaneamente nel cuore. Bastava un appannamento di riflessi per finire dilaniati come un torero: il maiale inferocito è anche più implacabile del toro.

Negli stabbi s'intravedevano, a lampi rosa, le bestie destinate. Protestavano contro la loro morte, prossima e inevitabile, con stridi disperati. Le zampe battevano agli sportelli, i musi si scontravano. Poi brusche rassegnazioni, dove in un sommesso coro di grugniti si immaginava un confabulare animalesco, quasi i morituri concertassero la strategia da seguire o ascoltassero un loro capo che li confortava.

Nella nebbia, nebbia a folate... Aperto lo sportello, il maiale avanzava, si guardava ferocemente intorno, e

mentre avrebbe voluto far marcia indietro, ritrovando la solidarietà dei compagni, un istinto vendicativo, più forte del terrore, lo spingeva a identificare e ad aggredire la morte nella figura del norcino. La bestia allora si accecava e scattava in una corsa suicida.

I primi porci già cadevano sul selciato, col suono di uno schiaffo. Trascinandoli velocemente nel mucchio, gli aiutanti lasciavano scie di sangue grumoso da cui si alzava un fumo reso visibile dal freddo: l'esalazione dell'angoscia compressa nei corpi. Agli stridi s'aggiungevano applausi e incitamenti.

Don Grazioli si alzò a capotavola. Scrutò i presenti che lo fissavano, aspettandosi da lui frasi di circostanza. Il sacerdote ci provò, si raccolse, poi scosse la testa, ricordando la citazione dantesca: "Parole mie, che per lo mondo siete...". Smarrito, aggiunse:

«Perché, in questo momento, Dio non mi suggerisce nessuna parola da dire?»

Interrogò l'Armando:

«Tu vuoi dire?...»

Ma anche l'Armando scosse la testa, pieno soltanto di silenzio. Don Grazioli incrociò lo sguardo di mia madre:

«Allora tu, Lisa... Hai odiato e poi amato il nostro compagno. Una parola da te, o un gesto... Magari per farci capire: andiamocene da qui, il nostro posto non è più questo, fra l'allegria di chi non ha nulla da ricordare e da rimpiangere.»

Mia madre si ricordò. Di una domanda sua che si era incrociata con la risposta ferma del Maronti, in una loro disputa:

"Tu che, fuori da questo piazzale, ti batti per la giustizia e la libertà, perché lo fai questo mestiere da boia?"

"Anche perché ho la mano ferma, Lisa. E a me basta un momento. Meglio il sottoscritto, che non fa soffrire, di un altro senza la mano ferma, che non uccide, sevizia..."

Mia madre fissò il cortile delle esecuzioni. I nuovi norcini non avevano la mano ferma del Maronti. Stavano fa-

cendo soffrire le povere bestie. Non uccidevano, seviziavano. Lisa si alzò e, nello stupore generale, si avvicinò a uno stabbio che mostrava un segno di pericolo: una croce tracciata col gesso. Nessuno parlava più. Si erano bloccati anche i norcini. Tutti seguivano la scena allibiti. Il porco era balzato contro Lisa, dietro lo sportello, aveva desistito per poi tornare all'attacco. La gola sollevata, le zampe che grattavano il legno. La bestia costretta a torcersi innaturalmente verso l'alto, il che le comprimeva il muso, facendola assomigliare a un mostruoso neonato.

Mia madre sganciò e aprì lo sportello.

Ci fu un mormorìo di raccapriccio. Era evidente che Lisa non si rendeva conto della pazzia che aveva commesso. Un maiale può divorare un essere umano. Ma il porco non la investì. Contenne il suo furore. Prima annusò l'aria libera, poi, avvicinandola, la figura di mia madre. Lei non mostrava alcuna paura. Il muso, che mandava un fiato rovente, le sfiorò le scarpe, constatando che non avevano calpestato le scie della carneficina. Sfiorò le mani di Lisa, accertandosi che non erano mai state preparate né a sgozzare, né a fulminare.

Esplorati i dettagli, la bestia ora inquadrava mia madre per intero. Anche gli occhi volevano convincersi della sua innocuità. Ma dei norcini – o degli aiutanti, col randello tenuto al polso da un cinturino di cuoio, pronti al colpo di grazia – Lisa non aveva proprio nulla. Il porco si rese conto che lei era il loro esatto contrario. Priva di norcineria, era altrettanto priva di Morte: quella che si teme, quella che si dà, quella che ahimè si possiede. Eppure mia madre si sarebbe ammalata proprio per la paura, assurda, di poter essere trascinata da una forza oscura ad agire da madre norcina.

Soddisfatta, la bestia trotterellò verso l'argine, la coda in letizia per lo scampato pericolo. Quando gli amici se ne andarono, la incrociarono in uno spiazzo erboso. Vi stava distesa, fissando il fluire dell'acqua, e beatamente grugniva.

... Il Maronti non doveva essere dimenticato.

Leo pretese che restasse presente nelle sue esibizioni di piazza. Lo sostituì con un compagno di scena, uno dei "Contatori" più giovani, attribuendogli quel nome e addestrandolo a interpretare le intemperanze e le clemenze dell'amico perduto, soprattutto la sua coscienza coerente. Un'investitura che si mantenne via via anche con gli altri, alla loro morte.

Oggi, in un teatro che si è guadagnato prestigio, anche il Leo, don Grazioli, la Cicci, e la compagnia tutta, continuano a vivere, a raccontare le avventure dei loro predecessori, e certe notizie dal mondo come loro le raccontavano e le commentavano.

...

Mia madre insisteva col Mario:

«Ormai nostro figlio è grande. Trattalo da grande. Ha bisogno della tua confidenza, da uomo a uomo.»

«Vorrei fare di più, ma... È il mio cruccio. Lui mi mette in soggezione. Lo so che ti sembra assurdo, e non ci credi.»

«Ci credo. Se mi spieghi la ragione.»

«Forse... forse perché è stato il mio giudice, fuori e dentro di me, quando sono stato Pilato. Una volta che l'hai creata, una vittima, creata in tutti i sensi, come fa a non crearti soggezione?»

«È acqua passata, Mario. E le fissazioni lasciale a me, che me ne invento di tutti i tipi. Guarda che le manie, in chi non ne è malato, diventano degli alibi affettivi.»

«Se mi lascio andare, ho timore del suo giudizio.»

Come suo giudice, fui clemente.

Cominciò a dirmi:

«Siediti. Beviamo un caffè insieme.»

Ci si sedeva di fronte, al tavolino di un bar. Il Mario mi sogguardava, bevendo il suo caffè. Io bevevo il mio, a disagio, perché poi si restava in silenzio. Lui sospirava, non

meno a disagio di me. Mal sopportava la mancanza di dialogo di cui eravamo entrambi responsabili. Non c'era confidenza, e nemmeno quel tanto di allegria. Ciascuno di noi rimandava indietro gli spunti che gli salivano alle labbra, per timore di notare l'indifferenza dell'altro. Un giorno si decise:

«Allora, raccontami qualcosa di te. Avanti.»

«Perché, ti interessa?»

Più che interesse, avvertivo una sua volontà di comportarsi diversamente nei miei confronti:

«Possibile che tu non abbia mai niente da raccontarmi?»

«Ti avrei raccontato molte cose. Ma questa è la prima volta che mi fai una domanda del genere.»

Sorrise. Ammise che era vero:

«Però a te mi interesso, no? Io, almeno, ti parlo. Come va a scuola, per esempio.»

«E io ti rispondo. A scuola va bene. Ma è un'altra cosa.»

«Quante volte, tua madre ne è testimone, ti ho chiesto: accompagnami un fine settimana nella casa al fiume. Mi farebbe piacere passare con te un fine settimana al fiume.»

Dato che il ghiaccio, almeno formale, era rotto, gli risposi:

«Balle. Me lo dicevi per dimostrare a Lisa che eri carino con me. Ma erano balle, dette tanto per dire. Oppure con uno scopo tutto tuo.»

«Non ti capisco.»

«Non importa. Capivo io. Non è poi così difficile afferrare quando cerchi di mentire. Perché, vedi, tu non sai mentire. Anche Lisa lo dice. E se alla meglio ti riesce, un occhio ti diventa più scuro dell'altro.»

Mi venne così, questa battuta degna della fantasia di mia madre. Il Mario rise. Una risata finalmente sincera:

«E quale sarebbe stato lo scopo tutto mio?»

«Coprirti le spalle, Mario. Tentare di farla bere a Lisa, che ha le mille antenne, e tu non l'hai ancora imparato... Al fiume ti faceva piacere portarti la tua amichetta di turno.»

Reagì, ma senza decisione, atteggiandosi a infastidito: «Le solite sciocchezze. Se vuoi provocarmi, fallo con qualcosa di più serio... Lo sai che la casa al fiume la sto ristrutturando. Ci vado per controllare i lavori. Un'ala è già a posto, lo sapevi?».

«Lascia perdere l'ala. Resta con la palla al centro. Lo vedi che, proprio tu che sei un mito per tanti, in certi casi ti comporti da ragazzino più di me?»

Si finse offeso. Fece per alzarsi. Gli dissi:

«E se ti avessi scoperto?»

Tornò a sedersi immediatamente:

«In che senso?»

«Nel senso che una domenica io e Lisa al fiume ci siamo venuti. Lei propose, ridendosela: "Facciamo un'improvvisata al Mario". Poi era troppo divertita e superiore, ha lasciato perdere, e si è fermata da amici suoi. Ha incaricato me: "Vai a vedere tu, se il Mario c'è". E io sono andato. La casa era aperta. Sembrava deserta, ma non lo era. In giardino una ragazza stava distesa come un'odalisca, mica male però, complimenti. Tu probabilmente eri dentro, al piano di sopra... Lei mi vede e mi domanda: "Cosa vuoi? Chi sei?". Se me l'avesse chiesto da simpatica, le avrei risposto "Mi scusi" e me ne sarei andato. Invece era acida, nella voce. Allora le ho detto: "Sono suo figlio. E mia madre è nei paraggi. Vedi un po' te".»

Il Mario accusò il colpo:

«Perché mi racconti questa cosa?»

«Perché mi hai chiesto di raccontarti qualcosa di me.»

«Lo hai detto a tua madre?»

«Adesso sono io che dovrei alzarmi e andarmene. Sapessi quante volte ti ho coperto le spalle.»

Chiuse gli occhi. Restò con la testa all'indietro, come se gli mancasse il fiato. Sbottò:

«Sono uno stronzo. Dimmi che sono uno stronzo. Ma adesso basta. Devo piantarla di comportarmi... Che hai pensato di me, eh? Che pensi in questo momento?»

«Tu cosa credi?»

«Il peggio.»

«Sbagli. Secondo me, oggi siamo diventati amici, Mario. Io ti rispetto, a modo mio. Quando sei ciò che sei, quando invece ti perdi, mi fai un po' pena. Neanche più rancore, un po' pena. Sincerità da amici... E poi la verità te l'ho detta in faccia, quando dovevo. Ti ricordi?»

«Già. Quando eri più piccolo. E io mi meravigliavo che avessi già un comportamento da grande.»

«Non per merito mio, Mario. Siete stati voi grandi a togliermi il piacere di non capire, questo piacere da bambino. Ho dovuto capire subito tutto il possibile.»

Ma non avevo finito:

«Comunque, a volte avrei voluto dirti di me cose più gravi di queste che in fondo sono faccende stupide. Perché lo so che a Lisa vuoi bene davvero. E un giorno me l'hai confessato a cuore aperto.»

«Quali cose gravi?»

«Una, soprattutto. Mi ha fatto soffrire, e molto. Non l'ho mai detta nemmeno a Lisa, perché le avrei dato dolore. Non glielo dirò mai... Avrei voluto confessarla a un padre, se l'avessi avuto giusto.»

«Quando ti è successo?»

«Tempo fa.»

«E ti fa ancora soffrire?»

«Adesso riesco a dimenticarla. E mi tormenta meno.»

Mi afferrò le mani:

«Dimmela, per favore...»

Sfilai le mani dalle sue e corsi via. Ciò che mi capitò non l'ho mai confessato a nessuno. L'ho rimosso per una vita. Mi è tornato tutto in mente, dopo la morte di mia madre...

IX

... Ci piaceva andarcene, io e Giorgino, a rifugiarci in quel punto del fiume, dove c'era tanto silenzio e la solitudine ci sembrava animata da presenze acquatiche e fantasiose, specie dalle ninfee dal bottone giallo vivo. Le sabbie, candide, si stendevano a perdita d'occhio. Le acque trasparenti. Il cielo stesso acquistava trasparenza dal fiume. Lontano, oltre l'ultimo argine, era bello vedere il vento che gonfiava i tendoni dei circhi della "Leggera", e da là arrivavano, appena udibili, le musiche con cui i domatori, gli acrobati e gli uomini ragno accompagnavano i loro esercizi.

«È magnifico stare qui» diceva Giorgino. «Chissà perché.»

«Perché così è. Quando si sta bene, si sta bene.»

Stando insieme, anche zitti, a fantasticare ciascuno per conto proprio, pur in tanta solitudine ci sentivamo assai meno soli che nelle nostre case. Ci si stendeva nudi sulla sabbia, a goderci il venticello che ci accarezzava. Avevamo molto in comune, io e Giorgino, e la stessa età. Poco più di sei anni. Entrambi eravamo nati in giugno.

... Distesi, supini, avvertimmo insieme come un alito rovente che ci investiva. E nell'alito c'era l'ansare dei cani. Il sole, su di noi, si oscurò. Ci voltammo di scatto. Il sole era coperto da una donna che, ai nostri occhi infantili, apparve gigantesca. Stava ritta, fra i musi dei suoi due cani. Aveva il busto nudo, e anche le sue mammelle ci sembrarono enormi. Portava un asciugamano avvolto intorno ai

fianchi. Non c'era differenza nel guardarci dei cani e della donna: occhi fissi sui nostri corpi nudi. E se dai musi delle bestie pendevano le lingue sull'ansare delle gole, le labbra della donna s'increspavano in un sorriso che esprimeva una libidine senza coscienza, cieca.

Le sue prime mosse furono fulminee. Nemmeno il tempo di provare sorpresa. Si inginocchiò fra di noi e afferrò il sesso mio e di Giorgino. Prese a masturbarci, come un automa. Si rivolse a Giorgino:

«Il pistolino ce l'ha più bello lui. Il tuo è scuro... Guarda, adesso glielo prendo in bocca e glielo succhio.»

Cercai di sfuggirle. Mi schiaffeggiò più volte, con una violenza inaudita. Mi colava sangue dal naso. Gridò:

«E se non ti basta ci sono i cani.»

Giorgino singhiozzava:

«Non fargli del male. Non fargli del male.»

I denti della donna in fondo al mio ventre. Giorgino e i suoi singhiozzi incontrollabili, la sua faccia coperta di lacrime non di pianto, di paura, lacrime e muco. Un ordine secco. Uno dei cani puntò il mio amico.

La donna chiese, simulando naturalezza:

«Sapete nuotare?»

Giorgino sapeva nuotare. Io no. Le risposi con un cenno della testa.

«Vuoi che ti insegni a nuotare?»

Il cuore mi martellava, lo ricordo non come un cuore che batte all'impazzata, ma come un dolore, con fitte lancinanti, che s'impadroniva del muscolo cardiaco, e ogni battito era un colpo sordo, era una fitta.

«È bello nuotare. Guarda.»

L'altro cane venne a puntare me, perché stessi fermo, guardassi. La donna si denudò, entrò nell'acqua, si distese e galleggiò. Si toccava in tutto il corpo, fingendo estasi. Si accarezzò le grandi mammelle, si pizzicò i capezzoli, e immerse l'altra mano nel sesso, che mi appariva anch'esso enorme: una fossa di carne rossa. Se la dilatò ridendo sguaiata. Mentre apriva le cosce:

«Vieni. Prova a nuotare anche tu.»

Di nuovo, cercai di fuggire. Andai a sbattere contro il muso del cane, una testa d'ariete dal pelo ispido, i suoi denti. Mi spingeva indietro. Mi sconvolse la violenza della bestia che, a ogni ordine secco della donna, aggiungeva una spinta brutale, perché mi inoltrassi verso l'acqua, nell'acqua...

«Ti insegno a nuotare.»

Il cane girò di colpo su se stesso. Mi caricò, mi diede l'ultima spinta di schiena. Caddi in acqua. La donna si mosse per galleggiare addossata alla riva. Mi abbracciò subito, come per impedirmi di affondare, in realtà per stringermi fino a soffocarmi. Fece in modo di avermi sopra di lei:

«Come un uomo grande» ripeteva.

Stavo inchiodato sul suo corpo. Lei si mise distesa fra l'acqua e la sabbia. Spalancò di nuovo le gambe, mi forzò le reni per inserirmi in mezzo alle sue gambe spalancate. Per far coincidere il mio sesso con la voragine di carne del suo. Gridava a Giorgino, ridendo:

«Il pistolino del tuo amichetto è diventato duro come quello di un grande. Di un uomo che mi sta scopando. Peccato che tu non possa vederlo... Vieni a sentire, vieni a sentire.»

In me, invece, niente era più vivo. Non riuscivo più a respirare, perché il cuore mi era salito alla gola, me la stringeva come una morsa, ero dentro a una tomba:

«Fammi respirare. Ti prego... respirare.»

Ma lo dicevo pregando disperatamente fra me, Giorgino si era buttato di pancia sulla sabbia. Il cane gli passava il suo fiato lungo il corpo. La donna girò la testa verso di lui:

«Però il culetto ce l'hai bello... Adesso vengo anche da te!»

Mi circondò i fianchi con le cosce. Mi afferrò per la nuca e mi portò la faccia su una mammella:

«Succhia, carino, succhia!»

L'altra mano mi strinse con rabbia le natiche, un dito enorme mi penetrò nell'ano, e lei continuò a spingerlo come se dovesse arrivarmi fin nelle viscere. Ma non gridavo, non potevo e non volevo, non so cosa fosse: nel ricordo, la mia unica reazione è un odio che aveva preso corpo in ogni parte di me... Trascinandomi, la donna si era sistemata con più agio sulla sabbia della riva. Mi attirava contro il suo sesso e le sue mammelle, costringendomi a imitare i colpi di un uomo che possiede furiosamente una femmina:

«Guarda! Così fanno l'amore un uomo e una donna» gridava a Giorgino bestemmiando, preda del suo delirio. «E lui è bravo, è bravo, è tutto dentro di me!... Guarda bene: è lui che mi sta violentando! Guarda e ricordatelo!»

Ero uno straccio di carne. Quando la sua presa d'improvviso si allentò. Si mise a urlare:

«Sto godendo... Io godo del tuo amichetto!»

L'orgasmo le uscì dalla bocca con un grido diverso. Mi sembrò immenso, accompagnato da sussulti, da rantoli rauchi. L'impressione era che agonizzasse sotto di me. Quelle scariche di piacere fisico la costrinsero a rilassare i muscoli, le unghie non affondarono più nella mia carne, riuscii a scivolare via, non so come ad alzarmi, lasciandola a godere fino all'ultimo di sé, un'enorme foca spalancata.

Stavo in piedi. Giorgino era sempre tenuto conficcato nella sabbia dal cane che continuava ad ansimargli sopra con la lingua che gli penzolava. Afferrai la sua occhiata sgomenta. Mi resi conto che stavo sanguinando. Il sangue mi scendeva lungo le gambe. Fili di sangue che mi fecero orrore.

La donna si alzò. Anche dal suo sesso colava liquido che le imbrattava le cosce, ma non era sangue, se lo fissò, ci passò le mani, e poi sollevò le mani con le dita fradicie, esclamando:

«Guarda qui che bellezza!... Ne valeva la pena. Ne valeva proprio la pena.»

Tornò la donna enorme che ci era apparsa all'inizio. Ri-

verso sulla sabbia, mi accorgevo che il dolore diventava bruciante dalla testa ai piedi. La donna si stava occupando ora di Giorgino:

«Devo pensare a te. Ma non te la darò, a te. Perché sei brutto... Però, al cane, sembri piacergli... Eh, sì... Eh, sì.»

Afferrò il cane da dietro e cercò di spostarlo sul corpo di Giorgino. Però la bestia faceva resistenza, nonostante lei si impegnasse di nuovo per costringerla a obbedire. Il cane si rifiutava. Allora la donna affondò le mani fra le sue zampe, sapeva come eccitarlo, era certa di indurlo a sfogarsi su un piccolo corpo allo stremo.

Il cane sfoderò un'erezione, ma era la padrona che desiderava, era da lei che voleva essere soddisfatto. Più lei lo eccitava, più la voleva. Giorgino si lamentava: «Dio, Dio, Dio». Il cane eiaculò su una sua gamba, continuava a schizzare liquido e perdeva forza, si accasciò sulla sabbia accanto a Giorgino... La donna imprecò e si rivolse all'altro cane che era rimasto immobile, facendo la guardia alla scena con un'immobilità obbediente fino all'assurdo, da cui lei cercò di scuoterlo, vezzeggiandolo con parole oscene. La bestia, tuttavia, sembrava sorda, ipnotizzata dalla sua stessa posizione di guardia.

La donna la raggiunse. Scivolò con la mano anche dentro il suo pelo, finì tra le sue zampe. Ma non appena si sentì toccare, il cane si girò rabbiosamente per azzannare la padrona, che cadde all'indietro coprendolo di bestemmie e di insulti.

Fu in quel momento che mi scattò ciò che passa per raptus, ma fu diverso. Certamente un impulso incontrollabile. Ancora mi chiedo, tuttavia, come potesse venire da me, dal mio corpo senza forze, dalla mia testa svuotata. Quell'attimo, che è rimasto impresso in me come una marchiatura. Mi riesce impossibile una definizione razionale.

L'ebbrezza di uccidere.

Afferrai un ramo. Non mi importava della reazione che avrei provocato. Ero del tutto privo di istintive ipotesi e connessioni logiche. Stordito, esaltato da ciò che stavo per fare.

Per la collera suscitata dalla disubbidienza dei suoi animali, la donna, accasciata sulla sabbia, faticava a riprendere fiato. Rivedo lucidamente i movimenti impacciati con cui tentava di tirarsi su. Come mi rivedo abbattere il ramo sulla sua testa, le sue mammelle, il suo sesso. Picchiavo, ripeto, con l'esaltazione non di farle del male, ma di ucciderla.

Dovevo ucciderla.

La mia memoria non sta alterando nulla. Specie quella certezza terribile che mi rigenerava, dandomi energie che non potevano appartenermi, ma esistevano, si moltiplicavano, e il ramo stretto dalle mie mani infieriva senza tregua. Dapprima incredula, poi annichilita dalla mia inaspettata violenza, la donna rotolava su se stessa, alzava le braccia per proteggersi. Vederla sanguinare dalla fronte, dal naso, mi spinse ancor più a insistere, con gli occhi fissi sul suo sangue. E quando il ramo glielo affondai fra le gambe, anche la sua vagina mi sembrò tingersi di rosso.

Probabilmente fu il dolore che ora provava lei, a impedirle di sopraffarmi. E la visione stessa di un piccolo ossesso caricato da una forza oscura che lo rendeva temibile, un piccolo ossesso in cui si era impressa una marchiatura remota, una frase udita nei primi anni della vita: un giorno, nell'interrato, qualcuno, confidandosi furtivo con Lisa, si era lasciato sfuggire il ricordo di quando, a mia madre incinta e sola, in tanti ripetevano:

"Uccidilo quel figlio, Lisa."

Degli ultimi istanti della violenza, rivedo con precisione le mani della donna che, con uno sforzo, puntavano al mio collo per stringerlo. Lei mi strinse il collo, io non smisi di conficcarle il ramo nel ventre. Poi il ricordo si perde. Non rivedo più nulla...

Soltanto io e Giorgino ridotti come due cenci sulla sabbia. Sporchi di sangue, di liquidi schifosi. Aspettavamo che ci tornasse il fiato fissandoci, con la voglia di scambiarci un'impossibile parola.

... Per circa un anno, un malessere profondo dominò

ogni mio pensiero, ogni mia azione. È così che accade – dicono – dopo una violenza subita.

Giorgino non faceva che ripetermi:

«Liberiamoci da questo incubo. Diciamo tutto a qualcuno.»

«A chi? Ai tuoi genitori che si preoccupano soltanto di tirare avanti coi denti?»

«A tuo padre. Lui è uno che conta.»

Convinsi Giorgino a non parlarne con nessuno.

A parte mio padre, incombevano in me gli attimi in cui mi ero sentito un assassino. Un brivido paragonabile alla prima scossa di un terremoto. Sufficiente a sconvolgere un'esistenza.

Ho rimosso. Fino a quando la morte di mia madre – restituendo alla mia memoria episodi e dettagli sepolti – non ha portato alla superficie anche la violenza subita nelle sabbie del fiume. Durante la rimozione, tuttavia, quel raptus, quel brivido sono tornati ad afferrarmi in certe circostanze. Ogni volta, attimi più duri a morire degli anni.

...

Venne la sera in cui mio padre si vide di fronte Lisa come già era apparsa a me, anni prima, coi sintomi del suo male. Di nuovo si era truccata passandosi una pasta bianca sulla faccia. Mi tornò in mente quella sua domanda che mi aveva stranito:

«Secondo te, che colore ha la felicità? Bianco? Verde? Viola?»

In testa lo stesso cappello azzurro con un fiore di panno al centro. Alle mani, gli stessi guanti. Quel giorno, io l'avevo trattenuta, con la caparbietà del puro istinto, dall'avventurarsi così conciata fuori dall'interrato. Mio padre non ebbe, e non poteva avere, una reazione simile. Fu ingannato anche dalla proposta di Lisa:

«Stasera voglio andare a ballare il tango con te, Mario.»

Lui replicò:

«Ma come, è un'eternità che non andiamo a ballare insieme.»

«Appunto, per questa eternità...» spiegò mia madre. «Prima di questa eternità, il tango lo sapevi ballare molto bene. Mi sono innamorata di te anche per come ballavi il tango.»

Il Mario afferrò, in lei e in se stesso, un presagio che non andava contrastato. Doveva assecondarlo:

«Va bene» mormorò. «Ma come ti sei messa?! Quel cappello, quella faccia tutta bianca.»

Lisa fece un gesto capriccioso:

«Una bizzarrìa. Ogni tanto ci vuole.»

Lo disse ridendo. Subito tornò seria, distante. Emanava un senso di distanza da ciò che la circondava, che mise mio padre a disagio. Il disagio si trasformò in sconcerto, quando Lisa se ne uscì con domande strane:

«Ti è capitato qualche volta, in una bella notte d'estate, per esempio, di provare una grande nostalgia per una donna che non stava più con te, o che non avresti più potuto avere come prima?»

«Non so» balbettò il Mario. «Non credo. Un sentimento così mi è capitato di provarlo solo pensando a te. Ma tu stavi con me, e io ti potevo avere.»

«Già» si limitò a sussurrare Lisa. Poi, senza una pausa: «Pensi che io potrei tradirti?».

«No. Tu sei leale... Ma che stai dicendo? Tradirmi, tu. Non ci crederei nemmeno se lo vedessi.»

«Invece, potrei tradirti. Se...»

«Se?»

«Se fosse la mia testa a tradirti... E a tradire me.»

«Cosa cerchi di farmi capire? Spiegati.»

Mia madre tornò a ridere. Gli tese la mano:

«Dài, vieni... Portami al "Ballo Gardenia".»

«Ma devo vestirmi, prepararmi...»

«Mettiti la giacca e via. Il brutto, di te, è che sei bello comunque.»

Leo si stupì di vederli entrare al "Ballo Gardenia". Lisa

condusse il Mario in alcuni tanghi impeccabili. Di colpo si bloccò, esclamando:

«Andiamocene. Riportami a casa.»

«Ma se siamo appena arrivati...»

Lisa dichiarò:

«Il tempo dei tanghi è finito!»

Cominciò il tempo che vide Lisa entrare e uscire continuamente dalle cliniche, sparire per soggiorni più lunghi nell'Ospedale psichiatrico di C.

Il tempo in cui tutto doveva risolversi, fra me e mia madre, in poche battute:

«Come va? Tutto bene?»

Le rispondevo:

«Sì. Tutto bene.»

«Sono contenta.»

Il nostro dialogo non andava oltre. Nemmeno se ero a pezzi e avrei voluto gridarle: "No, non va tutto bene. Perciò, in nome di Dio, lasciale perdere quelle tue maledette ossessioni. Ascoltami, invece! Ascoltami!".

In quel tempo, il Mario fece sorprendenti passi avanti nella conquista della sua maturità di uomo. L'avevo visto terrorizzato di fronte a una clinica psichiatrica, quando Lisa aveva subìto il primo, breve ricovero. L'avevo ascoltato reagire, in quell'occasione:

«Sì, è vero. Ho paura... La pazzia mi fa paura. Proprio a me, che faccio pazzie di ogni tipo... Proprio a me. La pazzia, negli occhi di un essere umano, è mille volte peggio che vedere la morte.»

E aveva mandato me dentro la clinica. Ora, quando Lisa la riportavano a casa, apriva la porta della camera col cuore sospeso, sapendo di trovare mia madre a letto con le spalle girate, lo sguardo fisso al muro. Si fermava accanto al letto aspettando, paziente, che lei si voltasse e a fatica mettesse a fuoco la sua figura. Le sorrideva. Anche lei cercava di sorridergli.

Si sedeva sulla sponda, sfiorava la mano che mia madre teneva abbandonata sulla coperta. Mesi che non le chiedeva più: "Posso stendermi qui con te?". Ma rinunciare a questa domanda, allontanarla dall'anima, gli dava la stessa umiliazione della prima volta che se l'era sentita morire sulle labbra. Si limitava a sollevarle il mento e a dirle:

«Fammi vedere bene gli occhi.»

Lei obbediva e si offriva alla sua indagine. Mio padre penetrava, a fondo, nel suo sguardo smarrito. Voleva constatare se in quegli occhi, che mutavano dall'azzurro intenso al verde, persisteva, magari minima, una luce della ragione, oppure se il male, la leggera follia – "leggera", si ripeteva "leggera", per confortarsi e illudersi – l'avevano cancellata. Era col batticuore di sempre che insinuava, fra i battiti di quelle palpebre, la sua sete di capire; con la felicità di sempre che accertava come la luce resisteva, benché in un cantuccio, da bestiola acquattata.

Gli bastava questa minuta felicità. Dava a Lisa un bacio sulla fronte, le augurava di riposare bene e si avviava a uscire. Anziché usurarlo, il tempo aveva reso più ansioso, ai limiti del sopportabile, il momento che seguiva: ossia, vedendolo raggiungere la porta, mia madre lo chiamava per nome. Mio padre si girava, concentrando le forze nella stretta sulla maniglia. Questione di attimi, se ne rendeva conto, ogni mattina la sua sorte si giocava per una questione di attimi. Perché Lisa lottava per dirgli: "Vieni. Facciamo l'amore... Dimentichiamo tutto e torniamo daccapo". I due arrivavano vicinissimi alle parole, le labbra di lei ne avevano l'impercettibile movimento.

"Forza!" la incitava, dentro di sé, mio padre. "Cerca di farcela, stai per farcela, Lisa, forza..."

Poi le parole sfumavano per una frazione infinitesima e mia madre si voltava con un singhiozzo dall'altra parte. Allora, mio padre si chiudeva la porta alle spalle.

La guerra portò il Mario lontano. Missioni in Albania, in Montenegro, infine la prigionia in Germania, nei campi

di concentramento. A mia madre, nei periodi che la vedevano momentaneamente migliorata, arrivavano cartoline gialle stampate in tedesco, con le spiegazioni necessarie per inviare la corrispondenza. Lei non poteva rispondere perché non riusciva a decifrarle, né osava farle decifrare agli uffici competenti. Con un timore forse ingiustificato, ripeteva che le sorti del fascismo volgevano alla tragedia, ed era rischioso fidarsi: difficile distinguere chi già si affrettava a cambiare camicia da chi si manteneva coerente.

Il Mario sparì per qualche tempo anche a guerra finita, dopo che fu epurato.

Durante le assenze materne, ad accudirmi fu la madre di Lisa, l'Amelia. Ma c'era così poco in casa, doveva dividersi fra i suoi tanti figli, che avevano messo su famiglia e generato figli a loro volta.

Gli anni della mia prima adolescenza. Soprattutto di una mia solitudine a cui avrei dovuto rassegnarmi. Tutto congiurava in tal senso. Ma il mio carattere mi ha sempre impedito la rassegnazione. Anche senza sostegno affettivo, imparai a lottare con le circostanze, gli uomini e le donne che apparivano, ambigui, sulla mia scena.

Tirando le somme, a questo punto della mia vita, posso contare sul privilegio di non aver buttato nel pattume, nemmeno da ragazzo sbandato, niente di me, e di quel tanto che posso valere. Anche dopo il giorno che, all'Ospedale di C., entrai nella camera di mia madre, appena sottoposta alla tortura di un elettroshock, e Lisa girò la testa verso di me, mi contemplò con un sorriso estraneo, sollevò con uno sforzo il braccio per accarezzarmi la faccia. Mi disse:

«Hai degli occhi belli, lo sai? Sei davvero un bel ragazzo... Di chi sei figlio, tu?»

X

Continuo ad attraversare il mondo. A viaggiare, insieme a te.

Continuo ad aprirmi con una sincerità assoluta.

Vedi? Anche se il dialogo, fra noi, fosse sempre stato possibile, ti avrei taciuto la violenza che ho subìto. Non ne avrei condiviso le ferite. Sarei stato io, in questo caso, a negarmi il bene della confessione.

Il Leo è vecchio, ormai, ma vivo e vegeto come don Grazioli. Da tempo non recita più, con la sua compagnia, i fatti del mondo alle piazze. Ne parla fra sé e le ombre che lo circondano, in cui si rincantuccia. Ma resta uno specchio dove mi rifletto per non perdere il desiderio di raccontare a te, e attraverso di te agli altri, avendone io per primo sollievo e compagnia.

Resta poco da aggiungere. Ma quel poco conta.

Stanno uscendo notizie che probabilmente avresti preso con un'alzata di spalle. Titoli a tutta pagina: «Sorpresa, c'è un'altra Terra!». Astronomi dell'Istituto di astrofisica di Parigi hanno scoperto il pianeta più simile al nostro. A ventottomila anni luce di distanza da noi. Orbita intorno a una stella situata nella Costellazione del Sagittario. Gli hanno dato un nome in cifra che fa pensare a un conto bancario o a un codice fiscale: "Ogle – 2005 – BGL – 390LB". Ormai è così che qui vanno le cose, persino i grandi misteri che nascondono.

Mi fa sorridere parlarne con te. Ricordo le nostre pas-

seggiate, quando ti interrogavo con le domande che fa un bambino, e tu mi rispondevi, prima di seguire la logica e il buonsenso:

«Va bene, adesso ti dico. Però non dovrei... Ciò che si può spiegare in parecchi modi merita di non essere spiegato in nessun modo.»

Quando so che mi ascolti, guardo il cielo con uno stupore incantato.

L'idea di appartenere, attraverso di te, a un mistero incommensurabile, di percepire la conoscenza dell'infinito, mi dà la certezza che anche la mia nascita, che tu hai voluto, non ha confini. Ma ora alzo gli occhi e non provo nulla di tutto questo.

Sto di fronte al "Sarcofago".

La struttura di cemento armato in cui è rinchiuso il relitto della Centrale nucleare esplosa il 26 aprile 1986. Buchi e crepe continuano ad aprirsi, la pioggia s'infiltra, escono radiazioni e polveri.

Ho chiesto al giornale di spedirmi qui. È il ventesimo anniversario di una delle grandi tragedie della storia dell'umanità. La quantità di radiazioni liberate dall'esplosione di Chernobyl fu l'equivalente di quattrocento atomiche tipo Hiroshima e Nagasaki. La città morta di Pripjat è compresa all'interno del primo cerchio, mentre la città vecchia, da cui la Centrale ha preso il nome, è nel cerchio esterno. I due cerchi compongono la "Zona di esclusione". L'area contaminata è un inferno che la nostra Terra si porta nelle viscere.

Il cuore delle creature che sono rimaste non ha battiti, bensì il ticchettìo dei rilevatori di radiazioni. I sentimenti hanno il solo diritto di nutrirsi dell'abnorme. Le anime sono regredite al delirio del peccato originale. Questi fantasmi che si aggirano intorno a me, decisi a non abbandonare case e ricordi, si cibano di frutti, animali, pesci contaminati.

Questo è il vero regno della follia. Non dei singoli, ma della Creazione che qui è stata violentata nello stupore incantato, nel mistero incommensurabile che altrove, negli spazi cosmici, sono il suo privilegio. Perciò non riesco né

a parlarti, né ad ascoltarti. E mi chiedo quale Dio potrebbe mettere piede in queste strade dissestate che mi portano da Kiev verso la cittadina di Znamenka. All'Orfanotrofio Pubblico che ospita i figli reietti.

"I figli dell'Apocalisse", come il mondo li chiama.

Nati insieme alla tragedia, deformati dalla tragedia come i paesi che vedo sfilare, i ruderi scheletrici, le foreste rosse di piogge acide, resteranno incisi con questo nome nell'immensa lapide che è l'altra faccia della Storia. Figli venuti al mondo, in realtà, come aborti. Abbandonati dai genitori che non volevano avere, davanti agli occhi, l'orrore che essi stessi avevano generato. Figli-aborti viventi dell'Apocalisse.

Entro nell'Orfanotrofio e stringo la mano di Paviel. Ha vent'anni. È venuto alla luce, marchiato dalle radiazioni, dieci giorni dopo la catastrofe nucleare. Sta disteso in un piccolo letto, adatto a ospitare un bambino. Infatti, Paviel ha il corpo di un bambino di sette, otto anni. E nel letto accanto Vadim ha diciotto anni, ma succhia il latte da un biberon appeso sulla sua testa. Entrambi fissano il cielo che, in pieno giorno, è pallido, lattiginoso, sembra rischiarato dalla luna. Un vuoto assoluto nei loro occhi. Un vuoto che si insinua negli spiragli di luce che piovono su queste creature la cui gioventù decerebrata è chiusa nella prigione di mostruose forme infantili. È la memoria stessa dell'infanzia che ha perso coscienza di sé, e si è fermata insieme al tempo, facendosi corpo.

Come potrei parlarti, madre, avendo negli occhi i figli dell'Apocalisse?

Torno ad attraversare le strade di un mondo sconvolto per sempre, dove l'assenza dei sentimenti della vita diventa un concreto deserto. Al punto che sembra un miraggio una collina coperta di margherite, con lampi di papaveri qua e là. Il sole vi sta sorgendo come in ogni altro luogo del mondo dove non si è abbattuta nessuna catastrofe. È l'"Eden", spiega la guida. Aggiunge parole inadeguate alla visione che ci sta folgorando. Si potrebbe dire

che è il solo miracolo caduto in tempo dalle mani di un Dio disintegrato.

Nella fascia di trenta chilometri intorno al reattore esploso sopravvivono miracolosamente, appunto, questa collina, questa distesa di verde che il livello letale delle radiazioni non ha intaccato. È il rifugio di animali. Cervi, aquile, cigni, volpi, caprioli si sono riuniti qui, fuggendo dall'uomo costretto a sua volta a fuggire dalle proprie scelleratezze.

Fisso il tramestìo di uno scoiattolo su un albero.

E torno a parlarti, Lisa.

...

Tre anni fa, di questi tempi, eravamo qui a Parigi insieme, Lisa. Era sempre stato il tuo sogno un viaggio a Parigi.

«Ho sognato di andarci con tuo padre» mi dicevi. «Ma lui aveva troppo da volare.» Facevi seguire una risatina maliziosa: «A Parigi, io e te, come due fidanzati. C'è ancora tanta vita davanti a noi, vero? Lascia che mi illuda. Anche se non è che una menzogna».

Stavi bene. Ancora una volta, i tuoi pensieri erano tornati a rifiorire. Cose belle ti stavano capitando tardi. Troppo tardi. Ti venivano le guance rosse quando mi insinuavi il tuo sogno:

«Sarei contenta anche se mi ci portassi sulla canna di una bicicletta, come facevi con le prime ragazzette innamorate di te. Starei buona e zitta, sai, ti direi soltanto "pedala". Ti farei da fanalino.»

Non ti ho mai visto felice come in quella settimana a Parigi. Per le nostre passeggiate, ti preparavi con cura. Come quando, assente mio padre, proponevi a me, bambino: «Accompagnami al "Ballo Gardenia"». Ti prendevo sottobraccio, ti spiegavo che Parma era stata tracciata dal Petitot sulla falsariga di Parigi, e che il Petitot aveva ideato i boulevards che stavamo percorrendo. Ma tu preferivi sgusciarmi via, fra i negozi, i giardinetti, i piccoli teatri con scritte multicolori, la gente che risponde-

va sorpresa e sorridente ai tuoi cenni di saluto. Ti perdevo di vista, ti cercavo in mezzo alla folla, ma eri sempre tu, con la tua energia ritrovata, che mi sorprendevi alle spalle:

«Sono qui. Cos'altro c'è da vedere di bello?»

Ricordi quando ti ho portato a cenare alla Maison Rouge? Un ristorante che ti è piaciuto:

«Elegante, festoso, ispira buonumore.»

Avevo scelto un tavolo appartato, a lume di candela, una musica gradevole. «Un tavolo da amanti segreti» ti ho annunciato ridendo. E poi *Il Flauto magico*, all'Opéra. Lo hai seguito attenta. Ne abbiamo parlato fino a notte alta. Con acute osservazioni, mi hai intrattenuto sulle scene buffe, le parti drammatiche, i fiabeschi riti di iniziazione, le stregonerie e l'estasi.

«È mia sorella di fantasia, questa città. Mi piace anche che mi faccia sentire piccola, come una formichina.» Te ne sei uscita con una frase delle tue: «Per me è quel tutto che proprio nel poco o niente si assapora».

Prima di ripartire, scrutando la distesa di Parigi dalla terrazza dell'albergo, e poi andando con lo sguardo oltre l'orizzonte, ti sei chiesta:

«Che futuro avrà il mondo che sto per lasciarmi alle spalle?»

Quella tua domanda mi è tornata spesso.

Anche un mese fa quando, in un mio scappa e fuggi a Parma, ho visto Simone che pedalava euforico lungo un argine, accodato alla bicicletta della ragazza che gli ho fatto conoscere a Roma: lui la invita spesso, lei quando può lo raggiunge. Cercava di starle a ruota, con gli occhi fissi dove il vento le sollevava la gonna. La ragazza se ne rendeva conto e si sollevava impercettibilmente, lasciando che la gonna si alzasse quel tanto di più.

Accadeva anche fra noi, ricordi? Se mi portavi, ragazzino, a pedalare per i viali.

Simone è quasi diventato come tu lo desideravi. Ma

quale mondo futuro lo aspetta, con quella "normalità" che ci siamo tanto impegnati a fargli raggiungere?

La domanda mi torna anche in questi giorni a Parigi.

La città è sulle barricate. La Francia sta vivendo un'altra rivoluzione conservatrice, la contraddizione in termini di una nazione che insorge per non cambiare. È successo per il referendum europeo, per le riforme, per il servizio pubblico e le privatizzazioni. E succede oggi per il contratto giovanile di primo impiego, il provvedimento del governo contro cui si sta scatenando un gigantesco movimento di protesta.

La norma dello scandalo è la possibilità di venire licenziati senza giusta causa in un periodo di due anni. Per l'opposizione, il "Cpe" – *Contrat première embauche* – è una porta aperta verso la "precarietà generalizzata", un modo perverso di rendere cronico il disagio della generazione "no future". Duecentomila giovani per le strade, in mobilitazione contro il "Cpe". Devono vedersela, e duramente, con la polizia, ma anche con la "Racaille de France", la feccia, la teppaglia, come l'intollerante ministro degli Interni ha bollato i ragazzi delle *banlieues*, dove il disagio nasce anche dalle croci del ghetto e del razzismo.

... Ho scritto, qui, dei versi per te, Lisa:

Parigi
allontanò il gesto dell'amen, fu
ogni tua giornata col respiro del mondo
ogni tua notte
come il colore degli alberi dove sfumano i viali
– pregalo ora per me
quel Cristo
per noi, per tutte le ere, le età che abbiamo
... tu che ora lo puoi, guardandolo
persino negli occhi,

ma senza il sontuoso stupore di divino,
affabilmente
come il giorno schiarisce
su care tegole che colma una neve pulita
– credimi, puoi farlo,
non c'è azzardo in questo che ti chiedo.

XI

La casa di via Venti Settembre, a guerra finita, mi circondò con le sue stanze deserte come un grande mare dove, a tratti, apparivano, per subito scomparire, imbarcazioni misteriose o filibuste. La vedo così perché in quei mesi mi ero appassionato alle storie dei grandi navigatori, Magellano, Pigafetta, Caboto. Passavo il tempo a studiare, con buon profitto, a immergermi fantasticando nelle imprese marinare e, quando mi afferrava un'inquietudine che non capivo, a sfogliare il "Diario dei sensi" di mio padre.

Mi accadeva di notte, se solitudine e silenzio mi pesavano: salivo nello studio, mi arrampicavo per la scaletta collocata contro la libreria e sfilavo i quaderni. Li aprivo a caso, leggevo qualche riga, chiudevo trattenuto dal pudore. Come se fosse una profanazione curiosare nei segreti intimi di un grande navigatore, dell'aria anziché dell'acqua, che sembrava scomparso in chissà quale oceano. Mi inibiva proprio la sua assenza che inspiegabilmente si prolungava.

Lisa tornava a casa per qualche settimana, di nuovo spariva. Sua madre Amelia arrivava, provvedeva, si prendeva la mia biancheria sporca, se ne andava con le solite parole: «Per oggi e domani, il mangiare ce l'hai. Attento al gas. Chiudi la porta a chiave, la notte». Suonavano alla porta donne che chiedevano di mio padre, uomini che lasciavano lettere e buste con documenti. Anch'essi sostavano pochi minuti, poi si dileguavano con un'aria angosciata o minacciosa.

Riprendevo le mie letture. Un giorno arrivarono, trafelati, il Leo e don Grazioli.

«Stai tranquillo» esordirono.

Perché quella raccomandazione?

«Fra poco arriverà uno che chiamano Rama, e che è una serpe.» Il Leo mi chiese se ricordavo Bragone, lo squadrista: «Dovresti ricordartelo».

«Certo. L'ho visto anche morto sparato.»

«Ebbene» spiegò don Grazioli. «Quel Rama è un Bragone rosso. Con la sola differenza che è vivo, purtroppo.»

Si trattava dell'uomo che a guerra finita accusò mio padre di essere stato un fascista di quelli ciechi e violenti, e lo trascinò all'Epurazione, facendosi forte della sua autorità usurpata, vantandosi di eroismi inesistenti in una lotta partigiana che, in realtà, aveva vissuto più che altro da imboscato.

Quando Rama mise piede in casa, lo odiai all'istante con tutte le mie forze.

«Dov'è tuo padre?»

«Non lo so. Non lo sa nessuno.»

Sorrideva da verme, il suo tono di voce era da verme:

«Sai cos'è un'Epurazione?»

Gli dissi in faccia la frase che don Grazioli mi aveva fatto imparare a memoria:

«Gli epuratori sono la più bassa specie a cui l'umanità, in nome di qualunque ideologia, possa degradarsi.»

I vermi umani conoscono l'impassibilità. Rama si rivolse a don Grazioli:

«Gliel'hai insegnate tu queste belle parole? Stai attento, Don Lavanda, non fare il doppio gioco. I neri, sull'altare, ti mettevano il bottiglione con l'olio di ricino. Io sono capace di metterci una bomba.»

Cercò di reagire il Leo:

«Noi ti abbiamo sempre rifiutato, quando cercavi di entrare nel nostro movimento sovversivo. Ricordati bene. Ricordati che c'era un perché.»

Rama si limitò a squadrarlo con una smorfia:

«Gente come te non ha più voce in capitolo. È anticaglia. Libertari decaduti da retroguardia.»

Prese una sedia, si sistemò di fronte a me. Era beato nella sua tigna:

«Te lo spiego con calma. Perché so che sei un ragazzo intelligente.»

Mi parlò di un governo, il governo Bonomi, intenzionato a risanare la vita nazionale dal cancro fascista. Aveva emanato una legge in proposito. Ai più compromessi con il regime, avrebbero tolto il lavoro, e li avrebbero espropriati dei beni:

«Puoi dire addio a questa casa.»

Tornò più volte, Rama. Gli piaceva tormentarmi. E sperava di imbattersi in mia madre. Fortunatamente, il Leo e don Grazioli, informati delle sue irruzioni, si facevano trovare presenti. Come voleva, il Bragone rosso s'imbatté una volta in mia madre. Lisa gli sputò in faccia:

«Carogna!»

Gli gridò che mio padre, pur con le sue idee, era stato un uomo dall'anima pulita, il più contrario alla violenza. Aveva avuto amici di ogni ideologia, neri, rossi, biancofiore, tutti col rispetto che si deve a uno che ha vissuto da persona perbene.

Rama sembrava non udirla. Insisteva:

«Dimmi dov'è il Mario! Tu devi saperlo... Forse sta aspettando, nascosto in qualche parte del mondo, che arrivi l'amnistia, ma noi gli arriveremo addosso prima dell'amnistia. O forse ha messo su famiglia, chissà, in Etiopia, con qualche faccetta nera più bella e giovane di te. E da te, stavolta, non tornerà mai più.»

Lisa scattò su di lui. Se il Leo non l'avesse trattenuta, gli avrebbe affondato le unghie negli occhi:

«Io lo so, Rama... Conosco la ragione di tutto questo tuo odio! Senza intenzione, in gioventù, il Mario ti ha umiliato, perché sapeva correre sulla moto mille volte meglio di te, e piaceva alle donne mille volte più di te. Era il prediletto della compagnia degli amici. Mentre tu ti mangiavi il

fegato, credendoti imbattibile con la moto, irresistibile con le donne, e autorizzato a trattare gli amici con arroganza... Ci hai provato anche con me, e ogni volta ti mandavo in bianco. Benedetti quei momenti!»

Rama, impassibile:

«Ti rispondo con una domanda, Lisa. Da dove sei tornata due giorni fa?... Da un ospedale psichiatrico, se non sbaglio.»

Fu il Leo a organizzare il trasloco. Lasciammo la casa di via Venti Settembre. Tutto venne caricato dall'autotrasportatore. Tranne il "Diario dei sensi" di mio padre. Disposi io i quaderni nella cassetta. Non la consegnai a nessuno. Nemmeno al Leo, che mi chiese:

«Che hai lì?»

«Documenti del Mario.»

«Importanti?»

«Importantissimi.»

«Bada, allora, che non te li portino via.»

«Di questo puoi stare sicuro.»

Ci avviammo:

«Dov'è che si va?... Torniamo nell'interrato?»

Il Leo esitò prima di rispondermi:

«Dato che anche tu sei stato già abituato al peggio... quasi quasi ti dico: peggio.»

Il decreto legislativo n. 159 – "Sanzioni contro il fascismo" – entrò in vigore nel luglio 1944. Disciplinava l'Epurazione e il ruolo dell'Alto Commissariato che doveva vigilare sugli organi punitivi. L'Alto Commissariato venne soppresso due anni dopo e le sue funzioni passarono alla Presidenza del Consiglio dei ministri. Palmiro Togliatti, ministro di Grazia e Giustizia, concesse l'amnistia generale.

Due anni, dunque, di un processo poco incisivo. Sanzioni relativamente scarse. Molte invece le umiliazioni inutili, messe in atto a scapito dei meno responsabili, mentre numerosi fascisti importanti fuggivano addiritu-

ra all'estero. La storia dell'Epurazione, fenomeno ambiguo e arbitrario, resta ancora da precisare e da scrivere.

... Noi finimmo in quattro stanze fetenti al secondo piano di un edificio che avrebbe potuto definirsi una squallida zona franca fra una casa a luci rosse, sulla sinistra, e un bar malfamato, sulla destra. Un corridoio d'ingresso buio anche di giorno, un cortile furtivo come le sconcezze che vi avvenivano, ballatoi che dividevano alloggi che sembravano scavati sotto piccole volte come nicchie.

Metter piede nel corridoio, rincasando dopo la scuola o ancor peggio la sera, significava essere ghermiti dall'oscenità. I miei occhi assorbirono dettagli osceni a tal punto da affondarmi in un'assuefazione che si trasformò, per autodifesa, in una tormentosa mania del peccato. Crebbe via via l'assillo di essere anch'io, per ciò che ero costretto a vedere e a udire, un peccatore.

Correvo a confessarmi da don Grazioli. In quei mesi lo feci impazzire. Arrivai a confessarmi tre, quattro volte al giorno. Il mio istinto di narratore trovava sfogo dietro la grata del confessionale: qui perdevo la nozione del tempo e, lo riconosco, spesso il senso del limite. Trovavo un sollievo momentaneo nel descrivere, fin nei minimi particolari, le brutture di cui ero testimone.

Mi servivo anche di un'ironia, sottilmente perfida, di cui non ero del tutto consapevole.

«Figliolo, basta!» mi supplicava don Grazioli.

Come se non bastasse, invece, mi davo a leggere i testi più disparati sul tema del peccato, da quello originale in giù. Frugavo in pagine e pagine, senza distinguo, annotavo, sottolineavo: da san Bernardino da Siena a Martin Lutero, da Bernanos ai vangeli di Giovanni e Matteo, e via via.

Su don Grazioli, scaricavo anche il frutto delle mie analisi dotte. Il sacerdote arrivava al punto di propormi:

«Trovati un altro confessore. Se vuoi, te lo trovo io.»

«Mai. Mi sembrerebbe di tradirla.»

«Tradiscimi pure!»

Ma poi, affettuosamente, tornava ad accogliere l'autoflagellatore flagellante.

«Figliolo, hai finito?...»

«Non ho finito... devo aggiungere il momento, ora mi è chiaro, chiarissimo, quando lei, la ragazza, avvinghiata contro il muro al suo lui, si è di colpo messa in ginocchio, e io che stavo percorrendo il corridoio dove c'è un buio cane, ho urtato contro il suo sedere, allora la ragazza si è girata verso di me e, come se niente fosse, tutta gentile mi ha chiesto: oh, scusa, caro... Lo ha detto con grazia, capisce, don Grazioli? Una grazia sbocciata dal turpe di poco prima, che mi ha eccitato anche più degli atti osceni che i due stavano compiendo...»

«Mamma mia» sospirava il sacerdote.

Non demordevo:

«L'essermi eccitato per quella grazia, che poi ha continuato a tormentarmi tutta la notte, insieme al sedere nudo della ragazza, contro cui ero andato a sbattere, non rende più vergognoso il peccato in sé?»

Don Grazioli usciva d'impeto dal confessionale:

«Quante volte sei venuto a confessarti, oggi?»

«Solo tre.»

«E sempre sulla stessa scena...»

«I dettagli, capisce, i dettagli... Sono perfidi, i dettagli. Se non li dico, poi non mi danno pace.»

«Quanti atti di dolore ti sei fatto, oggi?»

«Una ventina.»

«Allora vai in pace, sei coperto almeno per cento dettagli.»

Ricordo quando, anziché fuggire via, don Grazioli, esausto, finì per abbracciarmi, provando sincera pena:

«Non fare come tua madre, ti prego. Sei pieno di fissazioni, e lo so, lo so, che tu non ne hai colpa e continuando sulla retta via non riesci a liberartene... Ma a questo punto ti dico: meglio finire in un bordello che in un manicomio.»

Tentai l'ultima carta:

«Ma perché non interviene lei, di persona, per far smettere quelle sconcezze?»

«E in che modo, col mitra? Ancora ti illudi... Se solo mi affaccio a quel corridoio, e l'ho fatto, sai, l'ho fatto, e con le migliori intenzioni... rischio di nuovo che qualcuno, maschio o femmina, mi dica: oh, guarda chi si vede, bravo don Grazioli, venga anche lei, venga! Si prenda un po' di libertà.»

Forse è così che va con l'inferno, uno se lo figura fuoco e fiamme, in realtà scottato dall'aldiqua, e si tormenta con l'idea del peccato, magari si fa martire per la paura di finirci, s'inventa religioni e riti, poi, quando ci mette piede, ci resta come un allocco e non crede ai propri occhi: i demoni, se esistono, aleggiano intorno, ma non più indecenti e vergognosi come in certi fabbricati scelti per l'Epurazione, vogliono pace, silenzio e pulizia nel loro regno. Uno la testa se la ritrova libera, briosa anche, senza manie di confessione, lacerazioni d'anima, il fosso è stato saltato, ed è vero che l'inferno è la carogneria dei vivi, come canta Eliot...

Avrei dovuto correre a informare don Grazioli. Aveva avuto ragione: si arriva al punto che è meglio il bordello del manicomio.

Finestre luminose, i muri non più cadenti, niente che trasudasse squallore, l'atrio invitante: nella "Casa a luci rosse". Non vedevo nemmeno luci rosse, meglio dunque chiamarla "Casa di piacere". La cucina era ampia, con piastrelle bianche, in bell'ordine, e deserta per non mettermi a disagio. Al centro, una tavola imbandita a dovere: semplicemente perché una simpatica signora modenese, la Teresa Rivara, si era accorta di un ragazzo che doveva arrangiarsi da solo persino con quel po' di cibo, e ad accudirlo non arrivava nessuno. Mi aveva incrociato mentre, di ritorno da scuola, stavo per rituffarmi nel corridoio buio, e mi aveva rivolto la parola con una benevolenza né materna, né insidiosa. Era soltanto benevolenza, non complicata da nulla:

«Vieni. Ti faccio preparare da mangiare. Non preoccuparti.»

E io mi ero seduto, e mangiavo, scomparse intorno le figure rimaste a far porcherie nell'edificio di fianco. Dissolte le tentazioni peccaminose, la tentazione, semmai, aveva l'anima del solicello che cadeva su anolini, culatello e grana, la torta fritta da godere calda e croccante:

«Mangia pure con calma. Dopo, quando vuoi, puoi andartene.»

Gocce di sudore mi spuntavano sulla fronte, mentre soffiavo sul brodo, mi portavo alla bocca il cucchiaio, con gesti che erano un dialogo finalmente sereno con me stesso. A tratti la porta si apriva, mi apparivano sorrisi incoraggianti che subito sparivano lasciandomi alla mia pace. Di fronte a me, anche una bottiglia di malvasia, il nocino fatto in casa.

Mangiavo, ringraziavo, uscivo. Sapevo che i clienti andavano e venivano, ma non li vedevo, non li sentivo; che la benevola signora Rivara era una maîtresse, latitante da anni, ma in discreta complicità con la polizia; che c'erano belle ragazze, anche studentesse e casalinghe, in vena di arrotondare o combattere la noia, ma non vedevo, non sentivo nemmeno loro.

Il vademecum posto nell'atrio ne mostrava le fotografie e, in dettaglio, misure e prestazioni. Passando, sfogliavo il vademecum, ma senza curiosità morbose. Nemmeno quelle immagini intaccavano l'atmosfera di benevolenza che mi avvolgeva. Clizia, Malìa, Doriana, Ramona, Mara, Ines, e via via. Mi facevano sorridere – con un sorriso di buona disposizione d'animo – i loro nomi di battaglia, inventati e scarabocchiati dai clienti con peculiare ironia padana: "Via Lattea", ad esempio, per le sue tette a boccia di cristallo, o "Chiappetta", o "Credimi, non sono capace di mentire!", dall'omonima canzone a tango, o "Scimitarra rovente", e persino "Lacrima Cristi", che fotteva e poi pregava Dio piangendo pentita.

Colpa della malvasia, e come accade quando si acquista

confidenza, smisi di andarmene dopo aver mangiato. Anziché tornare nel corridoio buio, mi inoltravo, tranquillamente come ci si avvia a fare quattro passi, per corridoi al contrario puliti e illuminati bene. Un pomeriggio, mi decisi ad aprire qualche porta, senza contare in scene particolari, sempre con disinvoltura.

In una vasta camera, come fantasmi appesi alle stampelle e ai ganci, nuvole di crêpe, organdis, voile imprimé, costumi cuciti per l'intravisibile, pagliaccetti che sembravano ricci di mare, rossi, violetti, gialli, confusi con biancheria talmente normale e borghese da diventare eccitante per contrasto. Immaginavo un palcoscenico, con recite non turpi, piuttosto da *Flauto magico* un po' azzardato. E mi inebriavano le essenze sparse ovunque: alla rosa, al ciclamino, alla gaggia. Flaconi e cofanetti. Anche i profumi avevano nomi di ingenua seduzione: "L'heure attendue", "Moment suprême", e per gli incensi "Rêve d'or".

Continuavo a chiedermi: ma dov'è questo inferno?

Non lo vidi nemmeno entrando in una saletta rettangolare, col pavimento a scacchi bianchi e neri. Parma resta, storicamente, metà spagnola e metà francese. Si giustificavano, dunque, altre scritte sormontate da riproduzioni, non del tutto grossolane, di affreschi di Pompei: la Francia libertina invitava ai "Goûts particuliers", si dichiarava "Au service des amours fantastiques". C'era soltanto un uomo, magro, un po' ingobbito. Sedeva da una parte, in un divanetto. Cercava di dissimulare il suo disagio nevrastenico con gesti automatici per spingere indietro gli occhiali che gli scivolavano fino alla punta del naso. Mi sbirciò fra le dita:

«Beato te, ragazzo mio.»

Non gli chiesi perché, a suo dire, avrei dovuto essere beato, ma dal momento che in effetti una punta di beatitudine mi animava, gli risposi anch'io a capocchia:

«Non si butti così giù.»

Ero padrone di me, delle mie fantasticherie, e lo rimasi, senza ancora riuscire a vederlo, questo benedetto in-

ferno, allorché aprii un'altra porta. Contro il chiarore della finestra, una donna teneva la testa piegata sul ventre di una splendida ragazza che la stringeva a sé. Al centro del letto, avevano la posa perfetta di certe raffigurazioni nei templi orientali. Cercai di capire se poteva trattarsi di "Via lattea" e di "Scimitarra rovente". La donna sollevò gli occhi da quella che, in virtù di un regale attributo, doveva essere "Scimitarra rovente", e benevolmente mi chiese:

«Va tutto bene?»

«Tutto bene.»

«Non ti impressioni?»

«No. Non mi impressiono.»

«Vieni, allora. Entra.»

Scoprii, in quei mesi, in che modo gli eufemismi per tabù della mia terra si traducono in atto: come si fa per "andare a coscioso", come si dà un senso al "crescinmano", come si entra, senza sbagliare passo, dentro "al nùmor dla cà", il numero della casa natale, avendo il gergo disposto che "al nùmor dla cà" debba essere segnato fra le gambe di una donna.

Tutto questo senza che la benevolenza, come ho cercato di figurare nel suo molteplice manifestarsi, venisse meno. Anzi, si fece più intensa, uno stile, un modo di essere se stessi in faccende che fino ad allora avevo percepito piene di tensioni, contorsioni.

Entravo anche nella camera di "A t'è capì?": la Virginia Mori, padana di San Secondo, che alla fine dei rapporti chiedeva a tutti: «Hai capito?». Che c'è mai da capire, rispondevano infilandosi i calzoni. Ma lei poneva la domanda con due occhi da tigre ballerina, per cui uno veniva preso dal dubbio, e stava coi calzoni in mano, a fissare "A t'è capì", già accovacciata sul catino, rimuginando: che ci sia davvero qualcosa da capire in queste quattro appolpate che ho fatto?

Interveniva la signora Rivara:

«La devi smettere, Virginia, perché qui vengono per

l'opposto, per non capire e far riposare il cervello, siamo d'accordo?»

«Va bene, ho capito» rispondeva "A t'è capì".

Di nuovo con due occhi che anche alla signora Rivara andavano di traverso, e per un po' reggeva quello sguardo, poi usciva con un'alzata di spalle, sbattendo la porta. Avrebbe volentieri sbattuto fuori lei, Virginia, col suo interrogativo planetario, dato che capire faceva paura anche a una latitante in discreta complicità con la polizia, ma la Mori era un tipo di creola con le voglie sempre a volo di falco, dove mai ne trovava un'altra? Perciò scendeva lo scalone, esclamando:

«Capiremo, Virginia, un giorno capiremo per farti contenta.»

Io, invece, fui aiutato a capire. A chiarirmi meglio ciò che avevo intuito. Tornavo alla domanda che mio padre aveva posto a Lisa, una notte lontana, nell'interrato:

«Chissà com'è, con le donne, un uomo che per metà è me, per metà è te.»

Già. Io ero il Mario e mia madre insieme. Ma esisteva anche quel "framezzo", o zona franca, che si insinuava fra i due. Mi fu chiara l'assenza che avevo sempre avvertito curiosando nel "Diario dei sensi" di mio padre. Alla mentalità del Mario non si erano mai nemmeno affacciate le ipotesi della trasgressione che la benevolenza stimola, ma non esaspera. Era sempre stato tetragono nella sua salda sessualità. Paradossalmente, un donnaiolo di fermi princìpi, legato alla morale comune: le sue violazioni, le sue inosservanze, il gusto stesso che ne provava, non erano frutto di una libera inventiva, ma infrazioni al codice, sue implicite conferme.

... Incrociavo don Grazioli che, appena mi avvistava, provava l'impulso, comprensibile, di perdersi in una stradina laterale. Quando si rese conto che io continuavo per la strada mia e fingevo di non vederlo, fu lui a fermarmi:

«Non pecchi più?»

«Esatto» gli risposi restando sul vago.

Volle sincerarsi:

«Mi stai dicendo che non corro più il rischio di vederti piombare in canonica a ripetizione? Dimmi che è così.»

«Tranquillo, don Grazioli.»

«Quanto mi hai fatto penare...»

«Lo so. E mi pento... Se vuole, torno a confessarmi per il piccolo strazio che le ho procurato. I dettagli possono essere mille.»

Tornò immediatamente sulle sue:

«Per carità. Rientrava comunque nel mio ufficio... Lo vedi, lo vedi, che sei guarito dalla malìa del peccato?»

...

... E così lo trovai, rincasando in quelle quattro stanze fetenti, quando non ci speravo più, e lo credevo scomparso per sempre da me, come pensavo di essere scomparso anch'io dalla sua memoria, e già cominciava il rimorso per non essere riuscito a superare il segno, quel segno, a essergli amico d'anima, a sentirlo almeno caldo quel nostro legame di sangue, se non proprio stretto come tutto ciò che si prova nelle viscere... Sentirmi una parte sua, e che lui mi sentisse una sua parte, magari anche come un braccio amputato che duole.

Non lo vidi subito.

Stava seduto in un'ombra d'angolo, non si era tolto nemmeno il cappotto. Era lui, il Mario. Mi dissi che non poteva, non doveva essere invecchiato. Che a farlo apparire invecchiato era il peso di una grande stanchezza che era costretto a portarsi sotto il cappotto, e il peso di un se stesso deluso che non amava più.

Anche il Mario non mi guardò subito. Girò la testa per scrutare le ombre, i muri, ogni cosa che rendeva quella desolazione insopportabile. E prima di guardarmi, disse fissandosi le scarpe:

«Ti chiedo scusa.»

Non so quanto restammo fermi, imprigionati dallo

squallore, per diventarne coscienti fino alla nausea. Poi mi pregò:

«Vieni qua, per favore.»

Appoggiò la fronte contro il mio corpo. D'improvviso, mi trovai stretto nel suo abbraccio, e io lo ricambiai, abbracciandolo. Mio padre voleva che, stringendolo forte, lo sentissi nelle ossa, nella gracilità delle spalle dimagrite che nascondevano i polmoni non più in grado, in quel momento, di star dietro a quella che era stata sempre la sua voglia grande di respiro, nel cuore che batteva debole, nelle costole che sembravano una gabbia sullo stomaco.

Voleva che facessi mio il suo corpo, quasi potessi farlo entrare dentro di me, come lui faceva suo il mio corpo, e per un istante i suoi occhi si accesero di felicità, come se davvero il respiro dei miei polmoni fosse entrato nei suoi polmoni, e il mio cuore dai battiti scanditi fosse entrato nel suo petto, e i muscoli delle mie braccia nelle sue braccia che cercavano di stringermi con tutto il vigore che gli restava.

C'era voluta una vita per sentirci, finalmente, un padre e un figlio.

XII

«Credo di essere stato un buon padre.»

Sorrideva, Lisa.

Erano passati anni. Anche lei aveva fatto ritorno a casa, come un condannato innocente dopo una lunga detenzione. Il dialogo, fra noi, era ripreso. E io, finalmente, me la vedevo davanti come la ricordavo madre giovane. Con la stessa vitalità di allora. Era resuscitata da ossessioni e tenebre senza subire il logorìo dell'età. Come se il tempo non fosse passato. Persino il suo corpo rifioriva, mentre si erano spenti, per estenuazione e vecchiezza, i fantasmi che l'avevano torturata. Tutto contribuiva a farle recuperare i giorni belli, riprendendone il filo dal punto in cui si era spezzato.

Così potevo raccontarle di come avevo fatto da padre al Mario, dopo il suo ritorno da un'assenza che, per me, sarebbe rimasta misteriosa.

«Mi sono ritrovato fra le mani un bambino, Lisa.» Precisavo: «Mi sono ritrovato il Mario come il bambino che io ero stato».

Un'identità sconcertante. In molti dicevano:

«Uccidiamolo. Lui e gli altri della sua ghenga vanno buttati alle ortiche. Perché devono vivere?»

Eppure, era senza colpe. E come era successo a me, il Mario sbatteva contro il rifiuto irragionevole, l'estromissione dalla normalità per partito preso. Conosceva l'umiliazione di battere alle porte per essere riconosciuto, di

nuovo, nel suo valore di uomo dell'aria, dalle imprese memorabili. Crollava, intorno a lui, l'infanzia dei miti, che è la stessa sia per un ragazzino dotato di un talento immaginoso, sia per un navigatore dei cieli che ha concepito le sue fantasie attraverso le nuvole e salendo alle altezze dove gli uomini hanno collocato i propri dèi.

«Credo di averlo educato bene.»

«E in che modo?» chiedeva Lisa.

«Come avrei voluto, da piccolo, essere educato io. Con la briosa ironia che mi hai insegnato tu, quando ti è stato possibile.»

Le raccontavo episodi che potevano apparire banali, ma non lo erano. S'incantava ad ascoltarli.

L'Armando della Madonna della neve era intervenuto a favore del Mario, che era rimasto senza lavoro. L'aveva fatto assumere, come tuttofare, al piccolo aeroporto di Parma, il "Natale Palli" (un aviatore spericolato che aveva guidato l'aereo di D'Annunzio su Vienna). Il Mario rincasava e, per non darmi dispiacere, cercava di dissimulare le mortificazioni quotidiane che era costretto a subire:

«Sai, arrivano certi industrialotti ricchi e gradassi, ostentando femmine costrette a subire la loro volgarità in cambio del loro denaro. Sono giovani e belle, senza un difetto. E mi chiedo come facciano a buttarsi via con tipi del genere. Ma il mondo, oggi, è così che va... Mi dicono, trattandomi come un pupazzo: "Dài, campione, portaci sull'aereo, mostraci dall'alto la città, e poi il Po fino alla foce, così le nostre ragazze imparano a staccare i piedi da terra, loro che i piedi per terra ce li hanno troppo, insomma una sensazione nuova".»

«E tu li porti?»

«Sono obbligato. E mi sento un servo di troie e di arricchiti.»

«Fagli rizzare i capelli in testa. E non sarai più un servo.»

Gli ricordavo quando la gente pagava per assistere alle sue esibizioni: giravolte, picchiate, risalite, tuffi nel vuoto quasi a sfiorare i tetti delle case:

«Eri tu, Mario. Come quel giorno della partita Ambrosiana-Bologna, quando mi hai insaccato in una maglia nera che mi arrivava fino ai piedi, a fare da mascotte tutt'intorno allo stadio come un pirla, mentre tu non sei mai stato così grande. Hai sfiorato le gradinate, e la folla ammutolita, poi eccitata, e poi tutta un boato. Io ti ho odiato, quel giorno, perché mi avevi ingannato e ti eri servito di me, ma persino io, alla fine, ho dovuto applaudirti e riconoscere che eri davvero un matto superbo.»

Mia madre ascoltava e scuoteva la testa, come se il Mario fosse stato fra noi, bambino.

«Gli ridavo carica, Lisa. Lo pungolavo: "Forse ti sei dimenticato come si fa il funambolo, l'acrobata da applauso?".»

«È un'arte che non si dimentica. Ma se poi gli faccio rizzare i capelli in testa, e va a finire che mi cacciano anche da tuttofare?»

«Sbagli. La folla è femmina, Mario. Se si eccitavano le folle, si ecciteranno anche le squinzie di quei baluba pieni di soldi. Magari, i capelli si rizzeranno in testa ai baluba, che però saranno costretti a non darlo a vedere, per non passare da codardi agli occhi delle loro conquiste. Così ti vendichi.»

«Dici che posso osare?»

«Osa e vai!»

Tornava tutto contento, il Mario, e mi ringraziava:

«Era proprio l'uovo di Colombo. Mi sono scatenato a dovere. Poi, toccata terra, le ragazze erano tutte in calore. Mi baciavano, mi stringevano facendomi sentire i loro corpi, che se avessi voluto... Mentre loro, i volgari dall'assegno in bianco in versione erotica, erano bianchi in faccia più dei loro assegni.»

«Visto?»

«Sì, visto. Però...»

Mi insinuava che – però – addio grandezza vera, addio anima.

«Verranno anche quelle, Mario. L'importante è comin-

ciare, l'importante è che le donne ti dicano "ancora, ancora", come quando, insomma, ci siamo capiti, se non le conosci tu le donne... E che si parli di te come di uno che, se vuole, sa essere ancora un fenomeno.»

«Da circo...»

«E va bene, da circo. Per ora, Mario, per ora. Ma meglio questo che farsi trattare da servo.»

Spesso era lui a chiedermi:

«Ci beviamo un caffè insieme? Hai tempo? Ti va?»

Andavamo a sederci di fronte, al tavolino di un bar. Ma com'era diverso da un tempo. La prendeva alla larga. Con pretesti, silenzi. Per arrivare al punto. E io lasciavo che fosse lui a trovare il coraggio di affrontare gli argomenti che gli stavano a cuore:

«Come si prendeva cura di te, Lisa... quando io non c'ero? E non c'ero quasi mai...»

«Vuoi sapere come si comportava con me da madre sola anche dopo che l'avevi sposata?»

Gli occhi del Mario si accendevano, nonostante il disagio che provava:

«Ecco, sì. I vostri segreti. Cercavo di immaginarli, i vostri segreti. Che vi aiutavano in mia assenza. Ero certo che esistevano. E non fraintendermi se ti confesso che me ne sentivo escluso.»

«Ti interessa sapere soltanto di me e di lei, Mario?»

Chinava la testa. Esitava.

«Mario, i segreti per sopravvivere esistono. Ma esistono in noi anche desideri che ci sembrano irragionevoli come sogni. E proprio perché li riteniamo tali, il pudore ci impedisce di esprimerli.»

«Non ti capisco.»

«Devi capire, invece. Ormai devi capire... Tu hai desiderato che Lisa non fosse soltanto la donna della tua vita. Preferita fra le tante donne che hai avuto. Tu hai sempre sognato di avere una madre come Lisa, e di essere al posto mio, per averla come madre.»

Mi fissava. Istanti in cui gli si chiarivano emozioni accantonate negli anni.

«Io e te, pensa, fratelli. Il cerchio che si completa. Due figli di Lisa. Educati da Lisa... In tempi che avrebbero potuto essere sereni, e non lo sono stati. Sto parlando a vanvera, Mario?»

«No. Non stai parlando a vanvera. Ma ci sono cose che, per capirle, bisogna sentirsi un po' bastonati. Peccato che, proprio adesso che la mia testa si sta aprendo, lei non sia qui con noi.»

«Tornerà, Mario.»

«E se non dovesse più tornare? Se restasse per sempre prigioniera di quell'ospedale?»

«La vedremo tornare. Presto.»

«Sai, sto davvero ritrovando me stesso. Mi dico: morirò con la vitalità che mi spingeva a rischiare, a superare l'oceano su aerei come giocattoli. E questo mi consola. Perché io so, e l'importante è saperlo... anche se gli altri non sanno, o fingono di ignorare. Alla gente, a questo paese, che sta naufragando nella mediocrità perché crede di salvarsi solo col compromesso, mancano uomini capaci di riconoscere le proprie debolezze, di pagare di persona, a faccia franca, ma capaci anche di qualche grandezza... Essere grandi non significa essere perfetti, significa tante cose, persino essere combattuti, umiliati. Perciò anche questa umiliazione mi consola.»

Mi afferrava le mani:

«Fammelo sentire che un po' ho ragione. Che riesco a capire qualcosa che vale. Fammelo sentire, ti prego.»

Gli stringevo, a mia volta, le mani.

Partii da Parma, mi spostai a Roma, dove avrei lavorato nella cronaca nera del "Messaggero". Cominciai a guadagnare. Ci fu possibile cambiare casa ancora una volta. Le stanze, ora, si affacciavano sul torrente, spaziose, ma disponibili anche a quell'intimità familiare che l'appartamento di via Venti Settembre ci aveva negato.

Mi preoccupai che mio padre potesse ritrovarsi in uno studio come l'aveva sempre desiderato. Avevo negli occhi ogni particolare dello studio dov'ero andato a frugare nei quaderni del suo "Diario dei sensi". Riuscii a trovare mobili pressoché simili. Un ampio tavolo da lavoro. La libreria dello stesso stile, con la scaletta mobile, e ben disposte le file dei volumi di cui ricordavo i titoli. Le due lampade collocate nei medesimi punti. Ovviamente, l'armadio a vetri dove collocare i trofei: i riconoscimenti, le medaglie, i cimeli recuperati da cantine, magazzini.

Lasciando aperte porta e finestre, la corrente d'aria spalancava l'armadio, e si muovevano al vento, come acquistando vita, le divise azzurre e le tute da aviatore. Sciarpe da ufficiale, appese, prendevano a sventolare, trasformandosi in segnali di saluto. Le sciabole scintillavano, e luccicavano le visiere. Al centro dell'armadio, una divisa sembrava arrogante e cosciente dei suoi alti gradi, delle sue decorazioni.

Così lo vide il Mario, la prima volta che lo portai a visitare quello che ritenevo il mio piccolo capolavoro: a specchio di ciò che era stato, della sua memoria a cui si offrivano i giusti pretesti per uscire dalle ombre dell'umiliazione e ritornare orgogliosa:

«Ecco il tuo studio! Come hai sempre sperato di riaverlo.»

Era commosso alla maniera sua. Quando s'inteneriva, anche ai tempi migliori, il Mario girava via la faccia, fissava il vuoto, per non mostrare gli occhi che affondavano in una luce liquida:

«Grazie. Te lo dico con tutto me stesso.»

Avevo calcolato bene i tempi. Li avevo calcolati col sesto senso. Andai a chiudere le finestre, tirai le tende, spensi la luce centrale. Restammo al buio. Dissi:

«Bene. Possiamo andare.»

Mi avviai. Ben sapendo che lui avrebbe avuto un'esitazione, e sarebbe rimasto fermo alle mie spalle. Così accadde, infatti.

«Cosa c'è?» gli chiesi. «Non vieni?»

Avevo calcolato che il buio gli avrebbe consentito di vincere il pudore, spingendolo ad aprirsi:

«Ti dispiace se ti dico una cosa?»

Restai in silenzio, aspettando.

«Io lo sapevo, sai... Lo sapevo che tu venivi a leggerlo, il mio Diario. Ma continuavo a scriverlo, lasciando i quaderni dove stavano. Perché mi dicevo: "Così conosce una parte di me", quella parte che, come mi hai spiegato, ci appare un sogno irragionevole, tanto segreta che ci manca il coraggio di confessarla... E mi dicevo anche: "Che legga pure, così impara come sono le donne, come ci si deve comportare con le donne, o almeno come mi sono comportato io, o sono stato costretto a comportarmi. Forse da ingenuo, forse da spaccone".»

«Non parlavi soltanto di donne, in quel Diario. Ci sono pagine, che considero le più belle, anche su ciò che ti capitava, e te ne capitavano tante, sui tuoi viaggi, su un'Italia che stava per essere dissolta in rovine, e per te non è mai stata il bel paese dove il "sì" suona. Al gagliardetto non sei mai riuscito a dire né "sì", né "no".»

Lo sentivo respirare al buio. Respirava affannosamente, con la gola stretta:

«Peccato che il Diario sia andato perso... Chi ha organizzato il trasloco da via Venti Settembre?»

«Il Leo.»

«Forse, chiedendo a lui...»

«Inutile chiederglielo, Mario.» Lo pregai: «Accendi la lampada sul tavolo».

Accese la lampada. Mi sembrò che il suo volto, rischiarato dal basso, fosse tornato lo stesso di quando mi spiava attraverso il tramezzo dell'interrato, e di lui non vedevo che un occhio, un grande occhio che combaciava col mio:

«Quando andavo a frugare, la notte, e tu non c'eri, accendevo questa lampada. Salivo per la scaletta... Avanti, sali anche tu. Fallo.»

Mio padre si inerpicò per la scaletta: sorrideva, aveva intuito.

«Spostavo i libri, là, sulla sinistra... Spostali, Mario.»

Lo vidi spostare i libri. Sfilò uno dei quaderni nascosti dietro. Lo sfogliò dicendo:

«C'era un altro motivo, forse il più importante, che mi spingeva a scrivere...»

Lo interruppi, e parlai per lui:

«Perché pensavi che, alla fine di una vita, avresti potuto sentirti di nuovo giovane leggendo quelle pagine scritte con la mano ancora calda di amori appena goduti, di imprese appena compiute. Saresti tornato a vivere ogni istante che vibrava di te, assorbendo il calore del sangue che il Diario sprigionava.»

Di nuovo mi fissava, come ipnotizzato. Gli spiegai:

«Ecco, in questo momento ti sto parlando con il sesto senso che Lisa mi ha insegnato. E l'avrebbe insegnato anche a te, se ti fosse stata madre, o meglio se ti fossi comportato un po' da figlio cosciente del suo potere. Ma tutto torna, Mario, se è destino che torni.»

Il Mario prese a sfilare altri quaderni. Riconosceva le annate dai colori delle copertine. Poi si trovò fra le mani un quaderno dalla copertina contrassegnata da un punto interrogativo:

«Quel quaderno non l'hai scritto tu» gli spiegai. «Sono io che l'ho aggiunto. Perché volevo che il "Diario dei sensi" fosse mio e tuo insieme... Un "Diario dei sensi" a due. Ti dispiace?»

«E cosa riporta?»

«Storie mie. Di donne, e non solo. Anche la storia di una con cui ho fatto l'amore soltanto per un motivo: dal Diario avevo appreso che era stata con te e, per citare una tua frase, "ti aveva mandato in paradiso".»

«Chi?».

«La Franca Gherardi.»

Stavo mentendo. Non avevo mai conosciuto Franca Gherardi, l'avevo soltanto vista quando passava per piazza Garibaldi, e tutti si dicevano: "Il sangue non è acqua". Le pagine che avevo scritto su di lei nel quaderno, descri-

vendo una notte infuocata, erano pura invenzione. Il Mario mi chiese:

«Ha mandato in paradiso anche te?»

«Sì.»

«E che ti diceva, se posso saperlo, che ti diceva? Perché ricordo che sapeva anche parlare, la Franca, mentre... Una di quelle che, per spedirti in estasi, usano le parole come il resto. E sono poche.»

«Mi diceva: "Il Mario dovrebbe essere contento di avere un erede come te".»

«Proprio così?»

«Esattamente. Ma subito aggiungeva...»

Lo lasciai un attimo sospeso. Fra impazienza e un po' di apprensione:

«Cosa, cosa...»

«Però, il Mario... Uno come il Mario! Pur con tutto il rispetto per te, il Mario resta il massimo.»

«Davvero... queste parole?»

«Davvero.»

Tornavo a Parma. Brevi soste per starmene a parlare con mio padre, per andare insieme a lui a trovare mia madre. Il Mario mi accoglieva col suo solito modo di salutarmi:

«Come va la rondinella? Vola al meglio?»

«Al meglio.»

«Ottimo. Vuol dire che sei in salute. Quanto rimani, stavolta?»

«Me ne vado dopodomani.»

«Dove, di bello?»

Gli rispondevo di nuovo inventando, per fargli piacere: l'India, o l'America (dove – precisavo – ci sono ancora strade che ricordano la grande Trasvolata), o il Tibet, o l'Australia.

«Ti invidio. E un giorno o l'altro mi devi portare. Un viaggio noi due soli, un viaggio senza fine, col cuore in pace finalmente, nel posto più misterioso del mondo. Un ultimo regalo. Giura che ci posso contare.»

Glielo giuravo. Quando mi chiedeva di descrivergli i miei vagabondaggi, i più avventurosi, gli replicavo:

«Proprio a te, che ne hai fatti mille, e mille volte più avventurosi dei miei.»

«Tanti, sì: un altro sfizio che mi sono tolto. Un tempo te li raccontavo, ricordi? Ma tu, allora, eri troppo piccolo. E poi ce l'avevi con me.»

«Però posso dirti che sapevi raccontarli bene. Come favole.»

«Perché favole erano. E io per primo, anche a raccontarli, ne restavo affascinato.»

«E con Lisa? Nemmeno una parola.»

«Mi sentivo in colpa. Spedizioni, raid, esibizioni aeree qua e là, mi allontanavano da lei, e avrei dovuto decantarglieli?»

«Forse le sarebbe piaciuto che tu le dessi un po' di favola. Che tu riuscissi a incantarla dimostrandole che non tutto il mondo fa paura. Ha anche le sue meraviglie, a saperlo vedere.»

«Non lo capivo. E quando l'ho capito, era troppo tardi.»

«Tu credi? Perché non provi a raccontargliele ora, certe meraviglie del mondo.»

Mi guardava incredulo.

«Quando vai a trovarla, prova. Non startene seduto accanto a lei, in pena, in silenzio. Lei se ne rende conto, e questo la fa sentire ancora più vittima del suo male... Lisa che ha sempre avuto una grande fantasia. Tanto grande che non può essere totalmente scomparsa. È viva, Mario, in qualche punto della sua testa vive.»

Era difficile convincerlo. Provavo con l'ironia:

«Ti ho mai mentito, da quando ti faccio da padre?»

«Eh, già.»

«Dici "Eh, già" come io rispondevo a Lisa, e lei mi rimproverava: "Quando fingi di approvare con un 'Eh, già' significa che non approvi affatto. E questo mi dà sui nervi".»

«Va bene. Non mi hai mai mentito. O se l'hai fatto, l'hai fatto bene. Il fine giustifica i mezzi.»

«E allora siediti accanto a lei, e prova. Devi umiliarli, i suoi pensieri malati, dimostrandole che non sono invincibili, si possono battere. Cerca di afferrare quel filo, anche se sottile, della fantasia che Dio le ha dato, e fallo uscire con pazienza dalla sua radice, fallo crescere, fiorire... Raccontale, con quel piacere convinto che provavi con me, anche se non ti davo retta. Lei, vedrai, ti darà retta. Falle sentire profumo d'Oriente, di favola misteriosa, perché il mistero non è morto dentro la sua testa, spiegale gli enigmi affascinanti delle origini del mondo. Tu che hai avuto il privilegio di volarci in quei luoghi dell'origine, dove tutto è stato nascita alla vita... Torna ad attraversare il mondo per lei, portandola per mano da un paese all'altro, da una realtà all'altra. Incantala, Mario, come incantavi la gente inventandoti le tue acrobazie. Eri un attore applaudito perché interpretavi le infinite possibilità dei cieli. Torna a esserlo per Lisa.»

Ho ancora negli occhi la visione del Mario che, dandomi retta, sedeva accanto a mia madre che lo ascoltava, in poltrona, attenta, davvero un po' incantata. E a tratti le spuntava un sorriso sulle labbra, di cui lei stessa si stupiva. Il Mario si afferrava a quei sorrisi, e ripeteva fra sé: "Ha sorriso".

Le due teste vicine.

La testa di Lisa che finiva per appoggiarsi sulla spalla del Mario, che continuava a raccontare.

Mio padre non avrebbe voluto che la città lo seguisse in quel modo.

Lisa aveva avuto ragione. A seguirlo c'era una folla che si portava nel passo un sincero dolore, amici di ogni idea, rossi, neri, biancofiore, radunati dal rispetto che si deve a un uomo che ha vissuto da persona perbene attraverso le più diverse esperienze.

C'erano i parmigiani che avevano imparato a volergli bene dopo averlo conosciuto al di là del sentito dire. È questo che conta. E almeno di questo potevo vantarmi: di aver favorito, in suo nome, la conoscenza essenziale che ha un rapporto essenziale con l'esistenza.

Ma il Mario avrebbe voluto che tutti gli andassero dietro in altro modo. Nei suoi ultimi istanti mi aveva confessato che sarebbe stato felice di vederlo dall'alto il suo corteo funebre, di essere portato nel viaggio finale da un aereo, anche un aereo piccolo, come un giocattolo, simile a quelli che avevano stupefatto il mondo nella Trasvolata atlantica.

E io ero riuscito ad averlo, un piccolo aereo bianco. Ora seguiva dal cielo il carro funebre, e il Mario era come se stesse, anziché nel carro, lassù, piegando lievemente d'ala, a guardarci, a ritrovarsi a suo agio con l'ebbrezza dei giorni migliori, e quella folla sotto di lui. Forse sorrideva

di don Grazioli che, a dispetto dell'età, apriva il corteo portando il suo rimpianto con la figura eretta, consapevole di rappresentare una dignità comune.

L'aereo sorvolò il corteo fino all'ultimo.

Poi, con una virata e una capriola, si perse fra le nuvole.

È l'ora, Lisa.

L'ora che prediligo per parlarti.

Non è più notte, non è ancora giorno. L'ora che tu hai definito così bene: "Amorosa di attese... Quando sembra che il mondo cammini sulle punte".

Sono salito in terrazza.

Il Mario sta attraversando non il mondo, ma altri mondi. Penso al viaggio che desiderava fare con me, finalmente in pace, nel posto più misterioso. Gli ho giurato che lo faremo.

E forse quel viaggio ci porterà insieme tutti e tre.

Per ascoltarci.

Indice

«Lui che ti tradiva»
di Alberto Bevilacqua
Collezione Scrittori italiani e stranieri

Arnoldo Mondadori Editore S.p.A.

Questo volume è stato impresso nel mese di ottobre dell'anno 2006
presso Mondadori Printing S.p.A.
Stabilimento Nuova Stampa Mondadori - Cles (TN)

Stampato in Italia - Printed in Italy